회귀 경찰의

리셋 라이프

The Reset Life

회귀 경찰의 리셋 라이프 17

초판 1쇄 발행 2022년 12월 12일

지은이 | 한길
발행인 | 신현호
편집장 | 이호준
편집 | 송영규 최종건 정재웅 양동훈 곽원호 조정범 강준석 최성화
편집디자인 | 한방울
영업 | 김민원

펴낸곳 | ㈜ 디앤씨미디어
등록 | 2002년 4월 25일 제20-260호
주소 | 서울시 구로구 디지털로 26길 111 JnK디지털타워 503호
전화 | 02-333-2513(대표)
팩시밀리 | 02-333-2514
E-mail | papy_dnc@dncmedia.co.kr
블로그 | blog.naver.com/gnpdl7

ISBN 979-11-364-4082-2 04810
ISBN 979-11-364-2581-2 (SET)

Papyrus Modern Fantasy
한길 현대 판타지 장편소설
회귀경찰의
리셋라이프
17
PAPYRUS
파피루스

1장. 박탈된 꿈(2)

박탈된 꿈(2)

"이름 장성구. 나이 51세."

본청 근처의 빌라.

화이트보드 앞에 선 최재수가 잔뜩 피로한 목소리로 장성구에 대해 소개를 한다.

지난 일주일간 장성구 교수, 아니 빙상협회에 관련된 사건 자료를 전면 재조사하고 보강한 셋.

종혁과 오택수도 피로한 눈을 만지며 브리핑을 듣는다.

"현재 한체대 교수이고, 협회 임원임과 동시에 국가대표 감독입니다."

쇼트트랙 국가대표팀 코치였던 장성구.

그는 90년대 초반에 국가대표팀 감독으로 부임하며 빙상협회의 임원이 되었고, 이후 수많은 메달리스트를 키워 내며 90년대 후반에 이르러서는 빙상계에 없어선 안 될 존재가 되어 버렸다.

여기까지만 보자면 밑에서부터 차근차근 실력을 인정받으며 올라온 인물 같지만…….

"장성구가 국가대표 코치직 맡은 이후 불미스런 사건에 연루되어 빙상계를 떠난 인물이 총 14명."

이 중 무죄 판결을 받은 사람이 총 8명이다.

8명이 억울한 피해자란 소리다.

이걸 찾기 위해 그들은 인력 부족 문제로 아직 디지털화되지 못해 창고에 쌓여만 있던 옛 사건 자료들까지 싹 다 뒤져야 했다.

"정보원의 말에 따르면 지난 10년간 장성구 밑에서 운동을 배우다 그만둔 한체대 선수가 대략 90명."

정보원은 유민정의 비서다.

"이중 국가대표로 차출되어 태릉선수촌까지 갔음에도 기량 저하나 부상 등의 이유로 은퇴한 선수가 총 24명에 달합니다. 그리고 이들 전부 장성구에게 이용당한 걸로 추정됩니다."

이는 방송국에서 보유하고 있는 경기 자료를 모두 일일이 분석한 결과였다.

대회 중 다른 선수의 페이스메이커가 되거나 반칙을 해서라도 상대 선수의 발목을 잡은 선수가 무려 24명이다.

"이상입니다."

그들의 수사가 외부로 노출되지 않는 수준에서 조사할 수 있는 건 이 정도가 전부였다.

"후우우……. 아, 씨발이네."

다시 들어도 열이 받는 내용.

종혁은 머리를 쓸어 올리며 분을 삭였고, 오택수는 그런 종혁을 보며 혀를 찼다.

"어떡할래?"

이 이상 더 깊게 자료를 조사한다면 검찰 쪽 자료까지 뒤져 봐야 하는데, 불미스런 사건에 연루된 14명 중 유죄 판결을 받은 6명의 사건을 담당한 검사가 같은 인물이다. 검찰에 장성구의 인맥이 있다는 소리다.

조사해 보니 무려 현 서울 동부지검 검사장.

검찰 쪽 자료를 훑는 순간 이번 수사는 드러날 수밖에 없었다.

"저 개 같은 적폐 새끼를 쳐내려면 자료가 확실해야 될 것 같은데."

"어쩔 수 있나요. 일단 드러난 것부터 찔러 봐야지."

이번엔 비한체대를 찔러 봐야 의미가 없다.

장성구가 비한체대에도 TO를 제공하고 있기에 그들의 불만은 상대적으로 적을 수밖에 없다. 괜히 피겨 사건 때처럼 건드렸다가는 역풍을 맞을 수 있다.

쇼트트랙과 스피드스케이팅은 피겨와 달리 메달리스트가 많기 때문이다.

'그리고 같은 수법을 쓰면 놈도 눈치를 챌 거야.'

"될까? 선수들 쪽은 다 케어하고 있다면서? 이렇게 철두철미한 새끼가 빈틈을 드러내겠냐?"

떨어지는 낙엽조차 조심하는 부류의 인간. 아마 지금쯤 입단속을 시켰을 거다.

"어쩌겠어요. 그렇다고 한들 방법은…… 흠."

잠시 말을 멈춘 종혁은 장성구에 대한 내용으로 빼곡한 화이트보드를 보며 생각에 잠겼다.

"왜?"

"아뇨, 갑자기 이런 생각이 들어서요. 저 인간은 처음부터 저렇게 철저했을까…… 하는 생각이요."

"어? 잠깐?"

오택수도 다급히 화이트보드를 봤고, 종혁은 말을 이었다.

"국가대표 코치였을 시절, 장성구 저놈이 할 수 있는 일이 과연 얼마나 있었을까요?"

정확히는 빙상계에 얼마나 많은 영향력을 행사할 수 있었을까.

그건 국가대표 감독이 돼서도 마찬가지다. 장성구가 빙상계에 막대한 영향력을 발휘하기 시작한 건 90년대 후반부터다.

그리고 장성구에 의해 빙상계를 떠난 사람이 저들뿐일까?

"즉, 장성구가 핫바리였던 저 80년대 후반부터 90년대 후반 사이에……."

"길이 있다?"

"빙고."

오택수는 손가락을 튕기는 종혁을 보며 의아해했다.
"야, 있다고 한들 공소시효가……."
말을 하다 만 오택수는 눈을 가늘게 떴다.
"야, 너 이번엔 또 뭔 짓을 하려고?"
종혁은 씩 웃었다.
"오 경감님이랑 재수는 이 시기에 은퇴한 선수들부터 확인해 주세요."
"넌 뭐하고?"
"억울한 피해자들을 만나 봐야죠."
아마 길이 있다면 이 두 곳에 있을 거다.
외투를 챙겨 든 종혁은 핸드폰을 들었다.
"예, 부장님. 저 종혁이요."
오랜 인연인 박영일 부장기자.
"혹시 80년대 후반부터 빙상 스포츠 쪽을 전담하시던 기자님 좀 소개시켜 주실 수 있을까요? 믿을 수 있으면서도 장성구 감독을 싫어하는 인물로!"

* * *

하얀 입김이 뿜어져 나오는 이른 새벽의 동대문.
와글와글. 웅성웅성.
새벽부터 바쁜 상인들 사이로 옷 보따리를 짊어진 중년인이 빠르게 나아간다.
"지나가겠습니다! 지나가요!"

덜그럭덜그럭 무릎이 기괴한 소리를 내지만 인상 한 번 찌푸리지 않은 채 달리다시피 걷는 그.

쿠웅!

"옷 놔두고 갑니다!"

"수고하셨어요, 삼촌!"

일명 사입삼촌, 동대문 옷가게로 옷을 배달해 주는 사람을 뜻한다.

그렇게 동대문 옷가게들을 누비며 구슬땀을 흘리던 중년인은 해가 떠오를 때쯤에야 겨우 숨을 돌릴 여유를 가지게 됐다.

"아, 이놈의 일은 하면 할수록 쉬워질 생각을 안 하네."

"일이 다 그렇지. 수고했어. 자, 여기. 미숫가루지?"

"하하. 감사합니다."

길 건너편 작은 노점의 사장님이 건네는 미숫가루를 받아 든 중년인은 근처 아무 곳에 엉덩이를 붙이며 점퍼의 안주머니를 뒤졌다.

그런 그의 손에 한 장의 가족사진이 들려 나왔다.

중년인의 눈엔 너무도 예쁜 아내와 딸.

결국 참지 못한 그는 핸드폰을 들었다.

"응, 여보. 자? 지수는? 학교 갔어? 나? 일 끝났지. 밥은 먹었냐고?"

손에 들린 차가운 미숫가루를 힐끔 본 중년인은 히죽 웃었다.

"엄청 맛있는 거 먹고 있지. 그래, 걱정 말고. 응. 더 자."

“아이고, 아주 깨가 쏟아지네. 딸이 몇 살이야?”
“이제 중학교 2학년이요.”
“다 컸네.”
“다 크긴요. 아직 한참 애기죠. 퇴근만 하면 씻지도 못하게 옷을 딱 잡고 하루 있었던 일을 재잘재잘 떠드는데…….”
“얼씨구?”
“하하, 잘 마셨습니다. 내일 뵐게요.”
“그래. 수고해!”
히죽 웃은 중년인은 근처에서 서는 버스를 타고 어딘가로 향했다.
“와아!”
“와!”
버스정류장에서 내리자마자 들리는 고함 소리.
종년인은 고개를 들어 펜스 너머로 보이는 중학교 운동장을 응시했다.
운동부 트레이닝복을 입은 채 운동장에서 자유롭게 뛰노는 학생들을 바라보는 그의 두 눈이 아련함으로 물들었다.
“나도 무릎만 망가지지 않았어도 저렇게…….”
지금도 눈을 감으면 선명하게 떠오르는 그날의 악몽.
코너를 돌던 중 갑자기 무릎에서 뚝 소리가 났고, 무릎이 움직여지지 않았다.
병원 검사 결과도 충격적이었다.

무릎 연골이 칠십대 노인보다 더 닳아 있어서 수술이 성공적으로 끝난다 할지라도 절대 선수 생활을 이어 가는 건 불가능하다고 했다.

선수로서의 생명이 끝났다는 사망선고였다.

하지만 그보다는 십자인대가 끊어지며 다리를 움직이지 못할 때 다가온 장성구의 말이 더 충격적이었다.

—쯧. 망가졌네. 야, 얘 치워.

빠득!

그냥 걷는 것만으로도 칼로 쑤시는 것 같은 무릎을 부셔져라 움켜쥔 그는 목적지인 찜질방을 향해 걸음을 옮겼다.

찜질방 사우나에서 세신사 일을 하는 그.

그렇게 찜질방에 도착한 순간이었다.

띠리링! 띠리링!

발신자를 확인한 중년인은 이를 악물었다.

"무슨 일입니까? 전화하지 말라고 해도 자꾸 전화하시네요. 안부 인사요? 우리가 그런 것을 나눌 사이던가요?"

1991년, 매정하게 버릴 때는 언제고 몇 년 뒤 슬그머니 찾아와 사과도 없이 사례금만 툭 던져 준 장성구.

"왜요? 유 교수가 잡혀 들어가니까 똥줄 좀 탑니까? 걱정 마세요. 당신 대가리 장 교수가 준 돈으로 전셋집 얻은 나는 입을 열 생각 따윈 없으니까! 그러니 당신네들 일로 전화하지 마세요! 끊습니다!"

타악!

핸드폰을 거칠게 닫은 중년인은 주먹을 꽉 쥐었다.

"후…… 그 돈을 받는 게 아니었는데."

하지만 당시엔 받지 않을 수가 없었다.

그렇게 예뻐라 하던 제자도 매정하게 버리는 인간이, 자기 밑에 있는 선수를 사람이 아닌 하나의 부품으로 생각하는 인간이 직접 찾아와 돈을 주는데 거부를 한다?

쥐도 새도 모르 게 묻히는 수가 있었다.

물론 정말 죽이지는 않을 테지만, 아내나 딸에게 불이익이 갈 수 있었다. 장성구는 그러고도 남을 인간이었다.

그래서 어쩔 수 없이 돈을 받았고, 그 돈은 지금도 안방 장롱에 고스란히 보관되어 있었다.

"씨발, 장성구. 당신의 천하가 언제까지 가나 보자. 퉤!"

침을 뱉은 중년인은 찜질방 안으로 향했고, 그에게서 약간 떨어진 곳에서 담배를 피우던 최재수가 몸을 들썩인다.

"오 경감님!"

벌써 4명째다.

장성구가 국가대표 코치가 된 이후부터 부상이나 기량저하 등의 이유로 빙상계에서 자취를 감춘 사람들을 쫓고, 그들이 사는 모습을 확인한 게.

그중 운동부 코치나 아이스링크 직원으로 근무하고 있던 앞선 세 명.

그들에겐 장성구의 그림자가 짙게 드리워져 있었다.

하지만 오늘 확인한 저 사람은 달랐다.

"그래, 나왔네. 드디어."

입술을 핥은 오택수는 얼른 핸드폰을 들었다.

"야, 최 팀장. 한 명 떴다."

–저도요.

"뭐, 너도? 넌 어딘데?"

–공항이요.

"뭐?"

장성구가 협회에 들어온 이후 불미스런 일에 연루되어 빙상계를 떠난 인물, 억울한 피해자가 사는 곳은 한국이 아니었다.

* * *

딸랑!

"어! 여기야, 여기!"

문을 열고 들어간 종혁은 노란색 테이블들과 기사식당 특유의 음식 냄새 사이에서 손을 드는 박영일 부장기자를 발견하곤 옅은 미소를 지었다.

"뭘 얼마나 달리시려고 이 아침부터 기사식당으로 부른 거예요? 응? 술은 안 시키셨네요?"

"흐흐. 주역이 도착 안 했는데 술을 깔 수 있나. 돼지불백 시켰는데 괜찮지?"

"당연하죠. 아, 인사가 늦었습니다. 본청 간편신고관리과 특별수사팀 최종혁 경정입니다."

낡고 허름한 밀리터리점퍼에 덥수룩한 수염이 가득한 장년인. 영화와 드라마에서나 볼 법한 기자의 외모다.

장년인은 눈을 빛냈다.

"이거 미친개 양반께서 날 불렀을 줄은 몰랐군요. 기자 관둔 지 꽤 됐으니 그냥 신 씨라고 불러 주쇼."

면전에서 미친개 소리를 들을 줄 몰라 눈을 껌뻑였던 종혁은 이내 피식 웃었다.

기자가 막말하는 게 어디 하루 이틀일까. 형사나 기자나 밤새며 일하다 보면 입은 저절로 거칠어지는 법이다.

"스포츠 쪽에 계셨던 분께서 절 알고 있을 줄은 몰랐는데요."

"사람 뒤 파는 일로 빌어먹다 보니 이래저래 다 들립디다."

기자를 언제 관뒀는지는 모르겠지만 아직 언론에 끈이 남아 있다는 소리다. 그리고 정보원도.

종혁은 씻은 지 며칠은 된 것처럼 추레한 몰골임에도 눈빛은 어린아이처럼 또렷한 그의 모습에 재밌어했다.

그런 둘의 모습에 고개를 저은 박영일은 손뼉을 쳤다.

"자, 종혁이 너도 왔으니 술을 시켜볼까? 이모, 여기 이슬이 세병이요!"

"예!"

기사식당 종업원은 빠르게 소주를 가져왔고, 박영일은

소주를 모두 따서 종혁과 신 씨 앞에 한 병씩 내려놓았다.

그와 동시에 눈을 번뜩인 신 씨는 마치 사막을 헤매다 오아시스를 만난 나그네처럼 병을 낚아채 벌컥벌컥 들이켰다.

굉장히 예의 없는 모습이었지만, 종혁은 그 모습에서 다른 걸 느꼈다.

'가슴에 화가 많은데?'

아무래도 박영일이 제대로 된 사람을 소개시켜 준 것 같았다.

종혁은 몸에 힘을 빼며 술병을 입에 가져갔다.

터엉!

"꺼억! 아, 이해하쇼. 내가 사연이 많은 놈이라."

"그 정도면 양반이죠. 괜찮습니다."

그 말에 눈을 가늘게 뜨며 종혁을 살폈던 신 씨는 이내 어이없다는 듯 웃었다.

"푸흐. 그쪽도 사연이 좀 많은 거 같수다?"

자신 같은 사람을 수없이 겪은 사람만이 보일 수 있는 덤덤한 반응. 삶에 찌들어 주변을 돌아볼 힘조차 없을 정도가 되어야 보일 수 있는 반응이었다.

그런데 종혁의 나이가 이제 고작 27살이었다.

"형사 일이 다 그렇죠, 뭐."

"……으하핫!"

'웃기는 짬뽕일세, 이거?'

걸물이다. 역시 경찰 개혁의 참모이자 선봉장다웠다.

소주병을 쥔 신 씨는 돌연 정색했다.
“어디까지 갈 거요?”
“어이구. 이거 이상하게 대답하면 그걸로 치시겠습니다?”
“대답부터 하쇼.”
종혁은 나른하게 웃었다.
“장성구가 나가리 되면 협회도 나가리 되지 않겠습니까?”
쿵!
“푸흐흐……. 미치겠네.”
신 씨는 다시 술을 들이켰다.
드디어 나타났다. 세상 전부가 적이 되어 달려들어도 ‘그게 뭐?’ 하며 무시할 미친 또라이가.
꿀꺽꿀꺽! 터엉!
“꺼흑! 이보쇼. 내가 왜 기자를 관뒀는지 아쇼?”
“뭐 꼴을 보니 장성구에 관한 기사를 잘못 써서 그런 것 같군요.”
“내가 기자를 관두게 된 게 2002년, 강현수 때문이오.”
‘2002년?’
80년대 후반부터 90년대 후반까지의 일이 아니기에 약간 실망을 하던 종혁은 이어서 나온 이름에 미간을 좁혔다.
“강현수라면…….”
훗날 빅토르 강이라 불리는 선수다.

뭔가 촉이 선 종혁은 상체를 세우며 신 씨를 봤다.

"당시 강현수 이놈의 국내 순위가 17위. 하지만 장성구 그 씹새끼의 특례로 2002년 솔트레이크시티 동계올림픽 대표팀으로 차출됐소."

당시 세계 최고의 선수들이 있었음에도 세계 무대에 한 번도 나가 본 적 없었던 강현수가 차출되자, 장성구의 독재 체재에서 피해를 받던 선수들과 코치들이 결국 폭발하고 말았다.

"그럼 그 내용을 기사로 실으려다가?"

"기사가 신문에 실리긴 실렸지. 내 책상이 빠진 후에."

장성구에게 유리하게 각색되어 실렸던 당시의 기사.

이후 신 씨는 폐인이 됐다. 신문사에서 나온 후 받아주는 신문사가 없어서.

군부 독재, 독재 타도를 외치던 격동의 시기에 '정부 좆까!' 하며 진실을 보도하던 언론이 너무 변질되어 버려서.

춥고 힘들어도 견딜 수 있었던 그의 긍지, 언론인으로서의 자부심이 무너진 순간 그는 폐인이 될 수밖에 없었다.

"내 말은 일단 여기까지. 어떡할 거요. 이래도 생각에 변함없소?"

종혁은 마치 시험하듯 쳐다보는 신 씨의 눈빛에 어이없다는 듯 웃었다.

"푸흐. 이봐요, 신 씨. 당신이 기자니까, 빽도 좆도 없는 회사원이니까 그렇게 당했다고는 생각 안 해 봤어요?"

"문체부가 적으로 돌아설 텐데?"

종혁의 도발에도 신 씨의 눈빛은 흔들리지 않았다.

올림픽과 아시안게임에서 메달을 쓸어 담는 쇼트트랙.

그 쇼트트랙의 감독, 빙상협회의 임원을 건드리는 순간 문체부의 압력이 쏟아질 거다.

그러나 종혁은 코웃음을 쳤다.

"국회의원도 재꼈는데 문체부가 대수겠습니까? 뭐, 좆같이 굴면 이 기회에 장관도 한번 교체해 보죠. 가능하죠, 박 부장님?"

"아오 씨, 장관은 좀 빡센데……. 오케이, 콜!"

신 씨는 둘의 대화에 입을 헤 벌렸다.

"진짜 또라이네, 이거."

그런데 몸이 달아오른다.

타의에 의해 박탈당해 부서졌던 그의 긍지가 다시 뭉치기 시작한다.

종혁은 그 자신도 모르게 소주병을 옆으로 치우는 신 씨를 보며 눈빛을 굳혔다.

"그래서 누굴 만나러 가면 됩니까?"

"누가 아니고 어디요. 미국."

"……!"

"그때 장성구에 의해 쫓겨난 코치들 대부분이 미국으로 향했소. 그리고 이들이 최 팀장이 찾는 장성구의 최대 빈틈일 거요. 장성구가 코치였던 시절부터 함께했던 사람들이거든."

종혁은 눈을 부릅떴다.

* * *

손연아! 동계체전 준비 돌입!
폭풍의 피겨계, 그 향방은?
손연아, 세계 선수권대회 문제없나?
대한빙상경기연맹 회장, 선장을 자처하다!
경찰, 꼭 지금이어야 했나?
계속해서 죄가 드러나는 유 모 교수. 인간인가, 악마인가!

달칵달칵!

마우스를 클릭하는 소리가 울리는 사무실.

모니터를 보던 장성구가 고개를 끄덕인다.

"흠. 조용하군."

계속 추이를 지켜보고 있지만, 피겨에서 튄 불똥이 쇼트트랙까지 번지진 않을 것 같다.

"지금 뭘 하고 있다지?"

사무실을 나지막하게 울리는 그의 질문에 이십대 후반의 여성이 안경을 추켜세운다.

"유민정을 중앙지검에 넘긴 후 휴가를 갔다고 합니다."

"휴가? 경찰이 그런 것도 가나?"

사건에 치여 1년 365일 매일매일 바쁜 게 경찰.

"알아본 결과, 최종혁은 언제나 큰 사건을 해결하면 상부에서 말려도 휴가를 갔다고 합니다. 오늘 미국으로 출국한 기록이 있습니다."
"미국?"
"혼자 출국했는데, 목적지가 하와이입니다."
"미친놈이군. 어린놈이 예쁘다 예쁘다 하니까 망종을 부리고 있어."
경찰도 참 골치 아프겠다 혀를 찬 장성구는 몸을 일으켰다.
"흠."
"왜 그러십니까?"
"……아니야."
'기우겠지.'
그의 등을 찌른 배신자들이 도망간 나라인 미국.
아마 우연의 일치일 거다.
'그래도 혹시 모르니…….'
"어느 항공사를 이용해서 나갔는지는 확인했나?"
"박 상무님의 항공사입니다."
빙상협회의 오랜 스폰서 중 한 명인 박 상무.
"박 상무에게 연락해서 최종혁이 비행기를 갈아타지 않나 체크해."
"알겠습니다."
고개를 끄덕인 장성구는 그제야 사무실을 빠져나와 태릉선수촌 안에 있는 아이스링크로 향했다.
촤좌악! 촤좌악!
빙상 위를 빠르게 질주하는 태극전사들.

그중에서 유독 장성구의 눈에 들어오는 선수가 있다.

마치 시위를 떠난 화살처럼 빙판을 나아가는 강현수. 그가 공들여 빚은 작품이다.

하지만…….

"확실히 폼이 조금 떨어지긴 했군."

앞으로 길어야 3년이면 강현수도 쓸모를 다할 것 같다. 선수로서는 고작해야 1년.

'역시 양동성만큼은 안 되는 건가?'

타고나길 괴물로 타고났던 양동성.

"대가리만 크지 않았어도 계속 데리고 갔을 텐데……."

그 순간이었다.

강현수의 뒤에서 달려 나온 선수가 강현수를 향해 어깨를 가져다 댄다.

쿠웅!

어깨에서 느껴지는 둔중한 충격에 강현수도 질세라 이를 악물며 몸싸움을 벌였고, 장성구는 차가운 눈빛으로 그 모습을 응시했다.

"어떻게 할까요?"

"세계 선수권 전에 발목 부러트려. 아직은 강현수 저놈이 쓸모 있으니까."

비한체대만 아니었어도 강현수를 대체했을 부품.

언론의 주목을 받을 스타 선수는 남녀에 한 명씩이면 족했다.

내 개가 되라. 그럼 부와 명예가 따를 것이다.

이것이 장성구가 저들에게 주는 희망이었다. 메달의 뒤에 숨겨진 진짜 희망.

강현수들에게서 시선을 돌린 장성구는 아이스링크의 외곽을 돌며 몸을 푸는 다른 선수들을 응시했다.

그러다 눈살을 찌푸렸다.

2002년, 등을 찔렀다가 슬그머니 다시 기어 들어온 배신자들이 눈에 들어왔기 때문이다.

하지만 저들까지도 모두 강현수의 들러리. 그런 쓸모가 아니었으면 받아들이지도 않았다.

이후 시선을 돌리다 허벅지가 두꺼운 한 선수를 응시한 장성구는 고개를 끄덕였다.

"다음은 규혁이 띄울 준비해."

"예."

"내일 출발이었던가?"

2007 창춘 동계 아시안게임.

1월 28일이 개막이니 슬슬 출발해서 현지 적응을 해야 됐다.

"오늘 훈련은 여기까지 하지. 다음 스케줄은?"

"저녁에 협회장님과 식사 약속이 있으십니다."

"아, 응원 차 하는 회식이군. 알았어."

"그리고 내일은 중국에서 박 상무님과 필드에 나가시기로 하셨습니다."

고개를 끄덕인 장성구는 몸을 돌렸고, 선수와 코치들은 그가 떠나자마자 몸을 세우며 그가 떠난 자리를 가만히 응시했다.

"헉! 헉! 헉!"

탁한 눈이 거친 열기를 뱉어 냈다.

* * *

웅성웅성. 시끌시끌.

"크! 내가 왔다, 하와이!"

"暑い(더워)!"

한국어, 일본어, 영어 스페인어 등 수많은 언어들이 뒤섞인 하와이의 공항.

입국 게이트 앞, 린넨으로 된 하얀 옷을 입은 채 선글라스를 낀 종혁이 시계를 본다.

"왜 이렇게 늦……."

"크하! 많이 기다렸소?"

양반은 아닌 듯 입국 게이트를 나서며 손을 흔드는 신 씨, 아니 신병수 기자의 모습에 종혁은 한숨을 내쉬었다.

"진짜 왜 따라온 겁니까?"

"그토록 바라던 이 순간을 지켜보지 말라고? 지금 기자 무시하쇼?"

눈을 부리부리하게 뜨는 신병수.

"그리고 나 아니면 그 사람들과 만날 수, 아니 만난다고 해도 제대로 된 대화를 나눌 수 있을 것 같소?"

떼어 놓고 왔다면 어떻게든 방해했을 거라는 신병수의

말에 종혁은 미간을 좁혔다.

"그래서 이제 어떡할 거요? 일반 항공사를 이용하면 흔적이 남을 텐데? 장성구 이놈이 항공사 쪽에도 인맥이 있거든."

"걱정 말고 따라오세요."

종혁은 그를 데리고 VIP들만 따로 이용하는 게이트로 향했다.

게이트를 지키는 직원에게 여권을 보여 준 후 긴 터널을 지난 종혁은 온몸에 들이닥치는 화창한 하와이의 태양 아래 서 있는 걸프스트림 전용기를 가리켰다.

"저놈을 타고 이동할 테니까."

CIA가 준 선물인 걸프스트림.

신병수는 태양빛에 피부가 타는 줄도 모르고 입을 헤 벌렸다.

기이이잉!

높고 푸른 하늘을 누비다 착륙을 한 전용기.

랜딩을 성공적으로 마친 전용기가 기체를 멈추고, 조종실에서 기장이 나오자 종혁은 성공적인 비행을 축하하고자 박수를 쳤다.

싱긋 웃은 기장은 모자를 벗으며 우아하게 인사를 했다.

"훌륭한 비행이었습니다, 기장."

"감사합니다, 미스터 최. 그러면 성공적인 비행을 마친 기장으로서 우리의 나쁜 고객님께 다음 비행은 언제인지 여쭤봐도 되겠습니까?"

"아하하."

작년에 비행기를 선물받은 이후 계속 격납고에 처박혀 있었던 전용기. 기장은 그걸 위트 있게 꼬집는 것이었다.

"그리 오래 걸리진 않을 겁니다. 한 며칠 후?"

"탁월한 선택입니다. 그럼 전 다시 최가 올 때까지 여기서 기다리고 있겠습니다."

"버번을 마시면서요?"

"이런, 들켰습니까? 하지만 제가 좋아하는 건 싱글몰트입니다."

"다음 비행 때 선물로 드리죠."

"그런 선물은 거부하지 않죠. 그럼 즐거운 여행이 되길 기도하겠습니다."

"기장도요."

옅게 웃으며 전용기를 빠져나온 종혁은 마치 볼살을 저미려는 듯 날카롭게 불어오는 차가운 바람에 어느새 갈아입은 코트를 여몄다.

그러곤 전용기 앞에 서 있는 검은색 미니 리무진과 검은색 양복을 입은 사람들에게 다가갔다.

"미국에 오신 걸 환영합니다, 미스터 최."

"이거 괜히 시간을 뺏은 건 아닌지 모르겠네요. 최종혁입니다."

"후후. 어서 차에 오르시죠. 날이 춥습니다."

고개를 끄덕인 종혁은 리무진에 올라탔고, 능숙하게 냉장고를 찾아 맥주를 꺼냈다.

"신 기자님도 한 캔 하실래요?"

종혁은 전용기에 올랐을 때부터 말이 없는 신병수를 보며 맥주를 권했고, 그런 그를 복잡한 눈으로 응시하던 신병수는 결국 가슴속에서 들끓고 있는 의문을 토해 냈다.

"여보쇼. 당신 대체 뭐하는 인간이요?"

제아무리 자산이 천억대라지만 전용기를 살 수 있을까?

거기다 또 방금 전 위험한 냄새를 풍기던 사람들은 왜 종혁을 깍듯하게 대하는 걸까?

많은 의문이 서린 그의 눈빛에 종혁은 싱긋 웃었다.

"경찰입니다."

약간 돈이 많을 뿐, 그 이상도 그 이하도 아니었다.

* * *

—어? 선배, 몰랐어요? 아, 종목이 달라서 모르나?

"잔말 말고."

—최종혁 선수 우리 유도계에서 선구자로 유명하잖아요.

"선구자?"

운동선수의 기량을 최대 20퍼센트 향상시키는 훈련법을 개발한 선구자.

—이 좆같은 대한민국이야 그런 인재가 있다고 해도 그러려니 할 뿐이지만, 미국만 가도 거의 국빈 대우를 받을걸요?

"아, 그래?"

—그런데 갑자기 최 선수는 왜……. 아, 씨발! 복귀죠? 최 선수 복귀하는 거죠? 소스 있으면 공유합시다!

"아니, 그건 아니고…… 이번에 미국 친척집에 놀러 왔는데 낯익은 이름이 들려서 말이야."

—아아…… 미식축구 보셨나 보네. 최 선수가 이 훈련법을 개발할 때 NFL 사무국과 함께 개발했잖아요. 그래서 NFL에서도 경기마다 최 선수의 이름을 전광판에 띄운다는 말은 들었는데 진짜였나 보네.

'그런 거였나.'

"알았어. 고마워."

—고마우면 복귀나 해요. 벌써 몇 년째 이게 뭡니까?

"봐서."

전화를 끊은 신병수는 어이없다는 듯 웃으며 침대에 누웠다.

그와 동시에 그를 봄날의 햇살처럼 포근하게 하얀 이불.

"거의가 아니라 정말 국빈 대접이다, 인마."

종혁 본인뿐만 아니라 부속품으로 따라온 자신에게까지 이렇게 스위트룸을 잡아 줄 정도면 국빈이 맞았다.

"햐. 역시 미국은 달라도 다르네."

대체 얼마나 돈이 많기에 이렇게 전용기를 사 주고, 의 전 서비스까지 제공할 수 있는 걸까.

“부럽다, 부러워. 우리나라도 이래야 하는데…….”

가능성 없는 일이기에 혀를 차는 걸로 생각을 끊은 그는 천장을 응시하다 돌연 미간을 좁혔다.

‘그런데 왠지 그게 전부가 아닌 것 같다는 말이지…….’

기자로서의 촉이 흔들거리고 있었다.

이리저리 고민하던 그는 이내 혀를 찼다.

‘에이, 걔들이 설마 미국 정부 요원이겠어?’

말도 안 되는 망상이었다.

현장을 떠난 지 오래됐다고 망상력이 커진 것 같았다.

피식 웃은 그는 눈을 감았다.

* * *

히터가 따뜻한 공기를 내뿜는 작고 어두운 회의실.

미 국가대표 점퍼를 입은 삼십대 후반의 한국 남성이 스크린에 비춰지는 어떤 경기 영상을 보며 입을 연다.

이젠 한국어만큼이나 능숙해진 영어.

“보다시피 한국의 전술은 위험해. 이 영상을 보다시피 처절할 정도로 물고 늘어지거든.”

한 경기에 2명 이상의 한국인이 출전할 시 그중 한 명은 무조건 다른 나라 선수를 물고 늘어진다. 교묘한 진로 방해는 물론이고 몸싸움, 여차하면 미끄러지는 척 물귀신 작전을 펼친다.

협동 정신이 아니다. 오직 그런 포지션으로 경기에 임한다.

"그건 너무 비겁한 거 아닙니까?"

회의실에 앉아 있던 4명의 남녀가 얼굴을 일그러트린다.

"비겁? 지금 소꿉놀이를 하려고 모인 거야? 심판이 휘슬을 불기 전까지 반칙은 반칙이 아니야! ……라고 한국 감독은 말하지."

4명의 남녀, 미국 쇼트트랙 국가대표 선수들은 욕지거리를 내뱉었다.

"이러니 미국이 메달을 못 따는 거였어!"

"빌어먹을!"

'그건 아니지.'

미국이 메달을 제대로 못 따는 이유는 하나다.

이들은 담합력이 부족하다.

한국처럼 태릉에 다 같이 모여 운동하는 게 아니라 각자 따로 아이스링크를 잡아 연습을 하기 때문이다.

개인의 의사를 존중하는 미국답게 훈련도 개인의 의사에 맡기는 미국. 국제대회 2주 전에야 겨우 한자리에 모여 연습을 하니 한국처럼 끈끈한 협동 정신을 기대할 수가 없다.

게다가 부익부, 빈익빈도 심하니 선수들의 기량도 현저히 차이 난다. 이 자리에 모인 저들 4명도 훈련을 할 돈이 없어서 자신을 찾은 것이었다.

'하. 신체는 타고난 놈들이…….'

조금만 더 진지하게 노력하면 세계를 석권할 우월한 신체를 지닌 미국 선수들. 너무 아까워 미칠 지경이다.

'후. 그 훈련법만 확보할 수 있어도 메달은 씹어 먹을 텐데!'

뒤늦게 알게 된 훈련법. 한국 유도의 국민영웅 최종혁이 만든 그 피지컬 훈련법을 제대로 가르쳐 줄 수 있는 코치만 영입할 수 있어도 저들의 기록을 최소 1초는 앞당길 수 있을 거다.

물론 쓰는 근육이 달라 개조를 거쳐야 할 테지만 말이다.

그런데 정작 그 훈련법을 통달한 코치를 구할 방법이 없다.

'단가가 안 맞아…….'

돈, 그놈의 돈이 문제였다.

똑똑똑!

"아, 벌써 시간이 이렇게 됐나? 오늘은 여기서 해산."

"수고하셨습니다."

일어선 4명의 선수들이 회의실을 나가자 잠시 후 종혁과 신병수가 안으로 들어온다.

"여어! 남 코치! 아니, 남 감독!"

"와! 이게 얼마 만이에요, 신 기자님! 제가 연락받고 얼마나 놀랐는지 아십니까?"

"흐흐. 한 5년 만인가?"

"거의 그쯤 됐죠. 아, 그런데 이쪽은…… 어?"

종혁은 눈을 동그랗게 뜨는 남 감독을 향해 손을 내밀

었다.

"반갑습니다. 경찰 본청 간편신고관리과 특별수사팀 최종혁 경정입니다. 장성구를 보내 버릴 증거를 찾고자 이렇게 찾아뵙게 됐습니다."

"아, 예…… 예에?!"

"장성구, 함께 보내시죠?"

"흡!"

남 감독은 눈을 부릅떴다.

부르르르르르!

커피를 따르는 남 감독의 손이 떨린다.

장성구.

몇 년 전만 해도 애증의 대상이었고, 지금은 증오가 더 큰 인물.

능력만 좋은 인간 말종. 쓰레기.

그가 입에 담은 말, 아니 말이라는 말조차 아까운 쓰레기들은 많았지만, 작년 동계올림픽 때 그가 했던 말과 표정은 지금도 생생하게 떠오른다.

-겨우 이 정도냐?

마치 한 단계 아랫사람을 보듯 내려다보던 가소롭고 경멸 어린 시선.

빠득!

생각을 정리한 남 감독은 종혁의 앞에 커피를 내려놓으며 입을 열었다.

“제가 말하면 장 교수, 그 양반 확실하게 보낼 수 있는 건 맞습니까?”

인간 말종 중 말종이지만, 장성구는 너무 능력이 좋다. 곁에 있었기에 너무도 잘 알고 있다.

잡혀간다고 해도 금방 풀려날 거고, 그 공백기 동안 장성구의 손과 발들이 빈자리를 메울 거다.

그러면 호기롭게 찾아온 이 형사만 다치게 되는 거다.

종혁은 그런 그의 말에 재밌다는 듯 웃었다.

“그럼 그 손과 발조차도 움직일 수 없는 상황이 된다면 어떻겠습니까?”

“그게 불가능하니까 하는 말 아닙니까!”

“불가능이라…….”

종혁은 옆에 앉아 눈을 초롱초롱 빛내는 신병구를 봤다.

“……에이, 잠깐 이건 아니지!”

덥썩!

“자, 잠깐! 최 팀장! 최 형사-!”

“원래부터 형사의 수사는 기밀입니다.”

신병구의 뒷덜미를 쥔 종혁은 그를 사무실 밖에 던져 버린 후 문을 잠그고 돌아왔다.

“그럼 이야기를 다시 시작해 보죠. 만약 제가 그 손과 발도 싹 다 검거해 버리고, 비한체대 라인도 엎어 버린 후 그 비어 버린 커다란 공간에 세계 유수의 코치진 데려다 앉힌다면 어떻겠습니까? 그래도 불가능하겠습니까?”

그랬다. 이게 종혁의 꿍꿍이었다.

능력 좋은 쓰레기 장성구. 그 좋은 능력을 대신할 인물을 끌어와 장성구의 영향력을 줄인다.

단순히 장성구를 검거하고 협회를 공중분해시키는 수준에서 끝나는 게 아니라, 빙상 스포츠의 체질 자체를 고쳐 버리려는 계획.

"지금 나랑 장난하자는 겁니까! 그게 가능할 리가 없잖습니까!"

"100억이라도요?"

"……예?"

"150억이면 어떻습니까?"

"무, 무슨……."

"어느 독지가께서 제게 이런 말을 하더군요. 아이들의 꿈과 희망을 가지고 노는 놈들이 제일 악질이라고. 그런 개새끼들을 잡아 처넣으라고 저를 후원하는 거라고. 그러시며 이 사건에 최대 200억까지 지원하시겠다고 하더군요."

"컥?!"

종혁은 기함하는 그를 보며 입술을 비틀었다.

"그 돈, 남 감독님께서 써 보시는 게 어떻습니까? 지금도 장성구 밑에서 고통받고 있을 선수들을 위해."

"……!"

"저와 함께 협회를 정리해 보시죠."

종혁의 입가에 나른한 미소가 번졌다.

* * *

"푸후! 푸하!"

아침의 호텔 수영장을 종혁이 가로지른다.

마치 한 마리의 범고래처럼 사납고도 우아하고도 유영.

촤악!

"후우우!"

수영장을 빠져나온 종혁의 쩍쩍 갈라진 근육 사이로 땀과 물이 흘러내린다.

"남자 몸을 보고 아름답다 생각한 적은 없는데……."

아름답다는 수준을 넘어 기괴하고도 위협적인 몸.

극한에 극한까지 근육이 응축된다면 이럴까.

스포츠 전문 기자이기에 이런 육체를 만들기가 불가능에 가깝다는 걸 알고 있는 신병수는 종혁이 대체 어떤 지옥을 겪었는지 가늠조차 되질 않았다.

거기다 몇몇 곳에 새겨진 칼자국.

수컷의 향기가 물씬 풍겼다.

자신만 그렇게 생각하는 게 아닌지 수영장에 있는 모든 여성들이 종혁을 힐끔거리고 있다.

"미국에선 남자가 남자 몸 그렇게 보면 오해합니다."

흠칫!

피식 웃음을 흘린 종혁은 비치 체어에 누우며 망고주스를 쭉 들이켰다.

"크으."

호텔 종업원을 불러 한 잔 더 시킨 종혁은 천장을 응시하다 눈을 감았고, 신병수는 그런 종혁의 느긋한 모습에 얼굴을 구겼다.

"남 감독에게 대체 무슨 말을 했기에 그렇게 느긋한 거요?"

호텔에 체류한 지 벌써 나흘째다.

보통 이 정도로 연락이 없다면 초조하거나 포기를 해야 되는데, 종혁은 마치 남 감독이 긍정적인 연락을 해 올 것을 확신하는 것처럼 여유롭다.

남 감독도 입을 꾹 다무니 정말 미칠 것 같았다.

종혁은 피식 웃었다.

"기자답지 않게 급하시네요."

특종을 잡기 위해서라면 몇 날 며칠, 아니 한두 달이라도 기다리는 게 기자.

"이보쇼, 최 팀장."

"합의가 잘되지 않나 보죠."

미국으로 넘어온 건 남 감독뿐만이 아니다.

총 4명의 코치가 넘어왔고, 남은 세 명은 현재 각자의 특기를 살려 개인 코치가 된 상태다.

"연락을 안 하면 어쩔 수 없는 거고."

그땐 남 감독이 알고 있는 장성구의 비리 내용만 받아서 돌아가면 된다.

남 감독이 국가대표 감독을 맡아 주는 게 제일 그림이

좋을 것 같아서 그런 제안을 한 것이지, 남 감독이 수락하지 않는다고 해도 상관은 없었다. 서브 플랜은 이미 준비되어 있었다.

'하지만 과연 200억을 무시할 수 있을까?'

국가에서 빙상협회에 지원하는 예산보다 몇 배나 많은 액수.

"기다리세요. 기다리는 자에게 복이 있습니다."

"아, 진짜 머릿속 한번 열어 보고 싶네."

"큭큭큭."

그 순간이었다.

지이잉! 지이잉!

"봐요. 연락 왔잖아요."

신병수는 헛숨을 삼켰고, 종혁은 재빨리 전화를 받았다.

-200억에 장성구, 정말 가능합니까?

종혁은 입술을 비틀었다.

"어디에 계십니까. 지금 바로 가겠습니다."

종혁은 몸을 일으켰다.

* * *

저번에 남 감독과 이야기를 나눴던 사무실에 도착하니 남 감독 외에도 그와 함께 미국으로 넘어온 3명의 코치들이 자리하고 있었다.

문을 열고 들어오는 종혁을 보자마자 눈에서 뜨거운 열

기를 쏟아 내다 뒤따라온 신병수를 발견하고 입을 다무는 그들.

애써 흥분을 가라앉히며 빈자리에 앉은 종혁은 그들을 향해 고개를 숙였다.

"결단을 내려 주셔서 감사합니다."

진심이 가득 담긴 말에 살짝 놀라는 그들.

남 감독은 이전과 달리 정중함이 가득한 종혁을 보며 입술을 달싹거렸다.

"형사님께선 장성구에 대해 얼마나 아십니까? 아니, 거의 모르기 때문에 저희를 찾아온 거겠죠. 맞습니까?"

아마 뇌물을 받은 정황도 발견하지 못했을 거다.

그 말에 종혁은 풀썩 웃었다.

"예, 맞습니다."

일가친척까지 모두 금융거래내역을 뒤져 봤지만, 별다른 혐의점을 발견하지 못했다.

사는 집도 제법 큰 평수이지만 평범한 주택.

행동반경도 집, 태릉만 왔다 갔다 하니 놈의 허점을 찾을 수가 없었다. 장성구가 선수를 얼마나 험하게 다루는지만 알게 됐을 뿐이었다.

마치 일에 미친 사람을 보는 듯했다.

'하지만 아니지.'

회귀 전, 장성구는 적폐뿐만 아니라 분명 어떤 비리가 밝혀졌고 협회에서 물러나 법의 심판을 받게 된다.

'분명 당시 장성구가 이럴 줄은 몰랐다는 식의 말이 나

왔었어.'

그래서 이들을 찾아온 것이었다.

남 감독은 순순히 인정하는 종혁을 보며 고개를 끄덕였다.

"그럴 수밖에요. 그 인간, 시즌이 시작되면 집과 일터만 오가거든요."

이러니 더 선수들이 장성구의 말을 무시할 수 없는 거다. 스폰서와 만나는 스케줄을 제외하면 언제나 곁에 머물기 때문이다.

"……국가대표의 성적이 장성구의 권력을 더 공고히 하기 때문이군요."

매해 메달을 턱턱 안기는데 그 누가 그의 자질을 의심할까. 장성구는 민심을 얻은 쓰레기였다.

"예. 바로 그겁니다. 그래서 시즌 중에는 스폰하는 애한테도 안 갑니다."

"……예?"

종혁은 순간 환청을 들었나 싶어 귀를 후볐고, 신병수는 다급히 방금 말한 내용을 수첩에 옮겨 적었다.

"스폰이요?"

"일단 제가 아는 건 한 명입니다."

어느 날 회식 자리에서 만취한 장성구가 그를 대리기사로 착각하여 운전대를 맡긴 일이 있었다.

남 감독은 마지못해 장성구가 일러 준 아파트로 차를 몰았는데, 도착한 뒤에도 만취한 그가 몸을 가누지 못하자 호수를 물어 문 앞까지 데려다주었다.

문제는 문을 두드리자 나온 것이 이십대 여성이었다는 것이다. 남 감독이 알기로 장성구에겐 딸이 없었으니까.

그때 얼마나 놀랐는지 모른다.

지금도 장성구는 그날 자신을 데려다준 것이 대리기사라고 생각하고 있을 터였다.

"전 교수실에 직접 찾아온 여학생을 본 적 있습니다. 그때 장성구 그 새끼가 불같이 화를 냈었죠. 이후엔 못 봤습니다."

종혁의 입가에 미소가 번진다.

"그리고요? 다른 건 없습니까?"

"많죠."

남 감독은 차갑게 웃었다.

"그 인간이 왜 겉으로 깨끗해 보이는지 아십니까? 모든 뇌물을 페이퍼 컴퍼니로 받기 때문입니다."

장성구가 막 수석코치가 됐을 시절, 그의 빨랫감을 가지러 갔을 때 어떤 사람과 그런 대화를 나누는 걸 우연찮게 들을 수 있었다.

하지만 남 감독은 그날 들은 이야기를 그냥 가슴에 묻어 버렸다.

이제 막 수석코치가 됐을 뿐이지만, 감독까지 오르리라 확실시되던 장성구였다. 앞으로 계속 빙상계에 발을 붙이고 살려면, 코치직을 계속 유지하고 싶다면 입을 다물 수밖에 없었다.

'와, 이거 노다지가 따로 없네?'

이래서 오랜 아군이, 가장 가까이 있던 사람이 적이 되면 무서운 거다. 제아무리 철두철미한 사람이라도 무심결에 흘려 버리고 마는 약점을 알고 있으니까.

종혁의 눈이 초롱초롱 빛나기 시작했다.

"어떻습니까? 이 정도면 충분합니까?"

거의 한 시간 동안 흘러나온 장성구의 비리.

터트려 봤자 장성구의 인맥에 의해 묻혀 버릴 게 뻔하고, 오히려 역공을 당할지 몰라서 가슴속에 묻어 둬야 했던 비리.

종혁은 다시 뜨거움을 머금는 남 감독들을 보며 만족스럽게 웃었다.

"충분히."

종혁은 핸드폰을 들었다.

"예, 검사님. 합동수사 준비하시죠."

* * *

"알았데이."

통화를 종료한 강철선은 혀를 내둘렀다.

"결국 해낸 기가?"

유민정을 넘겨받은 이후 협회까지 치고 간다기에 따로 비밀리에 장성구를 조사해 봤던 강철선.

선수들을 학대하거나 부당한 지시를 내린 정황은 발견됐지만, 그 외에는 깨끗했던 국가대표 감독 장성구에게 정말 비리가 있었던 거다.

"독하다, 독해."

하지만 이래서 좋아하는 거였다.

그는 내선 전화기를 들었다.

"예, 검사장님. 강 부장입니더. 급하게 드릴 말씀 있는데 지금 뵐 수 있겠습니꺼?"

전화기를 내려놓은 그는 정장 재킷을 챙겨 들며 일어섰다.

"내 검사장님 만나고 온데이."

"예!"

검사장실로 올라간 강철선은 문을 두드렸다.

"들어와."

안에서 허락이 떨어지자 옷매무새를 가다듬은 그는 문을 열고 들어갔다가 살짝 놀랐다.

"어디 가십니꺼?"

어디를 가려는지 챙겨 드는 검사장.

"동부지검장과 저녁 약속. 시간은 얼마나 주면 돼?"

많이는 못 준다는 뜻에 강철선은 얼른 입을 열었다.

"빙상협회를 어떻게 생각하십니꺼?"

꿈틀.

검사장의 눈썹이 요동친다.

빙상협회. 제법 골치 아픈 단체가 언급됐기 때문이다.

"……이유는?"

"종혁이가 판 깔았심더. 합동으로 가자네요?"

움찔!

검사장은 실실 웃고 있는 강철선을 빤히 응시하다가 내선 전화기를 들었다.

"어, 난데. 미안하지만 갑자기 급한 일이 생겨서 그러니 오늘 약속은 다음으로 미루도록 하지."

전화를 끊은 검사장은 코트를 벗으며 소파에 앉았다.

"자세히."

활짝 웃은 강철선은 냉큼 소파에 앉아 사건의 개요에 대해 설명했고, 검사장은 미간을 좁혔다.

"장성구라……."

들어 본 이름이다. 그것도 그가 대검찰청 중수부 부장검사였던 시절에 말이다.

'아는 인간들이 꽤 많은 놈이었을 텐데…….'

"확실해?"

"종혁이가 와 먼저 합동수사를 하자고 연락했겠습니꺼?"

외압을 막아 달라고 연락을 한 거다.

합동수사로 전환되는 순간 종혁 본인의 공이 삭감될 텐데도 오직 범죄자를 온전히 처벌받게끔 만들기 위해 이런 제의를 해 온 거다.

"……되바라진 놈."

어디 경찰이 검찰을, 그것도 중앙지검 검사장을 이용하려고 드는 걸까.

헛웃음을 터트린 검사장은 강철선을 봤다.

그의 눈빛이 차갑게 가라앉았다.

"강 부장은 이걸로 만족해?"

……씨익!

돌연 강철선의 입에 사나운 미소가 맺힌다.

"내 보고 쪽팔려 뒤지라는 말입니꺼?"

강철선은 양손을 내밀었다.

"내놓이소."

"내게 맡겨 놓은 게 있던가?"

"와, 진짜 이러실 겁니꺼? 맡겨 놓은 거 있는지 없는지 한번 까 볼까예?"

그동안 중앙지검, 아니 검사장의 위신을 추켜세워 준 사건이 몇 개던가.

만약 검사장이 검찰총장이 된다면 그건 강철선 본인의 지분이 최소 30퍼센트는 차지한다고 봐야 했다.

검사장은 미간을 구겼다.

"강 부장, 넌 윗사람을 좀 존경할 필요가 있어."

"흐흐. 사랑합니데이."

"쯧."

혀를 찬 검사장은 핸드폰을 꺼내 들었다.

하지만 전화를 건 곳은 동부지검장이 아니라 대검의 중수부였다.

"어, 나야. 창고에서 파일 하나만 넘겨줄 수 있겠나?"

대한민국 모든 정재계 인사들의 비리가 그곳에 있다는 말이 떠도는 중수부의 사건 파일 창고.

그 소문은 진실과 크게 다르지 않다. 그저 터트릴 때를 기다리며 묵혀 둘 뿐이다.

"장성구. 쇼트트랙 국가대표 감독일 거야."

"……!"

"그래, 부탁하지."

통화를 종료한 검사장은 강철선을 봤다.

"시나리오는?"

강철선은 대답 대신 핸드폰을 들었다.

"어, 종혁아. 내다. 아무래도 언론에서부터 시작해야지 않겠나? 그래서 하는 말인데……."

강철선의 눈빛이 차갑게 가라앉았다.

"피해자들 어디 있노?"

* * *

부르릉!

삼십대 후반의 사내가 떠나는 버스를 가만히 응시하다가 중학교 펜스 너머의 운동장을 바라본다.

지금쯤이면 축구부 아이들이 한참 뛰놀아야 함에도 왜인지 아무도 없는 운동장.

'합숙을 간 건가? 아니면 실내 운동?'

무슨 이유인지는 모르지만, 소음 한 점 없는 운동장이 외롭고 쓸쓸하게 느껴진다.

"쯧. 날이 추워지니까 별생각이 다 나네."

모두 얼마 전 연락을 해 온 장성구 때문이다. 겨우 잊고 사는데 연락을 해 와 속을 뒤집은 그.

"개새끼."

사내는 몸을 돌렸다.

절뚝절뚝!

사내는 더 추워진 날씨에 결국 잘 움직여지지 않게 된 무릎.

따뜻한 곳에 가면 고통이 완화되기에 그는 걸음을 재촉해 찜질방으로 향했다. 올해는 봄이 빨리 오기를 기도하며.

찰칵! 치이익!

"후우."

오늘따라 빨랐던 버스 때문에 시간이 남은 사내는 잠시 직장 앞에 서서 담배를 물었다.

그 순간이었다.

"서대훈 씨?"

흠칫!

"누구……."

"중앙지검 특수부에서 나왔심더. 장성구 씨 아시지요?"

사내의 눈이 크게 출렁였다.

아무래도 봄이 빨리 찾아온 것 같았다.

* * *

-금메달! 금메달입니다-!

동해물과 백두산이 마르고 닳도록.

아이스링크에 놓인 단상에 올라서 금메달을 목에 걸며 환하게 웃는 태극전사들. 우렁차게 울리는 애국가에 그들의 미소는 더욱 짙어진다.

그건 장성구도 마찬가지다.

카메라가 찍고 있는지라 마찬가지로 웃고 있지만, 속은 차갑기 그지없는 장성구.

강현수를 비롯한 선수들을 둘러보던 그는 혀를 차며 돌아섰다.

"은메달 이하로 딴 놈들은 돌아가는 즉시 훈련시킬 준비해."

"예."

"기자는 몇 명이나 불렀지?"

"총 6명 불렀습니다."

장성구는 고개를 끄덕였다.

동계올림픽도 아닌 고작해야 아시안게임이다. 그 정도면 충분했다.

특히나 충분히 금메달을 딸 수 있었음에도 은메달 이하로 그친 선수들에겐 그 정도도 과했다.

"현수가 나갈 프로그램 수배하고……."

짧았던 동계 아시안게임.

이제 다시 한국으로 돌아갈 시간이었다.

"하하하!"

"호호호!"

웃음소리가 울려 퍼지는 입국 게이트로 향하는 복도.

선수단 가장 선두에 서서 걷는 장성구의 얼굴을 본 비서는 속으로 한숨을 내쉬었다.

평소처럼 무심해 보이지만, 오래 모셔 왔기에 안다. 지금 장성구의 심기가 무척이나 불편하다는 걸.

비서는 쇼트트랙 선수들을 보며 혀를 찼다.

'바보 같은 놈들.'

태릉에 돌아간 순간 자신들에게 어떤 일이 펼쳐질지도 모른 채 웃고 떠드는 모습을 보니 참 불쌍하기 그지없다.

하지만 거기까지다.

"회식 메뉴 변경해. 삼겹살도 아까운 놈들이니까."

"……치킨으로 변경하겠습니다."

솔직히 그마저도 못마땅하지만, 겉에서 보는 모습도 중요하기에 애써 승낙한 장성구는 입국 게이트 앞에 서서 선수단을 가만히 둘러봤다.

묵직한 그의 시선이 닿자 반사적으로 웃음을 멈추며 고개를 숙이는 선수들.

알아서 줄을 맞추는 모습에 고개를 끄덕인 장성구는 몸을 돌려 입국 게이트를 넘었다.

그러자…….

"나왔다!"

촤라라라라!

그를 향해 쏟아지는 플래시 세례.

'흡?!'

장성구는 6명이 아니라 60명은 족히 되어 보이는 기자들에 눈을 크게 뜨며 어떻게 된 일이냐는 듯 비서를 봤고, 마찬가지로 이게 어떻게 된 일인지 모르는 비서의 얼굴이 당황으로 물들었다.

그런 그들에게 기자들의 폭격이 시작됐다.

"장성구 감독님! 메달을 위해 선수를 혹사시키고 희생시켰다는 말이 정말입니까!"

"장성구 감독님! 부상을 입은 선수를 방치했다는 게 정말입니까!"

"협회 임원이 되기 위해 같은 임원을 무고했다는 게 정말입니까!"

"장성구 감독님!"

"장성구 감독님!"

세상 그 누구도 모르게 감춰 왔던 진실.

그것이 기자들의 입에서 흘러나오자 장성구의 낯빛이 하얗게 질린다.

'이, 이게 무슨…….'

하지만 그가 경악할 건 여기서 끝이 아니었다.

기자들 사이로 걸어 나오는 종혁과 강철선.

최재수, 오택수와 특수부 검사들이 그들의 뒤를 따른다.

그런 그들에게 기자들의 플래시 세례가 쏟아지고, 종혁은 당황에 굳어 버린 장성구의 팔을 끌어 수갑을 채웠다.

"장성구 씨, 당신을 뇌물수수, 공여, 폭행, 협박, 무고 등등 여러 혐의로 체포합니다. 당신은 묵비권을 행사할 수 있고, 불리한 진술을 거부할 권리가 있으며, 체포구속 적부심을 신청할 수 있습니다."

나머지 팔에도 수갑을 채운 종혁은 씩 웃었다.

"내가 유민정, 아니 유명자 그년만으로 끝낼 줄 알았지?"

"네놈……!"

발버둥 치는 장성구에게 다시 플래시 세례가 쏟아졌다.

* * *

어디서부터 잘못된 것일까.

왜 들통이 난 것일까.

구치소에 수감된 장성구는 한참을 고민해 봤지만 답이 나오질 않았다.

하지만 괜찮다. 이럴 때를 대비해 인맥을 쌓아 놓은 것 아니겠는가.

기자들 앞에서 끌려오긴 했지만, 곧 나가게 될 거다.

그는 그렇게 믿고 있었다.

'나가서 알아보면 되겠지.'

그리고 이번 일에 연관된 사람은 전부 가만두지 않을 것이다.

그의 가슴에 흉심이 차오르기 시작했다.

"4068번, 뭔 죄로 들어왔소?"

"놔둬. 아주 학이여, 학."

'버러지 같은 것들.'

그는 허리를 세우며 다른 범죄자들을 무시했다.

"4068번? 접견이다."

'왔군.'

입가에 작은 미소가 매달린 그는 몸을 일으켰다.

덜컹! 그그긍!

싸늘한 냉기가 불어오는 복도.

철창이란 우리 속에 갇힌 인간 이하의 짐승들이 보내는 시선을 무시하며 접견실로 간 그는 먼저 도착해 있는 변호사 지인을 보곤 푸근히 웃었다.

하지만 변호사 지인은 그를 반기지 않았다.

슬그머니 고개를 돌리는 그.

순간 가슴에 박히는 불길한 기분을 애써 무시한 장성구는 빈자리에 앉아 입을 열었다.

"상황은 좀 어떻습니까?"

구치소 안에 있으니 아무것도 알 수가 없다. 코치들은 커녕 제자들도 면회를 오지 않는지라 더욱 그렇다.

'배은망덕한 놈들.'

장성구는 나가면 이들도 가만두지 않을 것이라며 다짐했다.

변호사가 입을 열기 전까지만 해도 그렇게 생각했다.

"후. 어렵습니다, 장 감독."

"……음?"

장성구는 순간 잘못 들은 건가 착각을 했다.
하지만 아니었다.
"페이퍼 컴퍼니 때문에 그렇습니까? 그건……."
"중앙지검장이 나섰어요."
지금 특수부 검사들에 의해 빙상협회가 뒤집어지고 있다.
"……그래서요?"
장성구는 고개를 모로 기울였다.
중앙지검장이 서울 다른 지검의 지검장들보다 한 끗발 높다지만 그래 봤자다.
"중앙지검장이 전에 있던 곳이 중수부입니다."
"……!"
중앙수사부.
장성구 같은 권력가에겐 저승사자라 불리는 곳이다.
철렁!
그제야 사태를 파악한 장성구의 얼굴이 하얗게 질린다. 무심하던 얼굴이 무너져 내린다.
"하, 하지만 빙상에 나를 대체할 존재가 없을 텐데요! 현재 코치들만으로는 메달을 딸 수 없을 겁니다! 문체부, 문체부는 뭐라고 합니까!"
변호사는 대답 대신 담배를 물었다.
"대, 대체 누가……."
"남영익. 그가 돌아왔습니다."
쿵!

자신의 등을 찌르고 미국으로 넘어간 남영익.

그제야 모든 상황이 파악된 장성구는 결국 밑바닥을 드러내고 말았다.

"이 씨발 새끼가! 으아아아아악!"

변호사는 처참하게 무너지는 장성구를 보며 담배를 깊게 빨았다.

'나도 이제 이자와 관계를 끊어야겠군.'

더 이상 이용 가치가 없는 사람은, 그것도 그 독한 인간에게 찍힌 사람은 만나지 않는 게 좋았다.

담배를 비벼 끈 변호사는 몸을 일으켰다.

"어디 가! 어디 가, 이 새끼야-!"

"접견 끝났습니다."

"야, 이 개새끼야-!"

무너진 자의 발악은 추할 뿐이었다.

* * *

"조속히 빙상협회를 정상으로 돌리겠으며……."

연단에 서서 연설을 하는 남 감독과 강직한 표정으로 그런 그의 뒤를 받치는 다른 코치들을 응시하던 종혁은 싱긋 웃으며 돌아섰다.

이제 빙상협회도 정상으로 돌아가게 될 거다.

선수는 선의의 경쟁을 할 거고, 그렇게 뽑힌 이들은 태극전사가 되어 대한민국을 빛내 줄 거다. 그러며 각자의 성적에 맞는 부와 명예를 얻게 될 거다.
“야, 아깝지는 않냐?”
그 말에 최재수도 아쉬움을 드러낸다. 처음부터 끝까지 종혁과 자신들이 다 했기 때문이다.
종혁은 그런 그들을 보며 피식 웃었다.
“아깝긴요.”
중앙지검이 나서지 않았다면 이렇게 깔끔하게 끝났을까?
절대 아니다. 아마 사방에서 몰아치는 온갖 압력에 장성구를 풀어 줬어야 했을 거다.
종혁은 다른 과로 인사이동을 당했을 거고, 오택수와 최재수는 서로 찢겨져 어디 지방서로 발령이 났을 거다.
“하긴…… 동부지검장에다 국회의원이면 그럴 힘이 있지.”
장성구의 뒤를 봐주는 사람에는 국회의원도 있었다.
중앙지검장이 나섰다는 소식에 장성구와의 관계를 부정했지만 말이다.
“어그그! 그럼 이제 끝인 건가?”
“아뇨. 이제부터 시작이죠.”
종혁은 눈을 빛냈다.
빙상협회를 무너트렸으니 이제 다음은 유도협회를 비롯한 스포츠 협회 전부를 뒤져 봐야 한다.
타의에 의해 꿈이 박탈당한 선수들.
그 피해자들을 구제해야 됐다.
“어휴……. 그래. 가자, 가. 씨벌. 이거 설날 전에 끝나면 다행이겠네."
"설날 전에 끝내도록 노력해 봐야죠."
불가능한 일일 테지만 말이다.
그래도 종혁의 발걸음은 꽤 가벼웠다.

* * *

겨울이 마지막 기승을 부리는 2월.
한창 스포츠 협회 수사로 인해 바쁜 종혁이 잠시 시간을 내어 컴퓨터 앞에 앉아 모니터를 보고 있다.
정확히는 CIA에서 제공한 화상채팅 사이트다.
그곳엔 권아영과 박태규, 나탈리아와 린치가 먼저 접속해 있었다.
"전조가 보이기 시작했다고요?"
빠르다. 회귀 전 기억보다 훨씬 더 빠르다.
그러나 여태껏 해 놓은 일들이 있기에 놀랄 일은 아니었다.
–예. 이제 조금만 밀어도 우르르 무너질 겁니다.
너무도 급격히 쌓은 모래성, 중국. 자신들이 그 모래성을 무너트릴 파도가 되어 줄 거다.
박태규의 말에 종혁은 나탈리아와 린치를 봤다.
–우린 모두 준비됐어요, 최.
–우리도.
짧지만 참 오랜 기다림.

흥분으로 빨갛게 물든 그들의 얼굴처럼 견딜 수 없는 종혁은 입술을 비틀며 입을 열었다.

"그럼 바이 차이나 프로젝트, 본격적으로 시작합시다."

쿵!

—예!

종혁은 바빠지기 시작한 사람들을 보며 느긋이 담배를 물었다.

'이번엔 뭘 살까?'

행복한 고민이 시작됐다.

* * *

부우웅!

종갓집으로 향하는 차 안.

보조석에 앉아 눈을 감고 있던 최기룡 전 청장이 돌연 입을 연다.

"그런데 정말 시간 되는 거야?"

빙상협회와 유도협회를 시작으로 축구협회까지 뒤집은 종혁.

그 행보가 협회를 지닌 스포츠 전 종목에 닿으려 하고 있었기에 최기룡은 이번 휴가에 우려를 나타낼 수밖에 없었다.

"아, 괜찮아요."

현재 이택문 경찰청장의 명령 아래 서울청을 비롯한 전

국 지방청에 일감이 나눠졌다.

스포츠 협회들이 증거를 인멸하기 전에 몰아치기 위해서다.

종혁은 애초부터 그럴 계획이었기에 승낙을 했고, 그로 인해 종혁의 수사는 끝. 여유롭게 명절 휴가를 계획 할 수 있었다.

"솔직히 축구협회도 현몽준 당대표님께서 적극 협력을 해 줘서 수사가 빨리 끝난 거지, 아니었으면 지금도 수사를 하고 있었을걸요?"

축구협회 협회장인 현몽준 당대표.

그가 적극적으로 협력을 해 줘서 얼마나 고마웠는지 모른다.

그렇다면 다행이라는 듯 고개를 끄덕인 최기룡은 창밖, 눈이 녹는 도로를 보며 입을 열었다.

"택문이가 이제 5개월 정도 남았나?"

"네. 그 정도 남았죠."

"다음은 누가 될 거라는 말은 있고?"

"일단 서울청장님과 부산청장님이 물망에 오르고 있는데……."

"부산청장이 될 확률이 높겠군."

"아무래도요. 정권이 바뀌면 또 어떻게 될지는 모르고."

경찰청장의 임기가 2년이라지만, 정권이 바뀌면 어떻게 될지 모르는 거다.

회귀 전, 임기를 제대로 채우고 물러난 경찰청장이 몇

명이나 되던가. 빠르면 8개월도 채우지 못하고 물러나는 경찰청장도 있었다.

임기를 온전히 마친 최기룡이 운이 좋은 거였다.

"그렇군. 벌써 선거야."

시간이 참 빠르다 싶었다.

"몇 번 찍을 거냐? 1번? 2번?"

종혁은 어이없다는 듯 최기룡을 봤다.

"공무원한테 정치색을 드러내라는 겁니까?"

"인마, 네가 그냥 공무원이냐?"

"예. 그냥 공무원이에요. 대통령이 누가 되든 무슨 상관입니까? 범죄자만 잘 잡을 수 있으면 되지."

"얼씨구? 너만 경찰이지?"

"흐흐."

피식 웃은 최기룡은 차창을 내리며 담배를 물었다.

'하긴 이놈 말이 맞지.'

정권이 달라진다고 범인 검거도 달라진다면 그게 어떻게 경찰일까. 경찰은 그냥 평소처럼 그 자리에서 범인만 때려잡으면 되는 거다.

하지만 그렇지 못하니 문제인 거다.

'박종명…….'

권력지향형인 박종명 부산청장.

그가 정권의 개가 되지는 않을지 걱정이 될 수밖에 없었다.

'뭐 이놈이 알아서 하겠지.'

어차피 박종명이 취임할 때쯤이면 종혁도 외사국으로 옮긴다고 하지 않았던가. 외사국에 있으면 박종명 부산청장도 종혁을 이용할 순 없을 거다.

'그럼 된 거야.'

"후우우."

종혁은 창밖으로 담배 연기를 내뿜는 최기룡을 힐끔 보곤 잠시 생각에 잠겼다.

'박종명…… 그 양반 의외로 선은 지켰지.'

회귀 전 경찰청장이었던 박종명.

정권의 개처럼 굴 때가 좀 있긴 했지만, 그래도 선은 절대 넘지 않았다. 이택문 경찰청장처럼 경찰 처우 개선에 앞장섰고, 공권력 강화에 열을 올렸던 그.

그렇기에 종혁도 별생각이 없는 거다. 박종명과 서울청장 중 누가 경찰청장이 되든 큰 상관은 없으니까.

그건 차기 대통령도 마찬가지다.

참 말도 많고 탈도 많은 양반이지만, 의외로 경찰은 별로 건드리지 않았던 그.

'하지만 그 말이 많은 게 문제인데……. 경찰로서 무시할 수도 없고…… 아, 복잡하네.'

갑자기 심란해진 종혁은 차창을 열며 뜨거워지는 머리를 식혔다.

"할머님!"

"어이구, 최 팀장 왔어?"

“잘 계셨죠? 몸은 좀 어떠세요?”

“며칠 전에도 통화해 놓고 또 물어봐?”

잘 있다는 듯 팔뚝을 두드리는 손길에 종혁은 일그러지려는 얼굴을 억지로 폈다.

작년보다 훨씬 힘이 약해진 손길, 가빠진 숨.

얼굴에도 검버섯이 피며 죽음이 다가오고 있다는 게 느껴진다.

“보내 드린 홍삼은 계속 드시고 계시죠?”

“그럼, 누가 보내 준 건데. 걱정 마. 갈 땐 가더라도 우리 최 팀장 장가가는 건 보고 가야지!”

“어이쿠. 그럼 20년은 더 사시겠네요!”

“그렇게나? 어휴, 그러면 못 써. 어머님 생각도 해야지.”

“저희 여사님은 딱히 그런 걸 생각하지 않는 분이시라…….”

“그래도 자식이라면 응당 얼른 결혼해서 손자를 안겨줘야지. 그게 자식의 도리…….”

종혁은 시작된 그녀의 일장연설에 자신이 말을 잘못했구나 자책하면서도 ‘예, 예’ 대답만 해야 됐다.

그렇게 시간이 얼마나 지났을까.

힘이 붙인 할머님이 가 보라는 듯 손짓하자 인사를 하고 나온 종혁은 종부를 찾았다.

“아, 종혁아. 할머님은 뵙고 온 거야?”

“예. 그런데 할머님 건강검진은 하신 거예요?”

그 말에 종부의 입가에 씁쓸함이 맺힌다.

"너도 느꼈니?"
"결과가 어떻게 나왔나요?"
"아무래도 슬슬 준비를 해야 할 것 같아."
"결국……."
무거운 한숨을 내뱉은 종혁은 고개를 끄덕였다.
의학이 나날이 발전한다고 한들 어쩔 수 없는 천명이다.
"그래도 티 내지는 말고. 할머님이 종혁이 너 신붓감 고르신다고 매일매일 즐거워하시니까."
"결혼할 생각도 없는데 무슨……. 알겠습니다. 그래도 뭔 일 있으면 바로 연락 주세요. 서울에 아는 병원 많으니까."
"그래. 말만이라도 고맙다. 어서 가 봐. 어르신들께서 종혁이 너 언제 오나 목 빼며 기다리고 계시니까."
"푸흐. 재밌는 이야기 찾을 거면 인터넷을 하시라니까."
"그 연세들에 그게 쉽나. 어여 가 봐."
"예. 술 좀 많이 넣어 주세요."
걱정 말라는 듯 손을 젓는 종부를 뒤로한 종혁은 어르신들이 모여 있는 사랑방으로 향했다.
"저 왔습니다-!"
"어이쿠! 어서 와, 최 팀장!"
"오는데 힘들지 않았지? 이쪽으로! 이쪽으로 와!"
종혁은 새하얀 한복을 입은 채 버선발로 맞이하는 어르신들의 모습에 씩 웃으며 걸음을 옮겼다.

* * *

"자자, 이것도 먹어!"

부욱 찢은 전을 건네는 손길에 온정이 가득 담긴다.

그럴 수밖에 없다.

아르헨티나에서 사업을 한다는 놈에게 사기를 당할 뻔한 것도 막아 주고, 좋은 투자사를 소개시켜 줘서 자식들에게 싫은 소리를 하기는커녕 두둑한 지갑에 집안 가장 큰어른으로서의 권위도 든든히 지키는 중이다.

이 외에도 사이비가 얼마나 무서운지, 묻지마 투자가 얼마나 무서운지, 직원들 처우는 어떻게 해야 하는지 등을 알려 주면서 어쩌면 그들을 덮쳤을 우환을 막아 주었다.

그들에게 있어 종혁은 단순히 같은 문중 사람이 아니라 귀인이었다.

"어허, 어딜! 우리 최 팀장에게 그런 지짐 따위를 먹이려고? 이런 고기 정도는 돼야지!"

"하하. 감사합니다. 어이쿠! 잘 먹겠습니다."

종혁은 얼굴에 새겨진 웃음을 지우지 않으면서 최기룡에게 도와 달라고 눈빛을 보냈지만, 최기룡은 이미 거나하게 취한 상태였다.

'에라이.'

종혁은 왜 설날 당일이 아니라 하루 전에 왔을까 작게 자책하면서도 입을 열었다.

"이번에 정부 쪽에서도 빙상 스포츠에 크게 지원을 한다니까 혹시 그쪽 운동에 관심 있는 애들 있으면 한번 해보라고 하세요."

"어이구, 그래? 나라에서 지원을 해?"

"이미 협회에 300억 상당의 지원이 들어간 상태예요."

종혁이 준 200억에 정부 추가 예산 300억.

이번 장성구와 유민정 사건으로 인해 빙상 스포츠에 대한 정부 지원이 현저히 떨어진다는 것을 인식한 정부는 큰 출혈을 감수하기로 했다.

그리고 현재 아이스링크를 짓고 있는 태릉 피트니스센터에서 피겨와 쇼트트랙, 아이스하키, 컬링 등 빙상 스포츠를 보다 친근하게 접할 수 있게 하기 위해 프로그램을 짜는 중이기에 지금보다 더 양질의 선수들을 배출할 수 있게 될 거다.

"그렇지! 잘한다, 잘해! 이제야 내가 내는 세금이 제대로 쓰이는 것 같구만!"

"어허? 세금도 내시오? 세금을 타 먹는 게 아니고? 이젠 타 먹는 게 더 많지 않나?"

"여태까지 낸 세금! 이놈이 그래도!"

"어익후, 치시게? 쳐 보쇼. 이참에 북망산 한번 넘어봅시다!"

"아이고, 왜들 이러세요."

여든이 넘은 노인들이 멱살을 잡는 모습에 종혁은 식겁하며 말렸고, 사랑방은 순간 난장판이 됐다.

그런 사랑방으로 사십대 남성이 웬 처음 보는 소녀와 함께 들어섰다.

그러자 멱살을 잡던 어르신들은 언제 싸웠냐는 듯 옷매무새를 가다듬으며 근엄한 표정을 짓고, 거나하게 취해 드러눕거나 허리가 아파 삐딱하게 앉아 있던 어르신들도 얼른 신색을 바로 했다.

'푸흐. 미치겠네. 다들 너무 귀여운 거 아니야?'

난생처음 보는 소녀가 왔다고 다들 무게 잡는 모습이 너무 귀여웠다.

'그런데 저 조카님은…….'

아는 얼굴이다. 데려온 소녀도 왜인지 낯이 익었다.

"그동안 잘 계셨습니까!"

"그래, 왔나?"

"뭘 이렇게 빨리 와. 내일 와도 될 것을. 그런데 그쪽 여식은 뉘일꼬?"

"하하, 제 딸입니다. 윤아야, 인사드려. 우리 문중에서 가장 큰어르신들이야. 너에겐 고조할아버지, 증조할아버지뻘 되겠다."

"헥! 안녕하세요! 최윤아입니다!"

"어이쿠. 뉘집 딸인지 목소리 한번 장군감이다! 그래, 이리 온?"

절로 입가에 미소가 감돈 어르신들은 저마다 쌈짓돈을 꺼내기 시작했고, 안 그래도 사슴처럼 큰 눈이 크게 떠진 소녀는 냅다 엎드렸다.

"새해 복 많이 받으세요!"

"으허허허! 그래, 예쁘장한데 인사성도 밝아서 좋구나. 앞으로 공부 잘하고, 부모님 속 썩이지 말고. 친구들과 좋은 관계 맺고."

"네!"

"허허허허허!"

"아이고, 형님만 독차지하지 말고 이 아우들에게 넘겨 주시오."

"어디 사람을 넘긴다 만다 하는가. 그래, 윤아라고 했지? 가서 얼른 용돈 벌거라."

"헤헤. 넵! 새해 복 많이 받으세요!"

낯설다는 단어는 사전에 없는 건지 소녀는 넙죽넙죽 인사를 했고, 주머니에 돈이 쌓일 때마다 그 목소리는 더욱 커져 갔다.

그러다 종혁의 차례가 됐다.

"아…… 어……."

이제 이십대 중반으로 보이는 종혁에 당황하는 소녀.

소녀의 아버지가 피식 웃는다.

"아저씨도 계셨습니까?"

"예. 어떤 분 때문에 하루 일찍 오게 됐습니다, 조카님."

종혁은 있는 폼, 없는 폼 다 잡아 가며 술을 마시는 최기룡을 가리켰고, 소녀의 아버지는 그럴 줄 알았다는 듯 풀썩 웃었다.

"윤아야, 인사드려라. 이분이 네게는 할아버지뻘 되시

는 분이다.”

“히엑?! 아, 안녕하세요! 새해 복 많이 받으세요!”

“그래요. 윤아 양도…….”

‘아, 최윤아!’

이제야 저 화장기 하나 없는 앳된 얼굴에 미래의 스타가 덧씌워진다. 2010년도 중반까지만 해도 대한민국 최고의 걸그룹이라 불렸던 걸그룹의 멤버.

‘얘가 우리 문중이었어?’

전혀 몰랐던 일이라서 놀랐던 종혁은 이내 의아하게 쳐다보는 윤아의 모습에 푸근히 웃으며 지갑을 꺼내 들었다.

“그래요. 윤아도 새해 복 많이 받아요. 이건 할아버지로서 주는 세뱃돈.”

“가, 감사합니…… 억? 에에엑?!”

종혁이 준 백만 원짜리 수표 다섯 장에 경악을 한 윤아는 그걸 아버지에게 보여 줬고, 소녀의 아버지도 당황했다.

“너, 너무 많습니다, 아저씨.”

“한창 때일 나이 아닙니까. 돌아서면 배고플 나이인데, 주머니가 두둑해야죠. 안 그렇습니까, 형님?”

“허허허. 그렇지. 암, 우리 윤아처럼 예쁜 아이는 더 그래야지!”

“윤아야! 어른이 줄 때는 감사합니다 하고 받는 거야! 그 아저씨가 많이 부자니까 그래도 된다!”

“가, 감사합니다.”
“그래요, 그래.”
‘최윤아라…… 흠.’
회귀 전 국내 최정상의 스타였음에도 별다른 말이 없던 최윤아.
‘이거 잘하면 방송국 멱살을 다시 잡기가 훨씬 편해지겠는데?’
종혁의 머리가 빠르게 굴러가기 시작했다.

2장. 밟을 수밖에 없는 덫

밟을 수밖에 없는 덫

저녁이 되어 갈수록 종갓집을 찾는 사람들은 점점 더 많아져갔다. 기상청에서 내일 새벽부터 눈이 내린다고 했기에 혹여 길이 막힐까 하루 먼저 와 버린 것이다.

"최 팀장! 한잔 받아야지!"

"예, 형님!"

웅성웅성. 왁자지껄.

새벽부터 일어나 차례를 지내고 성묘를 가야 하건만 술과 수다가 넘치는 종갓집.

이리저리 불려 다니던 종혁은 사람들이 모두 거나하게 취하자 잠시 숨을 돌리기 위해 사랑방을 나섰다.

그러자 겨울의 찬바람이 종혁을 반기듯 달아오른 볼을 휘감는다.

휘이잉!

“푸후우.”

입가에 미소가 그려지던 종혁은 돌연 낯빛을 굳혔다.

“없었지.”

중앙경찰학교에서 확인한 스포츠계에 드리워진 놈들의 꼬리. 피해를 당한 선수들에게 피해 사실을 조사하며 은밀히 알아봤지만, 아무도 그에 대해 아는 이가 없었다.

‘그때 잡은 놈들을 족쳐서 두 놈은 알아냈는데……. 쯧.’

좀 아쉬웠다.

“응?”

입가에 미소가 그려지던 종혁은 사랑채 옆에 쪼그려 앉아 있는 최윤아를 발견하고 걸음을 옮겼다.

사람이 다가오는지도 모른 채 핸드폰만 들여다보는 윤아.

종혁은 그 옆에 털썩 앉으며 입을 열었다.

“밥은 잘 먹고 다니지?”

“힉!”

화들짝 놀라 종혁을 본 윤아는 어리둥절한 표정을 지었고, 종혁은 빼빼 마른 그녀의 다리를 가리켰다.

툭 치면 부러질 듯 앙상한 다리. 스키니 스타일의 청바지라 다리의 두께가 여실히 드러났다.

“아하하하하! 아니에요. 저 밥 엄청 잘 먹어요! 배고플 땐 세 공기씩 먹어요!”

“아닌데…….”

“푸히히히히! 진짜예요!”

진심이 가득한 얼굴에 종혁은 고개를 끄덕였다.
"학교에서 괴롭히는 사람은 없고?"
"네? 아뇨. 그런 사람 없어요."
"그래?"
종혁은 신기하다는 듯 봤고, 윤아는 어깨를 움츠렸다.
"왜, 왜요?"
"아니, 이렇게 예쁜데 시기하는 사람이 없다고 해서."
"네? 으하하핫! 아니에요! 제가 힘이 얼마나 센데요! 우리 애들 저한테 쪽도 못 써……아."
아차 한 윤아는 얼굴이 빨개졌고, 종혁은 웃음을 터트렸다.
"그래? 그거 다행이네. 그래도 혹시 괴롭히는 사람 있으면 삼촌한테 바로 바로 연락해. 내가 아주 그놈들 혼쭐을 내 줄 테니까!"
"네! 알겠습니다!"
어디서 배웠는지 거수경례를 하는 그녀의 모습에 종혁은 푸근히 웃었고, 배시시 웃던 윤아는 고개를 모로 기울였다.
"그런데 삼촌이요?"
종혁은 얼굴을 구겼다.
"삼촌이라고 불러. ……둘이 있을 때만이라도."
다른 어르신들 앞에서 호칭을 잘못했다가는 불호령이 떨어질 것이다.
"푸히! 네, 삼촌!"

"그래, 싹싹해서 좋다. 이건 삼촌이 주는 용돈."

그러자 윤아가 식겁하며 손을 뻗었다.

"에헤이. 넣어 둬요, 넣어 둬."

"응? 푸핫!"

살짝 친해지니 바로 장난을 쳐 오는 게 넉살이 장난 아니다.

어쩔 수 없이 지갑을 수습한 종혁은 저 멀리 산 위에 뜬 달을 보며 입을 열었다.

"그래서 어색해서 나온 거야?"

"아? 아, 아니요. 그냥 핸드폰 하려고요. 하하."

"하긴 어색할 수밖에 없나?"

같은 성씨라지만 난생처음 본 사람들만 가득한 종갓집. 그것도 또래 아이는 거의 없이 다 어른들만 있는 곳이다.

예민한 십대 소녀에겐 딱 질색일 수밖에 없는 공간이었다.

그러니 아마 유일하게 아는 사람인 아빠를 찾아 여기로 온 것일 터였다.

"아, 아니요! 어색한 게 아니라……."

"다 알아. 나도 처음에 왔을 때 그랬거든. 오늘만 참아. 내일 낮이면 돌아갈 테니까."

"네에……. 아, 맞아! 아빠가 삼촌이 경찰이라고 하셨는데!"

"왜? 신기해?"

"네! 경찰이시면 막 무서운 사람들도 잡고 그래요?"

“그럼. 이 삼촌 주먹에 걸리면 그냥…… 어?”
“와아…….”
꽉 쥐어진 종혁의 커다란 주먹을 본 윤아는 정말 그럴 것 같다고 살짝 질린 얼굴로 고개를 끄덕였다.
살짝 기가 눌린 그녀는 조심스럽게 입을 열었다.
“그, 그럼 어떤 범죄자를 잡으셨는데요?”
“글쎄다……. 흠. 윤아 네가 알 만한 사람이라면 한상원?”
“에에?! 지, 진짜요?!”
한상원이라면 윤아도 어렴풋이 기억한다.
한국에서 최악의 탈옥수라고 했다.
“그리고 혹시 철수야 놀자라는 프로그램 기억하니?”
“아! 그거 아빠가 그 후원자란 사람이 사기꾼이라고 했는데!”
“설화학교는?”
“우, 우와아!”
그녀의 눈에 존경심이 차오르자 종혁은 콧대를 세우다가 이내 풀썩 웃었다.
‘내가 애를 데리고 뭐하는 짓인지.’
지금 이게 중요한 게 아니었다.
“고2라고 했지?”
“네.”
“갈 대학은 정했고?”
움찔!
“아, 그게…….”

"왜? 아직 안 정했어?"

종혁의 물음에 윤아의 고개는 더욱 숙여져 갔다.

"그, 그게…… 저 연예인 될 거거든요. 데뷔조예요……."

쥐구멍에 숨어드는 듯 작은 목소리.

"아, 그래서 조카님이 널 데려온 거구나?"

"흡?!"

"뭘 그렇게 놀래. 원래 다 그러는 건데."

"네?"

원래 다 그렇다.

명절날 종갓집에 난생처음 보는 인물을 데려온다는 게 어떤 의미겠는가. 데려온 사람을 앞으로 잘 부탁한다는 의미다.

일평생 한 번 안 오다 갑자기 쳐들어오면 몰라도, 계속 종가 행사에 참석했던 조카님이기에 다들 이해할 것이다.

그러라고 있는 게 문중이고, 가족이었다.

"원래 다 그런 거니까 아빠를 너무 미워하진 마."

"……흑!"

"어이구."

이 어린 소녀가 아버지의 강권에 종갓집에 따라와 얼마나 놀라고 겁먹고 눈치를 봤을까.

아까 밥을 깨작깨작 먹는 게 눈에 밟히더니 이런 이유 같았다.

종혁은 윤아의 어깨를 두드렸고, 흐느끼던 윤아는 이내

곧 배시시 웃으며 종혁을 봤다.

"감사합니다!"

"뭘. 그나저나 연예인이면 가수? 탤런트?"

"가수요! 아이돌! 늦어도 8월에는 데뷔한다고 했어요!"

"오, 그래? 아이돌이었어?"

"네? 왜요?"

"아니, 난 너무 예뻐서 배우인지 알았지. 흠. 아이돌이라……. 잠시만?"

종혁은 눈을 동그랗게 뜬 윤아를 보며 핸드폰을 꺼내들었다.

"어, 쭌이 형. 시간 괜찮아? 아, 그럼 곧 데뷔를 앞둔 후배 가수를 위해 덕담 한마디 해 줄 수 있겠어? 땡큐. 고마워. 받아 봐."

"네? 여, 여보세요?"

-헬로우? 우리 종혁이가 소개시켜 주는 후배님은 누구야?

"어? 어어어?"

너무도 낯익은 목소리와 말투.

연예인을, 그것도 가수를 꿈꾸는 사람이면 결코 모를 수가 없는 목소리였다.

종혁은 이게 정말이냐는 듯 쳐다보는 윤아를 향해 고개를 끄덕였다.

"히이익……! 아, 안녕하십니까, 선배님-!"

-그래, 안녕? 나 박준형이야. 알지?

"네, 네! 안녕하세요, 선배님! 최윤아입니다!"

그렇게 그들의 대화가 시작되었다.

"와아."

윤아의 표정이 몽롱하다.

그녀로선 감히 쳐다볼 수조차 없는 대선배이자 레전드 보이그룹의 리더가 너무도 자상한 말투로 덕담을 해 줬는데 제정신을 유지한다면 그게 더 이상했다.

종혁은 마치 달빛에 취한 듯 초점이 사라진 그녀의 눈앞에서 손바닥을 흔들었다.

"여보세요? 거기 계세요?"

"삼촌!"

"응?"

"준형 선배님과는 어떻게 아시는 사이이신 거예요?"

"그냥 뭐…… 이래저래?"

사정까지 말하면 시간이 너무 길어진다.

하지만 윤아에겐 그것만으로도 족했다. 아니, 대수롭지 않다는 듯 말하는 종혁의 모습에 존경심이 더 차올랐다.

"와, 삼촌 정말 대단한 사람이구나. 그럼……."

"그럼?"

"아? 아, 아니에요! 감사합니다! 정말 감사합니다! 전 이만 자러 가 볼게요!"

마치 폴더폰처럼 허리를 굽히던 그녀는 마치 비밀을 들킨 아이처럼 다급히 돌아섰고, 종혁은 미간을 구겼다.

"윤아야!"

"네?"

종혁은 그녀의 손에 명함을 쥐여 주었다.

"무슨 일 있으면 연락해. 꼭 네 일이 아니어도."

"네?"

순간 흔들리는 그녀의 눈은 종혁의 예측이 진실임을 말해 주고 있었다.

"……네, 감사합니다!"

다시 허리를 꾸벅 숙인 윤아는 돌아섰고, 종혁은 안채로 향하는 그녀를 보다 눈을 가늘게 떴다.

"부디 별일이 아니기만을 바라야겠네."

만약 소속사에서 불합리한 일을 강요한다면?

"그땐 다 죽는 거지."

굳이 윤아 때문이 아니라도 피해자가 생기는 걸 용납할 수 없다.

꾸그긋!

주먹을 꽉 쥔 종혁은 이내 자취를 감춘 윤아를 보며 담배를 물었다.

"……오늘은 여기까지."

일단 자신이 세우는 계획이 진행되기 위해선 손연아가 금메달을 따는 게 중요하다. 윤아는 그 이후였다.

고개를 끄덕인 종혁은 담배에 불을 붙이기 위해 발을 뗐다.

여기서 담뱃불을 붙였다가는 큰일이 날 테니 말이다.

"흠. 담장 밖에다 숙소를 하나 세울까?"

그럼 윤아처럼 종갓집에 처음 오는 사람도 맘 편히 쉴 수 있을 것 같았다.

종혁은 종부님과 상의해 봐야겠다고 생각하며 어두운 곳으로 향했고, 그렇게 종갓집에 온 첫날의 밤이 깊어져 갔다.

* * *

"흐어어."

설 연휴가 끝나고 본청 로비로 들어서는 종혁의 얼굴에 피로가 가득하다.

"좋은 아침……뭐, 뭐야. 설에 못 쉬었어?"

"아뇨. 결혼하라고 시달려서……."

결혼한 젊은 친구들을 볼 때마다 시작되었던 할머님의 압박, 그리고 그 말에 맞장구치던 어르신들.

설 당일 날 모든 행사가 끝나자 도망치듯 종갓집을 나와 집에서 푹 쉬었지만, 그래도 그 피로가 잘 사라지지 않았다.

일반적인 27살이었으면 그냥 무시하고 넘어갔을 테지만, 회귀 전에도 결혼을 못했던 종혁. 아니, 결혼을 못한 게 아니라 안 한 것이지만 그래도 꽤나 타격이 있었다.

"푸하핫! 확실히 최 팀장 정도면 나이가 젊어도 시달릴 만하지. 수고해!"

"예, 수고하십시오……."

만나는 사람과 인사를 나누며 지하의 특별수사팀으로 향한 종혁은 책상에 머리를 박고 있는 최재수를 발견하곤 눈을 껌뻑였다.

"얘 왜 이래요?"

오택수가 피식 웃으며 입을 열었다.

"명절 내내 할머니에게 시달렸단다. 너도 이제 서른이니 신붓감을 찾아야 하지 않겠냐고."

"나쁜 놈의 새끼들. 친구도 아닌 새끼들. 결혼을 했으면 찾아오지 말라고……."

"아……."

동병상련의 마음이 이런 걸까.

애잔한 눈으로 최재수의 어깨를 토닥인 종혁은 묘하게 허탈해하는 오택수를 보며 고개를 모로 기울였다.

"오 경감님은 또 왜 그러시고요?"

"난 비상금이 죄다 세뱃돈으로 나가서……."

대학에 입학하거나 취직을 하거나 결혼을 한다는 큰 조카들.

삼촌으로서 가만있을 수가 없어서 핸드폰 사라, 양복 사라 하며 아내 몰래 돈을 주다 보니 결국 모아 둔 비상금이 바닥을 드러냈다.

"에휴. 욕보셨습니다."

다들 명절 후유증이 장난 아니다.

고개를 저은 종혁은 커피메이커로 다가갔다.

커피라도 마시지 않으면 명절 연휴 다음 날, 첫 일과를 우울하게 시작할 것 같았다.

후룩!

"으음."

고소하고 따뜻한 커피가 목구멍 너머로 넘어가자 좀 살 것 같다고 느끼는 종혁의 곁으로 오택수가 빈 컵을 들고 다가섰다.

"이제 새 사건을 받는 건가?"

"그래야죠."

스포츠 협회 사건도 마무리되었으니 이제 새로운 사건을 맡을 때다. 아마 이따가 정용진 과장이 부를 터였다.

"뭘 것 같냐?"

"뭐든 많겠죠. 어디 범죄가 계절 타는 것도 아니고."

물론 계절을 타는 범죄도 몇 개 있긴 하다. 산불 방화라든지, 자살이라든지 특정 계절에 발생량이 많아지는 사건들이 있다.

"아오! 이 빌어먹을 범죄자 새끼들! 착하게 살면 어디 덧나나? 우리도 좀 쉬자, 쉬어!"

"명절날 풀로 쉬었으면 됐죠, 뭐."

어디 경찰이 명절을 풀로 쉴 수 있겠나. 명절에 쉴 수 있는 것만으로도 크나큰 축복이었다.

"그건 맞지. 그래도! 쉬고 싶다! 진짜 아무것도 안 하고 푹 쉬고 싶다!"

"나도요……."

오택수의 말처럼 정말 아무것도 안 한 채 쉬고 싶었다.

하지만 세상은 경찰인 그를 쉬게 할 마음이 없는 것 같았다.

지이잉! 지이잉!

“응? 얘가 왜?”

윤아다.

“여보세요?”

–사, 삼촌!

물기 가득한 다급한 목소리.

종혁의 표정이 딱딱하게 굳었다.

“지금 어디야?”

* * *

도르르륵!

옷이 가득 든 캐리어를 끄는 윤아가 허름한 아파트, 아니 숙소로 들어선다.

20일 전 데뷔조 멤버가 확정이 되자 소속사에서 마련해 준 숙소.

“히히…….”

‘재밌었어.’

모르는 사람들뿐이었던지라 어색하고 지루하긴 했지만, 하얀 한복을 입은 어르신들이 차례를 지내는 모습이나 성묘를 하는 모습은 마치 사극드라마를 보는 것처럼 재미가 있었다.

그중 가장 재밌는 건 아무래도 종혁이었다.

덩치는 그리스 로마 신화 만화의 헤라클래스처럼 어마어마하지만, 장난기는 학교 남자애들처럼 짓궂으면서도 또 어쩔 땐 성인의 냄새를 물씬 풍겼던 종혁.

그러면서도 어르신들에게는 꼼짝도 못한 채 허리만 숙이던 모습은 정말 개그 그 자체였다.

띠디디디딕! 띠리릭!

"다녀왔습니다악-!"

아직 설 연휴가 끝나지 않아 아무도 없을 게 분명하지만 그래도 우렁차게 인사하며 숙소 안으로 들어서던 윤아는 거실에서 느껴지는 인기척에 깜짝 놀랐다.

"윤아, 왔니?"

"언니-!"

거실에서 소리가 흘러나오지 않는 TV를 보고 있는 예쁜 소녀. 같은 데뷔조 멤버다.

반사적으로 캐리어를 팽개치며 후다닥 달려가 소녀를 안은 윤아는 말랑말랑한 소녀의 볼에 머리를 비볐다.

"뭐예요. 왜 벌써 왔어요?"

"아니, 뭐……. 안 갔어."

"네?!"

깜짝 놀라 물러선 윤아는 그제야 아차 싶었다.

그들 데뷔조에서 가장 실력이 좋지만, 무슨 일인지 아직까지 계약을 맺지 못한 소녀. 부모님이 야반도주를 했다는 소문이 있었다.

아니, 소속사로 무섭게 생긴 사람들도 찾아와 그녀와 말다툼을 벌이는 걸 목격한 사람들도 있기에 마냥 허황된 말은 아니었다. 그 목격자 중 윤아도 있기에 더욱 더.

아마 안 간 게 아니라 못 간 게 분명했다.

하지만 윤아는 모른 척 씩씩하게 말했다.

"그럼 명절 음식도 못 먹었겠네요?!"

"그렇지?"

"아싸! 공범 생겼다!"

윤아는 내던진 캐리어를 끌고 와서 열어젖혔고, 그 안의 내용물을 본 소녀는 눈을 껌뻑였다.

윤아 정도는 충분히 담을 커다란 캐리어의 4분의 1을 채운 채 고소한 냄새를 내뿜는 검은 봉지.

"너 이거 설마……. 아니지? 곧 데뷔해야 돼서 체중 감량을 해야 되는 걸 아는 우리 윤아가 다이어트의 적인 명절 음식을 가져 온 건 아니지?"

"언니."

윤아는 정색했다.

"우리 데뷔가 언제?"

"늦어도 8월이랬잖아."

"네. 8월. 앞으로 반년이나 남았죠!"

"……너 이거 먹으려고 하루 빨리 온 거지?"

소속사에서도 데뷔조 부모들에게 당부하는 다이어트.

아마 윤아는 집에서도 먹을 수 없으니 이걸 훔쳐 온 게 분명했다.

"콜?"

"……콜."

한창때의 소녀에게, 그것도 다이어트의 압박과 온갖 스트레스에 시달리는 소녀에게 명절 음식은 결코 거부할 수 없는 악마의 유혹이었다.

먹는 순간 체중이 늘어날 걸 알면서도 먹을 수밖에 없는 덫.

소녀는 묵직한 자태를 드러내는 전을 향해 손을 뻗었다.

"이것들이! 얼른 안 일어나-!"

쩌렁쩌렁 울리는 외침에 벌떡 몸을 일으킨 윤아는 마치 백설기를 닮은 듯 작고 하얀 소녀를 보며 배시시 웃었다.

"에헤헤. 굿애프터눈. 언니!"

"굿모닝이다, 짜샤! 아이고, 내가 못살아! 정말 못살아-!"

기름기 가득한 비닐봉지와 탄산음료로 어질러진 거실.

이게 과연 곧 데뷔를 할 걸그룹 숙소의 모습일 수 있을까.

"너희들 먹이겠다고 살 안 찌는 음식들만 가져온 내가 미친년이지! 너희들 이거 얼른 치워! 실장님 오시기 전에!"

"맞아! Hurry up!"

실장님이 와서 이걸 본 순간 연대책임이다.

윤아는 하얀 소녀 옆에서 허리에 손을 얹고 있는 미소가 예쁜 언니의 화난 모습에 공범의 몸을 흔들었다.

"리나 언니. 얼른 일어나 봐, 언니."

"으응, 왜……."

뒤척이며 몸을 일으켰던 소녀, 리나는 화가 잔뜩 나 있는 멤버들의 모습에 슬그머니 몸을 일으켜 난장판이 된 거실을 치우기 시작했고, 윤아도 얼른 쓰레기봉투를 가져와 동참했다.

그렇게 찢어 버린 어젯밤의 흔적을 모두 치운 그들은 입을 다문 채 집을 나서 아파트 쓰레기장으로 향했다.

"우리 어제 몇 시에 잔 거예요, 언니?"

"……몰라."

밤새 웃고 떠들다가 언제 잠들었는지 기억도 없다.

그런데 지금 그게 문제가 아니다. 어젯밤 윤아가 가져온 명절 음식을 다 먹어 버렸다는 게 문제였다.

"내가 미쳤지. 내가 진짜 미쳤지……."

몇 킬로그램이나 쪘을까.

이걸 뺄 생각을 하니 눈앞이 아찔해졌다.

리나는 같이 먹었음에도 얼굴이 살짝 붓는 정도로 끝난 윤아를 원망스럽다는 듯 봤다.

"같이 먹었거든요?!"

"……같이 먹어 놓고 살은 나만 찌게 만든 나쁜 계집애."

"히히. 그러니까 사람은 체질을 타고나야 한다니까요."

"이익! 너 진짜 나빠."

"히히. 사랑해요, 언니……."

"그러게. 우리도 네가 참 나빠요, 김리나 양."

움찔!

갑자기 대화에 끼어드는 목소리에 기겁하며 몸을 윤아와 리나는 이쪽을 향해 다가오는 삼십대 남성들의 모습에 그대로 굳어 버렸다.

얼굴에 칼자국이 난 무서운 사람들.

"김리나 양, 우리가 왜 왔는지 알죠?"

"어, 언니……."

윤아는 반사적으로 굳어있는 리나의 앞을 막아섰고, 그 모습에 정신을 차린 리나는 입술을 깨물며 윤아를 뒤로 잡아당겼다.

'이런 모습 보이기 싫었는데!'

부모님과 연락이 끊긴 지가 벌써 1년이 넘었는데 대체 왜 이러는 걸까. 왜 동생같은 후배에게 이런 초라한 모습을 보이게 하는 걸까.

눈물이 터질 것만 같았다.

"후. 저리로 가서 이야기해요."

남성들은 피식 웃었다.

"괜찮아. 이야기 나눌 필요 없어. 널 데리러 온 거거든."

"저리 가서 이야기하자니까요!"

"김리나 양, 아빠랑 엄마 봐야지?"

"네?"

"아빠랑 엄마가 리나 양을 찾으시네? 못 믿겠으면 통화하게 해 줘?"

"……네."

그럴 줄 알았다는 듯 고개를 끄덕인 사내는 핸드폰으로 전화를 걸었다. 그리고 리나에게 넘겨줬다.

"어, 엄마? 아빠?"

-리나야!

"아빠-!"

탁!

핸드폰을 다시 거둬 간 사내는 리나를 보며 비릿이 웃었다.

"자, 이제 우리 말 믿지?"

가자는 눈짓에 리나는 자신도 모르게 발을 뗐다.

그걸 본 윤아는 눈을 부릅뜨며 리나를 붙잡았다.

"언니!"

리나는 잠시 윤아의 눈을 응시하다가 이내 서글피 웃으며 윤아의 손을 떼어 냈다.

"……금방 다녀올게. 가요."

"언니, 언니-!"

윤아는 근처에 세워진 사내들 차에 올라타는 리나를 애타게 부르다, 이대로 보내면 영영 그녀를 못 볼 수도 있다는 공포에 자신도 모르게 핸드폰을 꺼내 들었다.

"사, 삼촌-!"

* * *

부우웅.

달리는 차 안.

뒷좌석에 소녀, 김리나와 함께 앉은 사내가 한숨을 내쉰다.

"하, 진짜 데려가기 힘들다. 그쵸, 김리나 양?"

"……."

"어이쿠, 잡아먹겠네. 시발년이 뒤질라고."

까득!

사내는 순간 겁을 먹었음에도 이내 곧 이를 악물며 노려보는 김리나의 모습에 피식 웃으며 담배를 물었다.

"푸후우!"

"큽! 콜록! 콜록!"

"김리나 양. 리나 양은 모르겠지만, 우리가 원래 이렇게 신사적인 사람들이 아니에요."

몇 년 전 검찰과 경찰이 빚에 팔려 유흥주점이나 다방으로 스며드는 여자들에 대한 일제 단속을, 이후로도 매해 두 번씩 단속을 벌이지 않았다면 벌써 팔아 버려도 팔았을 김리나.

정재계 언론까지 인맥이 두루두루 넓은 XM엔터테인먼트 소속만 아니었다면 벌써 끌고 와도 끌고 왔을 거다.

김리나를 팔아 봤자 고작 몇 천만 원. 겨우 그 돈 벌자고 경찰에 찍힐 수는 없었다.

하지만 김리나의 부모를 확보한 지금은 다르다.

합법적으로 데려올 명분이 있었다. 부모가 자식을 부른다는 데 경찰이 무슨 개입을 할 수 있겠는가.

"엄마, 아빠는 괜찮아요?"

"그건 가서 확인해 봐요."

김리나는 눈을 부릅떴다.

"엄마랑 아빠한테 손끝이라도 대 봐! 그땐 너희 모두 죽여……."

"진짜, 씨발!"

움찔!

치켜들었던 손을 내린 사내는 눈을 질끈 감은 김리나를 보며 입술을 비틀었다.

"그런 것들도 부모라고 부모 대우하는 게 참……. 우리도 좆빠지게 고생한 게 있어서 화풀이를 좀 하긴 했지만 입원할 정도는 아니니까 가서 안심해. 어우, 씨발. 어린 년한테 존댓말 하려니까 몸에 두드러기가 날 것 같네."

'씨발. 그놈의 인터넷 신고인지 뭔지.'

인터넷으로 신고를 하면 돈을 먹여 놓은 경찰이 자신들을 담당한다고 볼 수 없기에 그동안은 이 맹랑한 김리나에게 존댓말을 써 줬던 그.

부모를 확보했다고 한들 관계가 완전히 청산되지 않았기에 아직은 미성년자인 김리나에게 손찌검할 수는 없었다. 같은 폭력이라도 미성년자를 향한 폭력은 더 중한 처벌을 받기 때문이다.

'씨벌, 좆같은 법.'

"뭐해, 새끼야! 얼른 안 밟고!"

"예, 형님!"

“과장님, 새끼야. 과장님.”

사내는 운전석을 걷어차며 화풀이를 했고, 김리나는 그런 사내를 죽일 듯 노려보다 창밖으로 시선을 돌렸다.

‘윤아가 애들한테 말하면 안 될 텐데…….’

비슷한 또래로 구성된 데뷔조.

8월 데뷔는 확정되었지만, 몇 인조로 데뷔하는지는 아직 정해지지 않은 상황. 그렇기에 멤버들에게 약점을 보이기 싫었다.

‘난 데뷔해야 돼. 꼭 데뷔해서 성공해야 돼!’

이럴 줄 알았다면 윤아에게 말하지 말아 달라고 말을 할 걸 하며 김리나는 자책했다.

그녀는 부디 윤아가 유연하게 둘러댔기를 기도하며 차창 밖으로 스쳐 지나가는 풍경을 응시했다.

그런 그녀의 주먹이 꽉 쥐어졌다.

뚜벅! 뚜벅!

씁쓸한 곰팡이 냄새가 나는 허름한 복도를 지나 한 사무실 안으로 들어온 김리나는 눈을 부릅떴다.

“엄마! 아빠!”

얼굴과 몸이 피범벅이 되어 사무실 바닥에 무릎을 꿇고 있는 부모님.

“리, 리나야…….”

애처로운 부름에 김리나는 울컥했다.

“도망칠 거면 멀리나 도망치지! 왜 잡혀 가지고 맞은 건데-!”

"어이구. 눈물이 날 것 같으니까 감동적인 재회는 그쯤에서 그만두시고."

김리나는 사무실에서 유일하게 앉아 있는 장년인, 사채업자를 노려봤다.

"이제 됐죠? 됐잖아요! 엄마랑 아빠 잡혔으니까 빚도 금방 갚을 거잖아요-!"

"얼씨구? 얘가 뭐래냐?"

부하 직원을 보며 어이없다는 듯 웃은 사채업자는 담배를 물었다.

"이봐요, 김리나 양. 그 빚을 못 갚을 것 같으니까 도망친 게 네 부모야. 내가 네 부모를 어디에서 찾았을 것 같니?"

태국 푸켓이다.

휴양지의 해변에서 놀고 있던 걸 잡아 온 거다.

"……네?"

김리나는 다급히 부모를 봤지만, 그들은 이미 고개를 돌린 뒤였다. 장년인은 불신으로 굳어 버린 김리나를 보며 코웃음을 쳤다.

"이래도 내가 보내야겠니?"

"어, 엄마! 아빠! 이, 이게 무슨 말이에요?"

무려 1년이다.

그 시간 동안 김리나 본인은 계속해서 나타나 괴롭히는 무서운 사채업자에 시달리고 스트레스를 받으면서도 곧 부모님이 돈을 많이 벌어 나타날 거다, 구해 줄 거다 굳게 믿으며 버텼는데 부모님은 해변에서 놀고 있었다?

"아니죠? 아닌 거 맞죠?"

맨날 철없이 친구들과 술을 마시고 게임기를 사면서 언제나 사업을 하겠다고 난리를 쳤던 아빠.

만날 홈쇼핑하고 명품을 찾던 엄마.

그래도 부모다. 부모였다.

"나 힘들어하는 거 알고 있었잖아요. 그쵸? 이거 오해죠?"

"그, 그게 리나야……. 아빠도 빚진 걸 어떻게든 만회하려고 사업을 했거든? 그런데 그게 돈이 좀 필요해서……."

"아."

털썩 주저앉은 김리나는 망연자실 부모님을 바라봤다.

그제야 '그런 것들도 부모라고 부모 대우하는 게 참'이라는 말이 이해됐다.

그때였다.

"잡혀 온 게 아니라 따라온 거잖아, 새끼들아. 네 딸년 담보 잡아 대출 더 받으려고."

"……?"

잠시 사채업자의 말을 이해하지 못한 김리나는 고개를 모로 기울였고, 장년인은 푸근히 웃었다.

"못 들었니? 네 부모가 너를 팔았다고."

키도 적당하고 얼굴도 예쁘장하니 어린애를 좋아하는 변태들에게 개인 접대를 하게 만들면 김리나의 부모들에게 빌려준 원금과 이자를 금방 받아낼 수 있을 거다.

"엄마? ……아빠?"

멍하니 부모를 바라봤던 김리나는 절망했다.

딸의 부름에도 고개를 돌리지 않는 부모들.

"뭐, 뭐야. 왜 이래. 이러지 마. 나 무서워. 나 무섭단 말이야—!"

아닐 거다. 아니어야 했다.

"아니라고 해! 빨리—!"

"미, 미안하다, 리나야. 아빠가 이번에 정말 죽이는 사업 아이템을 생각했거든? 딱 1년! 1년이면……."

"아빠—!"

아니다. 아빠가 아니다.

저 사람들은 부모가 아니라 괴물이었다.

그제야 부모의 진실 된 모습을 깨닫게 된 리나는 그대로 무너지고 말았다.

"자, 이제 어떻게 할래?"

김리나는 멍하니 사채업자를 쳐다봤다.

그는 여유롭게 웃으며 그런 그녀를 향해 손가락 하나를 치켜세웠다.

"첫째. 나이는 좀 많지만 정중한 분들과 식사를 하는 나날을 보낸다. 물론 식사만 하진 않을 거야. 때론 술도 마실 테고, 호텔 같은 곳도 가게 되겠지. 너도 연습생이니 스폰서에 대해 들어 봤지?"

스폰서들이 주는 용돈으로 고가의 명품을 사고, 여행도 다니며, 최고급 빌라에서 사는 삶.

그렇게 누릴 걸 다 누려도 아마 저들 부모들이 진 빚은

3년 안에 갚게 될 거다.

"둘째. 저 연놈들과 천륜을 끊고 이대로 돌아 나간다."

"아이고, 리나야-!"

"닥쳐, 이 새끼들아!"

"끕! 끄읍!"

다급한 어미의 부름에 정신을 수습한 김리나는 사채업자를 뚫어지게 응시했다.

"제가 이대로 돌아 나간다면요?"

"리, 리나야-!"

"그, 그러면 안 돼! 우리가 널 어떻게 키웠는데-!"

발악하는 부모를 보며 눈살을 찌푸렸던 사채업자는 어깨를 으쓱였다.

"뭐, 신장 하나랑 간이 반쯤 뜯긴 후에 원양어선이든 섬이든 팔려 가겠지?"

쿠웅!

"리나야! 여기 봐! 아빠야, 아빠!"

'신장, 간…….'

김리나는 핏발이 선 눈으로 이쪽을 간절히 쳐다보는 부모를 쳐다봤다.

부모가 아닌 괴물들.

하지만…….

-엄마! 저거 뭐야?'

-저건 코끼리라는 거야.

-생일 축하합니다. 사랑하는 리나의 생일 축하합니다!

―아빠, 달려! 달려―!

어렸을 적 기억들이 김리나의 눈앞을 스쳐 지나간다.

"……3년 라고 했죠?"

"오오! 리나야! 우리 딸!"

턱!

발을 구른 사채업자는 씩 웃으며 상체를 세웠다.

'그렇지. 이렇게 선택권을 주면 죄다 후자를 택한단 말이지!'

그 어떤 자식이 부모가 죽는다는데 사무실을 돌아 나갈 수 있을까.

필승의 전략법이었다.

물론 후자를 택한다면 이쪽으로 알아서 기어 들어올 수밖에 없도록 만들었겠지만 말이다.

"그럼. 어이구, 좋은 결정 내렸어요. 눈 딱 감고 3년만 지내면 커다란 집에 좋은 차에 가수? 어이구 우리 리나양 돈으로 할 수 있어요. 자자, 이리로."

덥썩!

김리나는 팔목을 잡는 송충이 같은 손에 눈을 감았다.

'성공하고 싶었는데…….'

그래서 부모님이 진 빚을 다 갚아 주고 싶었다.

이곳에 오기 전, 전화를 받기 전까지만 해도 어디선가 힘들게 일하고 계실 부모님과 다시 예전처럼 하하호호 웃고 싶었다.

그런데 이젠 그럴 수 없게 되었다.

'안녕, 윤아야. 안녕, 애들아.'

데뷔조로 뽑히기 전 연습생 시절부터 서로 친하게 지냈던 아이들.

김리나의 눈에서 눈물이 흘러내렸다.

그 순간이었다.

"거기까지다, 이 개새끼들아."

꽈앙!

문이 박살 나듯 열리며 거구의 사내, 종혁이 들어온다.

"넌 또 뭐야!"

종혁은 달려드는 덩치를 향해 진심으로 손바닥을 휘둘렀다.

쩍!

북이 찢어지는 소리와 함께 허공을 향해 비산하는 피와 이빨들.

느려진 시간 속 종혁은 뒤이어 달려드는 다른 놈의 무릎을 향해 발을 내질렀다.

콰작!

꺾일 수 없는 방향으로 꺾이는 무릎.

비명이 송곳처럼 터져 나왔다.

"이 씨발! 개새끼가……!"

종혁은 눈을 뒤집으며 달려드는 마지막 똘마니 과장의 칼을 잡은 팔을 옆구리에 끼었다.

터억!

“야, 내가 씨발 원래 칼 들고 설치는 놈은 병신으로 만들거든? 그런데 요새 그러지 못한 놈이 몇 명 있었어.”

“아, 아니…….”

“좆까.”

종혁은 하얗게 질리는 그의 눈을 보며 쫄다구의 팔을 그대로 꺾어 버렸다.

콰작!

“아아아악! 내 팔! 내 파알-!”

바닥을 뒹구는 그를 무시한 종혁은 사채업자를 빤히 응시했다.

“넌 일단 이따가 보자.”

성큼성큼 김리나의 부모에게 걸어간 종혁은 김리나의 아빠의 멱살을 잡아 들어 올리며 얼굴을 구겼다.

“야, 이 부모도 아닌 것들아. 이 꽉 물어.”

종혁은 김리나의 아빠의 얼굴을 향해 주먹을 휘둘렀다.

콰지직!

* * *

스윽! 슥!

뺨을 얻어맞고 기절했다가 깨어난 똘마니가 청소를 하는 사채업자 사무실.

쿵!

소파에 앉아 테이블에 발을 올린 종혁은 김리나 부모의

계약서를 보곤 어이없다는 듯 웃었다.

"이야, 이 새끼 재밌네?"

종혁은 테이블 위에 무릎 꿇고 앉아 있는, 한쪽 팔이 꺾이고 입과 코에서 피를 줄줄 흘리는 사채업자를 쳐다봤다.

"야."

"예."

"야."

"예, 형사님!"

"얼마 전, 대법원에서 하나의 판결이 내려졌어. 그게 뭐였는지 아냐?"

"연리 240퍼센트 이상은 사회통념을 벗어난 고금리로 무효라고 했습니다!"

"그래. 사채업자라고 잘 아네."

이들 같은 사채업자에게 고통받는 사람들을 위한 판결. 이로 인해 많은 이들이 구원받고 있는 중이다.

"근데…… 넌 왜 280퍼센트냐?"

예를 들어 1년 상황을 조건으로 천만 원을 빌리면 갚아야 할 돈이 2800만 원.

원금 상환이 늦어지거나 이자가 연체되면 그때부턴 복리로 계산한다는 계약서 내용상 3년만 지나면 갚아야 할 돈이 수억이 되어 버린다.

그런데 김리나의 부모가 빌린 돈이 무려 4천만 원이다.

"죄, 죄송합니다! 시정하겠습니다!"

"아니이."

종혁은 사채업자를 그대로 걷어찼다.

"어이쿠!"

후다닥! 테이블에서 떨어지자마자 재빨리 다시 원상복귀하는 사채업자.

"대체 뭔 빽이 있기에 지금 검경이 눈을 까뒤집으며 족치고 있는데도 이 지랄 염병을 하는 거냐고."

대법원의 판결이 내려진 이후 검찰과 경찰은 신고를 해 달라며 홍보를 하며 단속을 벌이는 중이었다.

종혁의 눈이 가늘게 떠졌다.

"너 혹시 검사나 경찰에게 돈 먹였냐?"

"아, 아닙니다! 절대 그렇지 않습니다!"

"먹인 거 맞네?"

"아, 아니라니까요?!"

"그래, 그건 차차 알아보자."

종혁은 핸드폰을 들었다.

–어, 끝났냐?

"둘이 쌍으로 잤어요? 벌써 예전에 끝났습니다. 올라오세요. 실어야 할 게 많으니까."

–알았어!

전화를 끊은 종혁은 사채업자를 향해 수갑을 내밀었다.

"손 내밀어."

철컥!

"무슨 혐의로 잡히는 건지는 네가 더 잘 알지?"

"……예."

"저 옆에 가서 대가리 박고 있어. 너도 이 새끼야."

"옙!"

사채업자는 똘마니와 함께 구석으로 가 맨땅에 머리를 박았고, 종혁은 그제야 김리나를 봤다.

정신을 잃은 부모를 증오 가득한 눈으로 노려보는 김리나.

"김리나 양?"

"아, 네!"

"늦어서 죄송합니다."

그녀가 그런 험한 말을 듣기 전에, 가슴에 지울 수 없는 상처를 입기 전에 구했어야 됐다. 그런데 늦어 버렸다.

"……아니에요."

김리나가 입술을 깨문다.

늦지 않았다. 늦지 않게 구해 줘서 고마웠다.

"감사합니다. 정말로…… 감사합니다."

뚝! 뚜욱!

김리나의 눈에서 흘러내린 눈물이 바닥을 적시는 걸 본 종혁은 한숨을 내뱉었다.

"그, 그런데 절 어떻게……."

"제가 윤아 삼촌입니다."

"……네?"

"하하. 제가 좀 젊죠?"

"네에……."

"아무튼 이제 김리나 양에겐 두 가지의 선택권이 있습

니다."

흠칫!

두 가지. 방금 전 사채업자가 했던 말을 떠올린 김리나의 표정은 딱딱하게 굳었고, 종혁은 애써 무시하며 입을 열었다.

"하나. 부모들로 하여금 친자포기각서를 쓰게 해서 고아가 된다."

움찔!

"둘. 이대로 저 부모도 아닌 사람들을 고소한 후 자유인이 된다."

"고, 고소요?"

"제대로 듣지 못했지만, 김리나 양의 부모는 저 사채업자에게 김리나 양을 매매하려고 했습니다. 맞죠?"

"……네."

"그렇다면 적법한 구속 사유이자 강력한 범죄 행위입니다."

저들은 교도소에 갈 테고, 윤아보다 한 살 많은 올해 19살인 김리나는 그사이 법적으로 성인이 될 거다. 그럼 자유인이 되는 거다.

"참고로 저는 김리나 양께서 어떤 선택을 하시든 적극 도울 생각입니다."

어떤 선택이건 변호사를 법적 대리인으로 붙여서 그녀가 무엇을 하든 원만히 할 수 있도록 도울 거다.

"버, 법적 대리인이라면 계약도……."

"예. 얼마든지 김리나 양의 의지대로 맺을 수 있습니다."

"아……."

바닥에 널브러진 부모를 본 김리나는 입술을 깨물었다.

"……고소해 주세요."

종혁은 어려운 결정을 내린 그녀를 향해 수고했다는 듯 고개를 숙여 주었다.

"예, 알겠습니다."

피해자를 구하기 위해 존재하는 게 경찰.

피해자가 원하는 대로 해 줘야 했다.

* * *

"일단 차에 타고 계세요. 곧 숙소로 모셔다 드리겠습니다."

마음 같아선 바로 보내 주고 싶지만, 옮겨야 할 짐이 좀 많고 조서도 써야 한다.

"한 30분도 안 걸릴 테니 너무 걱정 마세요."

"네……."

고개를 끄덕인 김리나가 차에 오르는 걸 확인한 종혁은 냉큼 사채업자 사무실로 향했다.

"어, 최 팀장. 마침 잘 왔다."

"왜요? 뭔 일 있어요?"

웬 장부처럼 생긴 걸 보며 심각한 표정을 오택수.

"어. 있어. 이 새끼 아무래도 쩐주가 있는 것 같다."

"쩐주요?"

쩐주. 사채업자가 사채업을 할 수 있도록 목돈을 빌려주는 존재.

종혁의 눈이 동그랗게 떠졌다.

* * *

"언니이!"

김리나는 달려들 듯 안기는 윤아에 헛기침을 뱉었다가 이내 그녀를 꽉 안았다.

윤아가 아니었으면 어떻게 됐을까.

아마 지금쯤…….

"고마워, 윤아야. 정말…… 고마워."

"괜찮아요. 다 끝났어요."

토닥토닥!

"……흑! 윽! 윽!"

아까 전에도 쏟아 낸 눈물이 왜인지 다시금 쏟아져 내린다.

'무, 무서웠어.'

너무나 무서웠다.

그게 이제야, 숙소로 돌아온 지금에야 제대로 실감이 나고 있었다. 마치 잘못하지도 않았는데 혼난 아이가 집에 돌아오면 더 크게 울어 버리는 것처럼.

'아…… 나 숙소를 집으로 생각하고 있었구나.'

세상 모든 위협에서 보호해 줄 보금자리.

멤버들은 가족이었다. 어느새 그렇게 여기고 있었던 거다.

그걸 깨닫게 된 김리나는 윤아를 붙잡고 펑펑 울었고, 윤아는 그런 그녀의 등을 말없이 토닥여 주었다.

그렇게 꽤 시간이 흘러 김리나가 진정되자 윤아는 종혁에게 다가가 허리를 숙였다.

“감사합니다, 삼촌.”

“걱정 많았지?”

조심스럽게 머리를 쓰다듬는 거칠고 따뜻한 큰 손에 윤아의 눈에 눈물이 핑 돈다.

종혁의 말대로였다.

숙소 멤버들에게 김리나가 갑자기 일이 생겨서 나갔다는 말을 전한 이후 윤아는 걱정으로 끙끙 앓았었다.

“이제 놈들이 김리나 양을 괴롭힐 일은 없을 테니까 걱정하지 마. 서로 힘들었을 테니 숙소에 들어가면 서로 좀 다독이고. 휴일 되면 여행도 가 보고. 겨울이니까 스케이트도 좋겠지.”

종혁은 그러며 그녀의 손에 쿠폰 같은 것들과 카드 한 장을 쥐여 주었다.

“이걸로 써.”

“아, 아니요!”

“괜찮아. 사건이 해결된 피해자를 케어하는 것도 경찰의 일이거든. 그럼 간다. 푹 쉬어.”

손을 흔든 종혁은 몸을 돌렸고, 윤아는 그런 종혁을 멍하니 바라보다 입술을 달싹였다.

“짜, 짱이다…….”

아무래도 새로 생긴 삼촌은, 할아버지는 슈퍼맨인 것 같았다.

“저기 윤아야…….”

“네?”

“저기 저분이…… 네 삼촌 맞아?”

‘아, 잠깐?’

종혁의 넓은 등을 몽롱하게 바라보는 김리나의 눈. 윤아는 자신의 삼촌을 노리는 여우의 등장에 낯빛을 굳혔다.

김리나가 힘든 일을 당할 뻔한 건 한 거고, 이건 이거였다.

한편 차에 올라탄 종혁은 오택수에게 전화를 걸었다.

“뭐 좀 더 나왔어요?”

—아직 쩐주가 누군지는 나오지 않았는데, 이 씹새끼가 팔아 버린 여성이 김리나 양뿐만이 아닌 것 같다.

얼굴을 구긴 종혁은 바로 시동을 걸었다.

“피해자 현재 위치는요?”

* * *

퍼억! 퍽! 퍽!

어느 대학 병원의 1인실. 팔에 깁스를 한 사채업자 배 위에 놓인 책 위로 종혁의 주먹이 후려쳐진다.

그러다 책을 치운 종혁은 새우처럼 몸을 둥글게 마는 사채업자를 차갑게 내려다봤다.

"야."

"끄으윽!"

"씨발아."

"예, 예!"

종혁은 고통과 공포로 물든 사채업자를 보며 담배를 물었다.

찰칵! 치이익!

"입 다물고 있는 게 과연 좋은 선택일지 잘 고민해라."

인신매매를 했다는 정황은 장부를 통해 확인됐으나, 그들이 어디로 팔려 나갔는지는 입을 꾹 다무는 사채업자.

발견된 피해자들이 피해 사실을 진술한다면 형량이 더 늘어날지도 모르기에 묵비권을 행사하는 것이다.

하지만…….

"내가 지금 계급이 경정이야. 직급은 팀장이고. 이게 뭘 말하는 것 같냐?"

움찔!

"형량 조금 줄이려고 청장까지 치고 올라갈지 모르는 나란 놈을 적으로 돌릴래, 아니면 싹 다 불고 좀 길게 살다 나와서 네 생활 즐길래? 다시 돈놀이해야지?"

사회의 필요악인 사채업자.

세상을 좀먹는 해충이나 다름없지만, 이들이 기여하는 부분도 없잖아 있다.

한순간만 극복하면 낭떠러지에서 기어오를 수 있음에도 은행에서 돈을 빌릴 수 없는 사람들.

정부에서 이 모든 이들을 지원해 줄 수 있다면 좋겠지만, 그게 현실적으로 쉽지 않은 이상 그런 이들을 위해 사금융권의 존재는 필요하긴 했다.

“그리고 내가 지금부터 너한테 마킹을 붙일 거거든? 혹여나 나한테서 도망치겠다는 꿈은 버려라.”

일가친척을 비롯해 지인, 부하, 구치소에서 함께 방을 쓰는 사람, 면회객 모두에게 말이다.

“세상에 돈이면 안 되는 거 없는 거 알지? 그런데 그 돈이 썩어 넘쳐 나는 게 나야. 보여?”

“……!”

손목에 채워진 파텍 필립 시계를 보여 준 종혁은 사납게 웃었다.

“넌 씨발 내가 책임지고 인생, 아니 삶 자체가 좆되게 해 준다. 네가 무덤에 들어갈 때까지.”

철렁!

“혀, 형사님!”

“왜?”

“……불겠습니다.”

종혁의 입가에 푸근한 미소가 피어난다.

“그래, 잘 생각했어. 이렇게 협조해 주니 얼마나 좋아? 어? 괜히 입 다물어서 맞기나 하고, 어린놈한테 협박이나 듣고.”

"……."

종혁은 얼굴이 구겨지는 사채업자를 보며 킬킬 웃었다.

"최재수."

"예!"

"이 새끼 쩐주가 누군지까지 다 밝혀내."

"예!"

"흡?!"

종혁은 담배를 끄며 밖으로 나왔고, 밖에서 졸고 있던 오택수가 기지개를 펴며 일어섰다.

"어우, 죽겠다."

"비상금 날아간 게 그렇게 타격이 크세요?"

"아, 몰라. 요새 부쩍 기력이 좀 떨어지는 게 나도 나이가 들긴 들었나 봐."

어쩌면 종혁을 쫓아 본청에 들어온 이후 거의 쉼 없이 움직이며 쌓인 피로가 지금 올라오는 것일지도 몰랐다.

"흠…… 여기요."

"이건 뭐야?"

"청담동 에스테틱 회원권인데, 형수님이랑 가서 한번 받아 봐요. 신세계가 따로 없을 테니까."

"어, 땡큐. 그래서 어떻게 됐어? 불었어?"

"재수가 취조하기로 했어요."

"아, 그래?"

이젠 형사다운 티가 제법 나는 최재수.

아직 한참 멀었지만, 종혁이 요리했을 게 뻔한 놈에게

취조를 받는 건 초임 순경도 할 수 있는 쉬운 일이었다.

"그럼 커피나 마시자. 어후, 명절에 술을 너무 많이 마셨나. 장인어른은 어찌 된 게 퇴직하고 나시니까 더 정정해져?"

종혁은 나지막하게 투덜거리는 그의 모습에 피식 웃으며 뒤따랐다.

'그나저나 쩐주는 누구려나…….'

보통 사채업자의 쩐주는 더 큰 사채업자.

종혁은 오늘 검거한 사채업자가 부디 권회수가 남긴 흔적이 아니기만을 빌었다.

"구옥순?"

"예. 구옥순이라고 했습니다."

"구옥순이라……."

낯설지 않은 이름이다.

그건 오택수도 마찬가지였다.

"구옥순…… 구옥순……. 아! 구옥순이란 사람 혹시 구여사 아니야?"

"그래요! 구 여사!"

한때 압구정동에서 구 여사의 땅을 밟지 않은 사람은 없다고 알려진 유명한 투기꾼이자 사채업자.

한강 위에 돈귀신이 있다면, 한강 아래엔 구여사가 있다는 말이 전설처럼 나돌 때가 있었다는 말을 회귀 전 들은 적이 있었다.

"그런데 구 여사 이 양반 금융실명제 때 나가리됐을 텐데?"

"……그러게요?"

종혁도 그렇게 알고 있다.

"설마 이 양반 복귀했나? 아닌데. 설사 복귀했다고 한들 이런 부류의 새끼한테 돈을 빌려주는 건 구 여사 스타일이 아닌데?"

종혁은 고개를 끄덕였다.

돈귀신 권회수가 돈을 위해 무슨 짓이라도 했다면, 구 여사는 사람을 깐깐히 살피고 진짜 없이 사는 이들을 도와줄 사채업자를 골라 돈을 빌려줬다.

측은지심과 최소한의 양심을 가진 사채업자만 골라서.

사채업자가 그런 걸 가지고 있다는 게 꽤 우스웠지만, 권회수도 회개한 마당에 구 여사 같은 사람도 있을 순 있었다.

"아…… 이 양반은 우리 사이즈로 힘든데."

최소 검찰 지검장쯤 돼야 만날 수 있을까.

비록 이빨 빠진 호랑이가 됐다고 한들 경찰이 비벼 볼 사람이 아니었다. 본청 차장 정도면 몰라도 말이다.

"어디에 있는지 모르고."

금융실명제 실시 이후 재산을 모두 정리하고 잠적했다는 구 여사.

"뭐 그건 알 만한 사람에게 물어봐야죠."

"응?"

종혁은 핸드폰을 들었다.

"예, 권 이사장님. 혹시 구옥순 여사가 현재 어디에 사는지 아십니까?"

—……일단 만나지.

"음?"

종혁은 왠지 심각한 권회수의 말투에 미간을 좁혔다.

* * *

똑똑똑똑똑!

목탁 소리가 울려 퍼지는 경기도 외곽의 어느 작은 절.

목탁을 두드리며 염불을 외는 스님의 뒤로 권회수가 노구를 움직여 거대한 불상을 향해 절을 올린다.

종혁도 그 옆에 앉아 가만히 불상을 응시한다.

약속 장소를 이곳으로 잡다 못해 절을 하는 권회수.

그 행동이 이해될 듯하면서도 이해가 되지 않아 머릿속이 좀 복잡하다.

'비구니가 되신 건가…….'

그럴 수 있다.

금융실명제 실시 이후 가진 재산을 거의 잃고 떠났던 구 여사라면, 최소한의 도리를 따지던 그녀라면 그럴 수도 있었다.

고개를 끄덕인 종혁은 합장을 하며 눈을 감았다. 이왕 온 김에 가족들의 건강이나 빌어 볼 참이었다.

'부디 어머니 건강하게 해 주시고, 우리 철이 잘되게 해 주시고…….'

그렇게 얼마나 빌었을까.

목탁 소리가 점점 잦아들기 시작하다 멈춘다.

"사바하……."

스륵스륵!

가사를 흔들며 일어선 늙은 스님이 어느새 땀으로 범벅이 된 권회수에게 합장을 한다.

"수고하셨습니다, 시주님."

"아닙니다. 스님께서 수고하셨지요. 절에 별일은 없습니까?"

"속세와 많이 떨어진 이 외딴 절에 무슨 별일이 있겠습니까. 올겨울도 시주님께서 기름을 보내 주셔서 참 따뜻하게 보내고 있습니다."

"그렇다면 다행입니다."

"그럼 편히 둘러보다 가십시오."

"예, 스님."

마주 합장을 한 스님이 대웅전을 빠져나가자 권회수도 종혁을 툭 치며 대웅전을 빠져나갔다.

그리고 잠시 말없이 걸었다.

사박! 사박!

어젯밤 내린 눈에 덮인 자갈 발바닥에 뭉개지며 기분 좋은 소리를 내고, 절 특유의 나무 냄새가 그들을 둥글게 감싼다.

종혁으로선 좋아하지 않게 된 냄새였지만 말이다.
절이나 성당의 나무 냄새와 비슷했던 향.
자신과 어머니를 죽인 그놈에게서 맡은 향수 냄새이니 좋을 리가 없었다.
"어떠신가. 겨울의 산사도 썩 고즈넉하지 않나?"
"……그러네요. 향냄새가 참 좋습니다."
"그게 좋다는 건 늙었다는 것인데……."
"하하."
"하긴 아직 한창때인 최 팀장이 늙었을 리 없지. 좀 앉겠나?"
종혁은 점퍼를 벗어 그가 앉을 곳에 깔았고, 고맙다고 웃으며 앉은 권회수는 경내임에도 담배를 꺼내 들었다.
"끊으신 거 아니었습니까?"
"그거야 서울은 공기가 탁해서 그런 거고."
아니다. 해야 할 일이 많아졌기에, 이 피 묻은 손이라도 절실한 사람들이 많아졌기에 권회수는 담배를 끊어 버렸다.
"경내에선 피워도 되고요?"
"내가 이 절의 최대 후원자니 괜찮을 걸세. 아까 그 스님이 주지 스님인데 내 말이면 아주 껌뻑 죽거든."
그렇다 한들 예의가 아니지만, 종혁은 그러려니 하기로 했다.
찰칵! 치이익!
"후우우."

권회수의 눈이 뽀얗게 흩어지는 담배 연기를 아련히 좇는다.

"……구 여사는 어쩌다 알게 된 건가?"

종혁의 입에서 그 이름이 나왔다는 건 분명 어떤 심각한 이유일 터.

"이번에 미성년자들을 변태들에게 팔던 사채업자 한 명을 잡았는데, 그 쩐주가 구 여사더군요."

"……그러신가? 허허. 어떤 개새끼인지 모르지만 참 개새끼구만."

콰드득!

권회수가 짚은 지팡이에서 부서지는 소리가 울린다.

그에 종혁의 낯빛도 굳는다.

"이보게, 최 팀장."

"예."

"방금 주지 스님이 왜 목탁을 두드리고 염불을 외웠는지 아시는가? 비명에 간 불쌍한 사람의 넋을 위로하기 위해서라네."

위령제.

"……!"

"그래. 구 여사, 아니 옥순 누이는 옛날에 죽었어."

종혁은 경악하며 권회수를 봤고, 그는 하늘을 보며 옛 추억을 더듬어 갔다.

-그러다 칼 맞을 거다, 이 돈귀신아.

젊은 날, 오직 돈만 좇던 권회수의 머리에 꿀밤을 날리며 훈계를 했던 여장부 구옥순.

어디 만석꾼의 외동딸인 그녀는 권회수와 태생부터 달랐다. 그래서인지 참 많이 부딪쳤고, 싸웠더랬다.

그러다 권회수가 명동 사채시장을 장악하니 훌쩍 강 아래로 떠나 버린 그녀.

“그 시절 만석꾼이라는 게 무슨 뜻인지 아는가?”

“……친일을 했다는 거군요.”

안 그런 사람도 있지만, 그런 사람이 많았다.

구옥순의 아비는 명백한 후자였다.

“고 이석영 선생께서 독립운동을 위해 가진 재산을 모두 급하게 처분하실 때 사기꾼처럼 입을 털어 그 토지를 넘겨받고 기어코 만석꾼이 된 양반이지. 옥순 누이는 그런 양반의 늦둥이 외동딸이고.”

구옥순은 그랬던 아비가 6.25전쟁의 영향으로 죽자, 가진 자산을 모두 정리해 부산에 있다가 전쟁이 끝나고 서울로 상경해 집과 일터를 잃은 사람들에게 사채를 놓기 시작했다.

“사채를 놓은 것도 대가 없는 공돈은 사람을 죽인다는 이유였지.”

그랬던 사람이다. 자신만의 철학이 단단했던 사람.

“아마 금융실명제를 실시한 문민 정부 때문에 옥순 누이가 은퇴를 당했을 거라고 생각하고 있을 게야. 그렇지 않으신가?”

“아니었단 말입니까?”

"아니지."

구옥순은 금융실명제가 실시되자 이제야 겨우 권력자들이 제 배만 불리지 않을 수 있게 된 세상이 왔다며, 서민들도 제 삶의 대가를 온전히 받으며 살 수 있겠다며 모든 걸 내려놓고 은퇴를 하였다.

은퇴를 당한 게 아니라 그녀 스스로 은퇴를 한 거다.

"모든 걸 내려놨단 말입니까?"

"그렇지 않으면 그 대단했던 압구정동의 반 이상을 소유했던 누이가 이런 작은 절에서 얼어 죽었겠는가?"

어디 압구정동 뿐이겠는가. 한강 이남의 10퍼센트가 그녀의 땅이었다.

만약 구옥순이 권회수 본인처럼 독한 성격이었으면 아마 현재 강남이라 불리는 땅 전체를 그녀가 소유했을 거다.

그랬던 그녀는 세상에 밝혀지지만 않았을 뿐 가진 재산을 모두 사회에 환원하고 속세를 떠난 거다.

"아…… 그래서 구옥순 여사께서 돌아가신 걸 아무도 몰랐던 거군요."

"사망 신고도 하지 않았으니 더 그럴 걸세."

혹여 부고 소식이 퍼지면 그 추운 날 찾아올 조문객들이 걱정돼서 그런 유언을 남기고 죽었다.

그리고 그 유언을 전달받은 사람이 권회수였다.

"끝까지 참 미련하고 미련했던 누이였지. 그런데……."

까드득!

"어떤 씹어먹을 종자 따위가 감히 누이의 이름을 팔고 다니는 건가?"

어렵고 힘들게 사는 이들을 위해 몸을 웅크리고 낮췄던 제왕이 살의를 드러내기 시작했다.

3장. 과거를 이용하는 자

과거를 이용하는 자

—하하하하하!

병상에 누워 웃음소리가 흘러나오는 TV를 보는 사채업자의 표정이 멍하다.

교도소.

절대 가고 싶지 않은 장소.

이미 확정된 일이니 그러려니 하려고 해도 마음이 싱숭생숭했다.

"하. 일개 경찰서였으면 어떻게든 비벼 봤을 건데……."

그 나이에 본청 소속 수사팀 팀장이다. 엘리트 중 엘리트라는 소리였다.

물론 엘리트라고 뇌물을 안 받아먹는 건 아닐 테지만, 문제는 지금껏 다른 경찰들에게 뿌려 왔던 돈을 푼돈으로 여길 만큼 부자이기까지 하다는 점이다.

도대체 이런 부자가 왜 경찰을 하는 것인지 의문일 정도.

결국 그가 할 수 있는 건 겸허히 조사를 받고 처벌을 기다리는 것 외에 아무것도 없다고 봐야 했다.

“하, 이번엔 몇 년이나 받으려나…….”

그는 답답해지는 가슴에 담배를 물며 일어섰다.

드륵! 쾅!

“흡?!”

깜짝 놀라 병실 문을 바라본 그는 눈을 크게 떴다가 이내 무릎을 꿇었다.

“뭔지 모르겠지만 제가 잘못한 게 있다면 정말 잘못했습니다.”

“……어어, 그래.”

종혁은 고개까지 깊이 숙이는 사채업자의 모습에 살짝 당황했다.

쩝쩝쩝!

“임학수?”

족발을 먹던 그가 급히 고개를 끄덕인다.

“예, 임학수요. 자신을 임학수라고 말했습니다.”

명동의 돈귀신 권회수, 권 노인과 더불어 사채 시장의 전설이었던 구 여사의 심복이라고 스스로를 소개한 임학수.

시장 바닥에서 일수나 걷던 그에겐 너무 큰 행운이었

기에 돈을 빌려주겠다는 제의를 승낙하였고, 이렇게까지 클 수 있었다.

"그래? 정말 구 여사의 심복 맞아? 구 여사는 금융실명제 때 은퇴했잖아."

"아이고, 형사님. 아무리 은퇴하셨다지만 이 바닥에서 구 여사님 이름 함부로 팔고 다니면 칼 맞아 죽습니다! 그분에게 은혜를 입은 사채업자들이 얼마나 많은데요?"

어디 사채업자뿐일까. 은혜를 입은 사람을 죄다 불러다 모으면 대학교 하나는 가득 채울 거다.

종혁의 눈썹이 꿈틀거렸다.

"희한하네. 난 왜 구 여사가 복귀했다는 소리를 들은 적이 없지? 그리고 다 내려놓고 은퇴한 거 아니었어?"

"부자는 망해도 3대는 간다고 하잖습니까. 거기다 당신께서 복귀한다는 소문이 돌면 불편해할 사람들이 많을 테니 절대 비밀로 하라고 당부를 받았죠. 아마 저 말고 다른 사람들도 그런 당부를 받았을 겁니다."

어디 구 여사가 그에게만 돈을 빌려줬을까.

물론 입이 싼 인간은 어디든 있기에 구 여사가 복귀했다는 소문이 잠시 돌았지만, 곧 헛소리로 치부되면서 사라졌다.

"그런데 그 큰돈을 아무런 의심도 없이 덥썩 물었다고?"

"당연하죠. 구 여사님도 구 여사님이지만, 95년도가 어떤 시기입니까. 격동의 시기 아닙니까!"

가만히 있어도 돈이 저절로 새끼를 까던 시절.

애기 엄마가 주식을 하겠다고 사채업자 사무실을 찾던 시절이니 그 돈을 빌리지 않는 놈이 미친놈이었다.

"자랑이다, 새꺄."

빡!

"윽! 아, 거기 눈썹은 좀 더 짙고 깁니다."

"이 정도요?"

"아뇨, 그것보다 짧게…… 예, 그 정도요."

몽타주를 전문적으로 그려 주는 대원과 이야기를 나눈 사채업자는 콜라를 들이켰다.

"어후. 살겠네."

"그래서. 더 말해 봐."

"어…… 이게 끝입니다."

이외엔 딱히 말할 게 없다.

갑자기 구 여사의 심복이 찾아와 쩐주를 해 주겠다고 했고, 그를 승낙한 뒤 사무실 앞에 10억이 든 사과박스가 배달됐다.

그걸 끝으로 임학수와는 더 이상 만날 수 없었다.

종혁은 뭐 이런 놈이 있냐며 쳐다봤다.

"이자를 잘도 지불했네……."

"구 여사님 돈 아닙니까. 그분 돈을 떼먹고도 발 뻗고 잘 수 있을 것 같습니까? 아, 입술은 좀만 더 얇게요."

"그딴 정신머리로도 사람 얼굴은 잘 기억하고."

"제가 사람 얼굴 기억하는 게 특기다 보니…… 하하."

돈 떼먹고 튀는 놈들이 많아서 어쩔 수 없이 특기가 되어 버린 특기.

"예. 그 얼굴입니다. 딱 그 얼굴!"

"여기 있습니다, 최 팀장님."

몽타주를 넘겨받은 종혁은 미간을 찌푸렸다.

"야, 이건 너무 평범하잖아. 정말 이 얼굴 맞아?"

과장을 조금 붙이면 번화가를 한 시간만 걸어도 30명은 볼 법한 외모였다.

"뭐 특별한 점은 없었어?"

"글쎄요…… 아, 귓불 끝이 살짝 잘려 있었습니다! 마치 날카로운 것에 베인 것처럼!"

종혁은 눈을 빛냈다.

"그리고?"

"없습니다!"

"에라이!"

사채업자는 다급히 몸을 숙였고, 그 위로 종혁의 손바닥이 스쳐 지나갔다.

종혁은 그냥 확 때려 버릴까 하다가 관뒀다. 더 이상 때렸다가는 사채업자도 반발할 수 있었고, 그러면 자칫 독직폭행으로 걸릴 수 있었다.

"후우. 그럼 그 이자를 입금했다는 은행과 계좌는 뭐야?"

"예. 세진은행 094……."

"……뭐? 어디?"

종혁은 다급히 사채업자를 응시했다.

＊ ＊ ＊

지이잉! 지이잉!

잠을 깨우는 핸드폰의 진동.

뒤척이다 눈을 뜬 긴 생머리의 이십대 초반 여성이 새하얀 천장을 멍하니 응시하다 옆을 본다.

밤사이 온기가 있었지만, 식어 버린 옆자리.

희미하게 방 안을 맴도는 올드한 스킨 냄새.

여성은 다시 천장을 바라본다.

"……춥네."

가만히 있어도 땀이 날 만큼 보일러가 돌아가고 있지만 추웠다. 가슴에 커다랗게 뚫린 구멍 사이로 차디찬 바람이 매섭게 몰아치고 있었다.

"힘들어."

나지막하게 중얼거린 여성은 몸을 일으켜 화장실로 향한다.

화장대에 수표 몇 장이 올려져 있지만 여성은 눈길조차 주지 않는다.

쏴아아!

쏟아지는 물줄기에 씻겨 내리는 어젯밤의 흔적.

누군지도 모를 늙은이의 흔적.

여성은 어젯밤 함께한 누군가의 얼굴이 떠오르지 않았다.

다 똑같았기 때문이다.

두 달 전 자신을 산 어젯밤의 늙은이뿐만 아니라 8개월 전 자신을 샀던 늙은이도, 1년 5개월 전 샀던 늙은이도, 그 전에도, 그 전에도 얼굴이 다 똑같았다.

그냥 다 주름 가득하고 배 나온 요괴였다.

망태 할아버지. 그냥 요괴의 얼굴이었다.

"후우."

거울에 낀 뿌연 수증기를 닦아 낸 여성은 서글피 웃었다.

"넌 누구니?"

이건 누굴까.

거울에 비춰지는 저 얼굴이 정말 자신의 얼굴인 걸까.

성형외과 한 번 간 적 없는데, 이젠 자신의 얼굴조차 기억나질 않는다.

"안녕, 언니? 난 17살 유지영이야. 떡볶이에다가 순대 튀김을 찍어 먹는 거랑 친구들과 수다 떠는 걸 좋아하는데, 정말 좋아하는 건 세상에 하나뿐인 우리 오빠…… 미친년."

교통사고를 크게 내 사람을 반신불수로 만든 오빠.

세상에 혈육이라곤 하나뿐인 오빠.

겨우 한 살 어린 동생을 먹여 살린다고 학교를 관두고 신분을 속여 가며 택배 일을 하다가 교통사고를 낸 것도 모자라 자기도 하반신 마비가 되어 버린 병신 머저리.

그런 오빠의 합의금을 만들고자 오빠와 함께 사채 사무

실의 문을 두드렸다.

그리고 이렇게 됐다.

"머저리 새끼. 차라리 그때 죽어 버리지……."

원망 한 점 스며 있지 않은 눈으로 욕을 하던 여성은 몸을 돌렸다. 누군지도 모를 얼굴을 계속 보는 건 너무 괴로웠다.

알몸에 수건만 두른 채 나온 여성은 몸에다 화장품을 펴 바르기 시작했다.

습관처럼. 기계적으로. 살결이 좋아야 배불뚝이 늙은이의 지갑이 열리니까.

띠디디디! 띠디디디!

"……아, 오늘 피부과 가는 날이구나."

다리를 쓸어내리던 여성은 몸을 일으켜 옷을 챙겨 입었다.

겨울임에도 짧은 미니스커트를 입고, 하얀 블라우스 위에 코트를 걸친다.

이것이 이번 늙은이의 취향이기 때문이다.

"여기로 택시 한 대 보내 주세요."

전화를 끊은 여성은 마지막으로 핸드백을 챙겨 들곤 집을 나섰다.

"후우."

세차게 불어오는 바람 사이로 빠르게 흩어지는 담배 연기.

얇고 긴 담배의 끝이 빠르게 타들어 간다.

"늦네. 추운데……."

텅! 텅!

바로 앞 주차된 차에서 내리는 남성들을 힐끗 본 여성은 아파트 입구를 보며 발을 굴렀다.

그때였다.

“유지영 씨?”

흠칫!

“누구……?”

생기 한 점 없는 목소리에 최재수의 얼굴이 일그러지고, 오택수는 씁쓸히 웃으며 허리를 숙였다.

“죄송합니다. 경찰입니다.”

“늦어서 죄송합니다! 그동안 고생하셨습니다!”

후욱!

갑자기 불어오는 따뜻한 바람에 그녀는 자신도 모르게 주저앉았다.

털썩!

* * *

“그래. 더 생각나는 거 있으면 바로바로 밖에 있는 경찰에게 말하고.”

병실 밖으로 나온 종혁은 오늘 협조해 준 경찰에게 고개를 숙였다.

“수고하셨습니다. 이건 약소하지만 담뱃값이라도 하세요.”

"어이구, 감사합니다. 그럼 또 불러 주세요!"

"조심히 들어가세요."

그렇게 그를 배웅한 종혁은 차에 타며 오택수에게 전화를 걸었다.

–어, 최 팀장. 여긴 세 분 확보했다.

각 지방청에 협조 공문을 돌려 놨으니 나머지 피해자 13명도 속속 구해 내게 될 거다.

–그런데…….

답지 않게 우물쭈물하던 오택수가 한숨을 탁 내뱉었다.

–이거 피해자들께서 댁으로 돌아가지 않으시려고 한다? 위태로워…….

모두 유지영처럼 얼굴에 생기 한 점이 없다.

그 말에 종혁의 입에서도 한숨이 튀어나왔다.

"후우. 본청 근처에 있는 제 빌라 아시죠? 일단 거기서 쉬게 하세요. 한 공간에서."

그래야 혹시 모를 이상한 선택을 하지 않을 거다.

–오케이. 넌 어떻게 됐어? 구 여사는 찾았어?

종혁의 표정이 대번에 굳는다.

"오 경감님, 죽은 사람의 대리인이 되려면 어떻게 해야 할까요?"

–그게 무슨…… 야, 설마?

"예. 구옥순 씨는 이미 13년 전에 사망한 분이십니다."

1994년, 12월 31일. 구옥순은 새해의 해를 보지 못한 채 숨을 거뒀다.

"그리고 이 새끼가 구옥순 씨에게 원금과 이자를 송금한 은행이 세진이네요."

세진은행 사건.

해커들에 의해, 아니 그 조직의 놈들이 작정하고 털어 버렸던 세진은행이 다시 등장했다.

―미친……! 뭐가 어떻게 돌아가는 거야, 이거!

"일단 재수랑 함께 제가 알려 드리는 주소로 가서 권 이사장님을 제외한 다른 사람이 구옥순 씨를 찾은 적 있는지 확인해 주세요. 시간대는 1995년 1월 1일부터 4월까지."

사채업자가 스스로를 구옥순의 대리인이라고 밝힌 임학수란 인물을 만난 게 5월 초라고 했다.

―넌?

"세진은행에 대해 잘 아는 사람을 만나려고요."

단순한 우연일 수 있지만 왠지 느낌이 쎄했다.

통화를 종료한 종혁은 다시 어딘가로 전화를 걸었다.

"어, 영광아. 지금 어디야? 혹시 시간 되니?"

세진은행 사건 때 그 조직 놈들의 수작에 얽혀 세진은행을 해킹했던 고영광. 그의 기억을 다시 더듬어 봐야 할 것 같았다.

"후. 권 이사장님이 허튼짓을 하면 안 될 텐데……."

자신이 찾겠다며 절대 함부로 움직이지 말아 달라 간곡히 부탁했지만, 그게 과연 지켜질 수 있을까.

다른 이라면 모르되 명동의 돈귀신이었던 양반이다.

"어떻게든 어르신보다 먼저 찾아야 해."

이제야 과거에 묻힌 피와 원망을 씻어 내기 시작한 사람이다. 다시 그때 그 시절로 돌아가는 모습을 볼 순 없었다.

종혁의 눈이 매섭게 빛나기 시작했다.

과르릉!

종혁의 차가 도로를 향해 튀어 나갔다.

* * *

부우웅! 빵빵!

우글우글! 시끌시끌!

높은 빌딩과 사람들로 가득한 어느 거리.

그 입구로 사람들의 시선이 모인다.

하얀 두루마기를 걸친 노인, 권회수가 서 있기 때문이다.

대체 무엇을 멍하니 보는 걸까.

권회수의 눈엔 현재의 빌딩 숲이 아니라 과거 이곳의 풍경이 비춰진다.

그리 먼 과거도 아니다.

고작해야 십 몇 년 전. 그때 이후로 참 많이 변해 버렸다.

"이 변, 저기에 뭐가 있었는지 기억하시는가?"

권회수의 전속 변호사 이영창이, 현재는 중앙지검이라 불리는 서울검찰청의 검사장까지 보냈던 노인이 아련히 웃는다.

"방앗간이 있었죠."

"그래. 언제나 이 거리에 왔을 때 가장 처음 나를 반겼던 건 참기름, 들기름 냄새였지."

권회수의 눈이 더 먼 과거의 거리를 비춘다.

70년대, 80년대 참 많은 게 부족했지만 정이 살아 있던 그때의 거리를.

"예, 기억납니다. 저도 그 냄새에 홀려 꼭 이곳에 들를 때마다 한 병씩 사 들고 갔었죠. 나중엔 집사람이 방앗간 집 딸하고 바람났냐고 손톱을 세우더군요."

"이 변도 그랬는가? 나도 그랬네! 거 어찌나 손맛이 날카롭든지!"

껄껄껄 웃은 권회수는 발을 내디뎠다.

"기억나십니까? 저기에 문방구가 있었습니다."

"암. 기억하고말고."

그때 그 시절 서울에서 다섯 손가락 안에 들 만큼 크면서도 좋고 싼 물건들로만 가득했던 문방구. 아니, 일제 물건들을 염가에, 국산 제품보다 싸게 팔았던 곳이었다.

"소영이 애미나 아영이 필기도구도 다 여기서 샀었지."

"저도 그랬습니다."

그렇게 옛 추억을 곱씹으며 걷던 그들은 갑자기, 금이나 어떤 경계선이 쳐진 것도 아닌데도 마치 짜기라도 한 듯 동시에 멈춰 섰다.

여전히 과거를 투영하는 그들의 눈에 거대한 대문과 긴 담장이 비춰진다.

"……가지."

성큼!

갑자기 과거에서 현재로 돌아온 그들은 옆의 빌딩을 끼고 돌고 그 안쪽의 골목길을 나아가, 결국 주택가 사이 작은 나무문이 달린 주택 앞에 멈춰 섰다.

그그극!

녹슨 경첩이 힘겹게 돌아가는 소리가 나며 열리는 나무문.

겨우 한 뼘이나 될 법한 좁은 앞마당엔 빈 화분들이 가득하다.

원래는 개나리라든지, 진달래라든지 들꽃들이 피어 있던 화분들.

"금으로 집을 지을 양반의 취미가 참……."

여기였다. 누이 구옥순이 돈을 빌리러 오는 이들을 맞이하던 사랑채이자 안방이.

그 고래등처럼 넓은 집을 소유했음에도 구옥순은 오직 이곳에서만 생활했더랬다.

"옥순 누이가 왜 그렇게 넓은 집을 지었는지 아시는가?"

"돈은 어렵고 힘들게 빌려야 그 가치를 안다고 해서였죠."

맞다. 그래서 구옥순은 성격에도 맞지 않는 그런 기와집을 지었다. 넓고 큰 집으로 채무자의 기를 죽인 거다.

그렇게 현명했던 사람이었다.

그래서 그녀가 모든 걸 내려놓고 절에 들어갈 때 권회수는 이곳만큼은, 어떻게든 이 작은 공간만큼은 사수하고 사람을 써서 관리를 했다.

"맞아. 그것만큼은 나와 뜻이 통했지. 아니, 어쩌면 내가 옥순 누이에게 배웠는지도 몰라."

어구구 앓는 소리를 내며 먼지 한 톨 없는 마루에 앉은 권회수는 마당처럼 한 뼘짜리 사각형인 푸른 하늘을 멍하니 바라보다 입술을 뗐다.

"찾으시게."

감히 누이 구옥순의 이름과 명예를 더럽힌 놈을.

감히 그녀를 이용한 놈들을.

종혁은 나서지 말라고 했지만 어찌 그럴 수 있을까.

"찾아서 내 앞에 데려오시게."

오랜만에, 굉장히 오랜만에 옛날의 돈귀신으로 돌아가야 할 것 같다. 권 노인, 권 영감이라 불리던 그때로.

"……예."

순간 눈빛이 스산해진 이영창 변호사는 갑자기 태산처럼 커진 권회수를 향해 고개를 숙였다.

그도 추억을 더럽히려는 놈을 가만둘 생각이 없었다.

"최 팀장보다 빨리 찾으려면 부리나케 움직여야 할 게야."

껄껄껄껄 웃음소리가 막바지 기승을 부리는 메마른 겨울 하늘을 울려 퍼졌다.

* * *

박카스와 커피캔, 과자나 컵라면 따위가 이리저리 널브

러져 돼지우리가 따로 없는 사무실.

"씨발! 돌려! 제껴!"

순철과 고영광을 비롯한 몇 명의 사람들이 키보드를 두드리며 거친 말들을 쏟아 낸다.

"조금만 더 버텨! 오케이! 그래, 그래…… 그렇지이!"

"아자-!"

"와아아아!"

서로 얼싸안고 방방 뛰는 그들.

그럴 수밖에 없다. 방금 전 대현중공업의 서버를 해킹했기 때문이다.

그들이 구성한 해킹팀 '한반도'에 정식으로 들어온 의뢰.

"쉿쉿! 예. 피드백은 일주일 안까지 작성해서 보내 드리도록 하겠습니다. 어이쿠! 예, 감사합니다! 수고하십시오!"

전화를 끊은 삼십대 남성은 이내 사람들을 향해 크게 소리쳤다.

"내일 입금해 주신단다-!"

"우와아아!"

"캬아! 역시 대기업! 형, 치킨! 치킨 시켜!"

"난 족발!"

"오케이. 또 뭐?"

"난 청소."

"그래, 청소……."

이 기쁜 분위기를 망치는 놈이 누군지 고개를 돌렸던

그들을 그대로 굳어 버렸다.

가슴 앞에 팔짱을 낀 채 삐딱한 미소를 짓고 있는 종혁.

"내가 이럴 줄 알았지."

이게 정녕 사람이 사는 공간이란 말인가.

종혁은 순철을 보며 눈을 가늘게 떴다.

"내가 이렇게 살라고 이 사무실을 얻어 준 게 아닐 텐데 말이야……. 내 말이 틀리니, 철아?"

"자, 잠시만! 제 말 좀 들어……."

"치워."

"예!"

"영광이는 뭐하니?"

"이미 치우고 있습니다!"

종혁은 아직 범죄자 신분인 다른 팀원들을 응시했다.

세진은행 해킹 사건 때 고영광과 함께 연루되어 징역 1년, 집행유예 2년을 받은 그들.

비록 해킹이라는 중범죄에 연루되긴 했지만, 의도적이지 않았다는 점과 모두 진실로 반성을 하고 있었기에 이 정도의 형량만 받았다.

고영광은 청소년이라 사회봉사 20시간의 3호 처분을 받았다.

화들짝 놀란 그들은 재빨리 몸을 날리며 쓰레기를 줍기 시작했고, 종혁은 눈을 가늘게 뜨며 그런 그들을 응시했다.

'이들에게 정보가 있기를.'

* * *

한편 그 시각.

종혁과 권회수가 있었던 절에 도착해 주지스님과 마주 앉은 오택수와 최재수는 엉덩이를 들썩였다.

"있었단 말입니까, 스님?"

"예. 보살님께서 승천하시고 한 보름쯤 지났을까요? 어떤 분께서 찾아오셔서 보살님의 행방을 묻더군요."

권회수 외에 구옥순을 찾아온 사람은 처음이라 기억하고 있다.

주먹을 불끈 쥔 오택수는 오는 길 잠시 파출소에 들러 팩스로 받은 몽타주를 보여 주었다.

"호, 혹시 이렇게 생긴 사람이었습니까?"

"아니요."

"예?"

"아닙니다."

오택수는 눈을 부릅떴다.

지금 이 순간 그들은 천국에서 지옥으로 떨어졌다.

"하, 한 번만 더 자세히 봐 주십시오, 스님."

그들은 간절함을 담아 외쳤지만, 주지스님은 단호히 고개를 저었다.

"아닙니다."

"스님!"

주지스님은 몸을 크게 들썩이는 최재수의 모습에 푸근히 웃었다.

“성별부터가 다른데 보고 자시고 할 일이 있겠습니까.”

쿵!

“……예?”

“아마 40대 중반 정도 됐을까요? 어쩌면 그보다 더 연배가 많았을 수도 있을 겁니다.”

화장을 하지 않았지만 마치 세심하게 키운 장미처럼 화려하고 강단 있던 여성이었는데, 외모와 달리 옷차림이 허름해서 더 기억한다.

관상과 전혀 다른 옷차림이었으니까.

“과, 관상이요?”

“허허. 하찮은 재주일 뿐이지요.”

아니다. 보통 중이 되어 마흔쯤 되면 거의 다 이런 재주를 가지게 된다.

어디 무당이나 철학원에서만 사주팔자를 보던가. 절에서도 봐 준다. 운영비를 벌기 위해서다.

“절이란 곳이 원체 놀거리가 없다 보니…… 허허허. 아무튼 여기 젊은 시주님의 말처럼 시간이 너무 오래되어 얼굴은 기억이 나지 않지만, 그 독특한 관상만큼은 기억하고 있지요.”

어둠 속에서 어둠을 품었음에도 빛을 발하는 칼과 같은 관상을 가진 여성.

반골과 간신의 상을 동시에 지니고 있었다.

거기에 재물복에 자식복도 있었다.

“저보다 더 법력이 깊으셨던 구 보살님이라면 결코 관계를 맺지 않을 상을 지닌 분이었지요.”

그런 여자가 대뜸 나타나 구옥순의 행방을 묻는데 어찌 의심이 가지 않겠나.

그래서 몰래 미행해 그녀가 타고 온 차와 차번호를 적었다.

“스님!”

“허허. 여기 있습니다.”

다급히 확인한 최재수는 오택수를 봤고, 오택수는 고개를 끄덕였다. 그러자 최재수는 종혁에게 전화를 하기 위해 방을 뛰쳐나갔다.

“죄송합니다. 시급을 다투는 일이라서 말입니다.”

“허허. 아닙니다. 비록 빈승이 속세를 등졌다고는 하지만 그런 놈들은 때려죽여야지요.”

별다른 설명을 하지 않았음에도 모든 걸 꿰뚫는 것 같은 깊은 눈.

흠칫 놀랐던 오택수는 고개를 숙이며 지갑에 든 돈을 모두 꺼내 놓았다.

“협조 감사합니다.”

“……두 분께서 부처님이셨군요. 허허허!”

“더 생각나는 부분이 있으시면 이 번호로 연락 주십시오. 그럼 안녕히 계십시오, 스님.”

“시주님.”

"예?"
"빈승은 시주님께서 오시기 전에 이걸 누군가에게 말한 적이 있습니다."
"……!"
"아마 그에 대한 답은 최 시주님께서 가지고 계실 겁니다."
"감사합니다, 스님!"
오택수는 부리나케 방을 빠져나갔고, 남겨진 주지스님은 눈을 감으며 손안에 쥔 염주를 굴렸다.
오택수와 최재수의 얼굴에 드리워져 있던 작고 희미한 검은 기운.
둘뿐만 아니다. 종혁과 권회수에게도 모두 그런 기운이 드리워져 있었다.
하지만 말할 수는 없었다. 자신이 말을 함으로써 어떻게 변해 버릴지 모르기 때문에.
조심해서 그 화를 막을 수 있다면 좋겠지만, 만약 더 큰 화가 들이닥친다면…….
"나무아미타불 관세음보살……."

* * *

"알겠습니다."
—대체 누군데?
"권 이사장님이요."

—역시 그분이었냐? 알았어!

통화를 종료한 종혁은 머리를 벅벅 긁었다.

"결국 움직이셨네."

비록 강제적으로 은퇴를 당하였다지만, 권회수는 명동 밤의 황제였다.

정재계, 경검 등을 비롯해 조폭까지 그 인맥이 닿아 있었던 사람.

아마 명동파부터 시작해 서울 및 수도권의 모든 조폭들이 움직일 거다. 80년대 조폭과의 전쟁 때부터 명줄을 이어 온 조폭들이.

이제부터는 누가 먼저 놈을 찾냐, 그 싸움이었다.

"돌겠구만."

그런데 여기서 더 돌아 버릴 것 같은 부분이 하나 더 있다.

놈에게 조력자가 있다는 것.

즉, 놈에게 세력이 있단 소리다.

10억이란 거금을 시장에서 일수나 하는 놈에게 뿌렸는데도, 아니 무려 구옥순의 심복을 사칭하는 놈이 나타났는데도 아무도 몰랐다? 알아볼 생각을 안 했다?

헛소문 등의 이유로 알아볼 생각을 안 한 것인지, 못하게 된 건지는 모르지만 이는 이 세력이 꽤 치밀하다는 증거였다.

'마치 그 조직처럼…….'

그래서 이들을 찾아온 것이었다.

혹시나. 정말 혹시나 이들이 알고 있는 게 있을까 해서.

당시 이들이 다칠까 해서 조서에 기록하지 않았던, 그 놈들이 뒤져 본 사회 각계 인사들의 계좌들.

보지 말아야 할 걸 봤다는 죄만으로도 사람이 죽어 나가는 세상이니 어쩔 수가 없었다.

거기다 문제는 더 있다.

해킹 사건 이후로 협조를, 뭔 말을 어떻게 들었는지 경찰에겐 협조를 잘 하지 않게 된 세진은행이다.

확실한 증거만 있다면 계좌를 열어 보는 거야 식은 죽 먹기보다 쉽다지만, 지금은 어디까지나 정황이다.

공문을 보냈다지만, 세진은행은 협조를 하지 않을 거다. 이게 또 어느 권력가의 계좌일까 해서.

'한다고 해도 늦장을 부리다가 뒤늦게야 해 주겠지.'

그게 얼마나 걸릴지 장담할 수가 없었다.

"쯧."

"형."

고영광의 부름에 정신을 차린 종혁은 이제야 사람 사는 곳처럼 변한 사무실 풍경에 고개를 끄덕였다.

"그래, 이러니까 얼마나 보기 좋아."

종혁은 자기가 나서지 않고 고영광을 보낸 순철을 째려본 후 고영광의 머리를 쓰다듬었다.

"그동안 잘 지냈어? 밥은 잘 먹고 다니고?"

"헤헤. 네! 그런데 무슨 일이세요?"

종혁은 눈을 초롱초롱 뜨는 고영광을 보며 살짝 난감해 했다.

그놈들에게 입막음으로 죽임을 당할 뻔한 이들. 그 살벌한 사건의 피해자들이다 보니 조심스러울 수밖에 없었다.

"음…… 일단 밥 안 먹었으면 밥부터 먹을까?"

원래 열렸어야 할 파티보다 더 성대한 파티가 열리자 그들은 마치 걸신이 들린 것처럼 음식을 흡입하기 시작했다.

대현중공업에서 한 의뢰에 집중하느라 거의 한 달 동안 제대로 먹지 못했던 그들.

"푸하! 살겠다!"

"아으! 이게 얼마 만에 먹는 제대로 된 음식이냐! 그래, 이게 사는 거지!"

종혁의 눈에 걱정이 번진다.

"그래도 밥은 좀 먹고 하지."

"헤헤. 원래 저희 같은 사람은 한번 뭔가에 집중하면 그 외의 모든 걸 신경 쓰지 않게 돼서요."

"그렇습네다. 거기다 과자와 라면에 얼마나 많은 영양분이……."

"철이, 다물어. 넌 이따가 엄마한테 혼날 줄 알아."

"……!"

스스로 뭔가를 해 보려기에 믿었더니 이렇게 살고 있었다. 이건 혼나야 할 일이었다.

억울하다는 듯 눈으로 항변하는 순철을 무시한 종혁은

젓가락을 들었다.
"그래서요?"
"음?"
"세진은행에 관련된 일인가요?"
움찔!
고영광의 눈을 본 종혁은 이내 젓가락을 내려놓았다.
단단하고 투명하게 빛나는 고영광의 눈.
"그냥 보고 싶어서 왔다고 하면 안 믿겠지?"
"그런 것치고는 아까 형 표정이 너무 심각했어요."
"짜식이, 청소하는 와중에 한눈팔 정신은 있었나 보네."
"흐흐."
"후. 이번에……."
종혁은 사정에 대해 간략하게 설명했고, 고영광과 팀원들은 이를 악물었다.
"그래서 혹시 그때 이 계좌를 본 적 있는지 물어보러 온 거야."
우연치곤 참 공교로운 우연.
계좌와 계좌주의 이름을 가만히 응시하며 기억을 뒤지던 고영광은 이내 고개를 저었다.
"아니요. 처음 보는 계좌예요. 형이나 누나들은 본 적 있어요?"
"뭔데? 누군데?"
우르르!

고영광의 말에 몰려든 팀원들은 계좌를 바라보다 이내 고개를 저었다.

'그런가. 우연이었나…….'

다행이면서도 다행히 아니기도 한 상황.

'결국 세진은행이 협조를 해 줄 때까지 기다릴 수밖에 없는 건가.'

종혁이 한숨을 내쉬는 순간이었다.

"어? 나 이 계좌 아는데……."

종혁은 다급히 팀원 중 한 명을 바라봤다.

시선이 모이자 당황했던 남성은 이내 종혁이 손을 덥썩 잡자 화들짝 놀랐다.

"아신다고요?!"

"예……."

당시 놈들, 자신들을 속이고 죽이려 했던 그놈들은 사회 각계 인사들의 계좌를 열람하면서 한편으로는 돈도 가로챘는데, 그 와중에 다른 이상한 일도 저질렀다.

당시엔 너무 무섭고 당황스러워 종혁에게 말하지 못했지만, 지금 다시 이 계좌주 이름을 보니 그때의 기억이 떠올랐다.

종혁은 그의 입이 열리자 눈을 부릅떴다.

"금융 거래 내역을 삭제했다고요?"

"예. 그 계좌들을 다 외운 건 아니지만 이 이름은 기억나요. 가장 먼저 삭제됐거든요. 계좌까지도요."

"……예?"

"이거 이제 세상에 없는 계좌라고요."

백업 서버까지 깔끔하게 지웠기에 다시 복원도 못할 거다.

쿵!

"무슨……."

"아마 그러면서 여기에 있던 돈을…… 혹시 볼펜 있으세요?"

"여, 여기 있습니다!"

종혁이 내미는 펜을 받아 든 그는 임학수의 계좌 밑에 이름과 계좌번호를 적다가 미간을 좁혔다.

"으음…… 죄송합니다. 계좌번호는 이 정도밖에 기억이 안 나네요."

"아닙니다. 이 정도면 충분합니다."

은행명과 계좌주만으로도 충분하다.

"혹시 그때 삭제된 다른 계좌도 기억하십니까?"

"아, 네! 다는 아니지만……."

남성은 다시 몇 개의 이름을 적었고, 그걸 본 종혁은 주먹을 꽉 쥐었다.

"감사합니다. 정말 감사합니다!"

하마터면 애먼 곳에서 시간을 낭비할 뻔했다.

종혁의 뜨거운 악수에 어쩔 줄 몰라 하던 남성은 이내 아차 하며 입을 열었다.

"그런데 이런 건 금감원만 뒤져 보면 나오지 않나요? 막 갑자기 어떤 통장에 고액이 입금되면 금감원에 신고가 간다던데…….”

“그렇죠. 신고죠.”

“예? 아!”

맞다. 은행에서 뭔가 이상하다고 신고를 하지 않으면 금감원은 알 수가 없다.

“협조해 주셔서 감사합니다. 철아, 이걸로 먹고 싶은 거 다 먹어! 그럼 난 먼저 간다!”

후다닥 사무실을 빠져나온 종혁은 다급히 핸드폰을 들려다가 멈췄다.

뿌득!

돌연 부서질 듯 악물어지는 어금니.

종혁의 얼굴이 흉신악살처럼 일그러진다.

“하, 이 개새끼들…….”

아닐 확률도 있지만, 놈들일 확률이 너무 크다.

“더럽게 치밀하다 싶더니…… 후우.”

들끓기 시작한 분노를 애써 누른 종혁은 오택수에게 전화를 걸었다.

“예, 접니다.”

–어! 야! 지금 그 차량 조회 결과 떴거든? 그런데 이거 아무래도 대포차인 것 같다! 차번호가 등록이 안 되어 있어. 쫓아?

종혁은 그럴 줄 알았다는 듯 고개를 끄덕였다.

“아뇨. 아마 쫓아 봤자 찾지 못할 겁니다.”

–……너 뭐 알아냈구나? 그렇지?!

"예. 그러니 1995년도에 전국에서 순직한 경찰과 사망한 사채업자에 대해 알아봐 주세요."

구옥순 여사가 다시 복귀하는 거 아니냐는 소문이 생겨났다가 사라진 시기.

무려 구옥순의 심복을 사칭하는 놈이 나타났는데도 아무도 몰랐다? 알아볼 생각을 안 했다?

아니다. 정말 이 일에 놈들이 얽혀 있다면 그걸 조사한 사람들 모두 제거를 당한 거다. 그게 놈들의 수법이기에.

–뭐야, 씨발! 대체 무슨 일인데!

"세진은행 해킹 사건 때 영광이 죽이려고 온 놈들 기억하죠?"

종혁은 방금 알아낸 걸 설명했고 오택수는 잠시 말을 잃었다.

–……푸하하하핫! 와, 미치겠네. 이 새끼들 뭐지?

어이없다는 듯 웃던 오택수는 이내 표정을 지웠다.

–알았어, 끊어.

시퍼렇게 날이 선 칼날처럼 차가운 분노.

종혁은 통화가 끊긴 핸드폰을 바라보다 다른 곳을 향해 전화를 걸었다.

"예, 수고하십니다. 간편신고관리과 특별수사팀 최종혁 팀장입니다. 계좌를 하나 열어 보고 싶은데요."

'이걸로 앞섰기를…….'

정말 놈들이 이 일에 얽혀 있다면 절대 권회수가 알면 안 된다.

그의 목숨이 위험했다.

"말해 봤자 더 이 악물고 달려드시겠지."

그러면 정말 죽는다. 권회수가 불러들였을 사람들 가운데 놈들이 있을 수 있기 때문이다.

품 안까지 들어온 칼에 권회수가 죽을 수 있었다.

"가장 베스트는 이사장님이 진실을 알기 전에 내가 따는 건데……."

표정이 무겁게 가라앉은 종혁은 액셀을 밟았다.

"대포차인 걸로 나왔습니다. 당시 대포차 다루던 놈들을 싹 다 뒤져 볼까요?"

이영창은 장년인의 말에 고개를 끄덕였다.

"그렇게 하고, 서대명이라고?"

"예."

종혁이 검거한 사채업자 서대명.

종혁은 분명 이 사람에 대해 언급하지 않았지만, 이영창은 결국 알아내고 말았다.

"그놈 계좌 거래 내역은?"

"분기마다 세진은행으로 돈을 입금한 계좌가 있는데, 알아보니 없는 계좌로 나오더군요. 그럼에도 이 서대명은 계속 송금했다고 나옵니다."

작년부터 없는 계좌이기에 송금한 돈이 반환된 내역이 있다.

"자동 이체군. 계좌주는?"

"임학수란 놈인데, 현재 사망한 걸로 나옵니다. 거기다 이놈이 금융 거래를 한 내역도 찾을 수 없습니다."

마치 누군가 깔끔하게 지워 버린 것처럼 말이다.

이영창은 그렇게 말하는 장년인을 가만히 응시했다.

"그게 전부인가?"

장년인은 씩 웃었다.

"당연히 아닙니다. 세진은행에서 VIP전담관리팀이었다가 퇴직한 사람이 말하길, 임학수의 계좌는 마치 비자금이 스쳐 지나가는 통로 같았다고 합니다."

임학수의 계좌에 돈이 들어온 순간 소액으로 쪼개져 다른 은행들의 계좌로 이체되었다고 한다.

"흠. 희한하군. VIP의 계좌가 사라졌는데, 은행 놈들이 몰랐다는 건가? 서대명이란 놈에게 통보도 안 하고?"

"오래된 계좌이기도 하고, VIP라지만 입금되는 액수가 소액이라 관리 등급이 낮아서 그런 게 아닌가 싶습니다. 거기다 작년엔 큰일도 겪었고요."

언론에 드러나진 않았지만, 뒷주머니 찬 양반들의 간담을 서늘하게 만들었던 세진은행 해킹 사건.

이때 꽤 많은 정보가 유실됐다는 소식을 들은 적 있다.

"쯧쯧. 일하는 꼬라지하고는……."

"원래 VIP 계좌는 봐도 못 본 척해야 하는 거잖습니까."

은행 입장에선 그저 그 계좌들을 온전히 보관하는 게 중요할 뿐이다. 그 외엔 알아서도 안 되고, 알려고 해서도 안 된다.

"그 퇴직한 사람도 인수인계를 받다가 우연히 알았다고 하니까요."

그래서 그 퇴직한 사람도 이들이 찾아오기 전까지 그동안 잊고 살았던 거다.

"알겠네. 그럼 그 분산 이체된 계좌들도 쫓아 주고, 흠…… 혹시 모르니까 구 여사님이 복귀한다는 소문이 돌던 때 순직한 경찰과 사망한 사채업자, 기자, 검사에 대해서도 알아봐."

무려 구 여사님이 복귀한다는 소문이 돌았는데 그 소식이 금세 잠잠해졌다. 뭔가 느낌이 쎄했다.

"예."

"가 봐."

고개를 숙인 장년인이 나가자 이영창은 핸드폰을 들었다.

"예, 어르신."

–어떻게 되어 가고 있는 건가.

"그 전에 한 가지 여쭙고 싶습니다. 정말 당시에 그 소문을 듣지 못하셨습니까?"

–이보게, 이 변.

"예, 어르신."

–이빨과 발톱이 잘린 호랑이에게 다가오는 놈은 어떤 부류라고 생각하는가?

사냥꾼이다.

거기다 그땐 정권의 감시가 심했던 시절. 바깥과의 연

락을 차단했을 때였다.

제아무리 측근이었더라도 조심했어야 했기에 권회수가 일부러 연락을 끊었다.

–게다가 알지 않나. 옥순 누이가 죽고 난 후 내가 뭘 했는지.

"……그렇군요. 한 반년 정도 해외에 계셨다가 오셨지요."

–그럼에도 그 빌어먹을 놈의 정권의 개들이 쫓아와 감시를 하더구만. 거 어찌나 눈치를 주던지. 허허.

그게 질려 반년 만에 여행을 때려치우고 한국에 돌아왔다.

–그래서 어떻게 되어 가고 있는가?

"예. 그게……."

이영창은 현재까지 조사된 부분을 천천히 설명하기 시작했다.

* * *

"프로젝트 진행 사항은 지금 어떻게 되어 가고 있습니까!"

"아니, 아직까지 접선을 안 하면 어쩌자는 겁니까!"

"대리님, 이것 좀 봐주시겠습니까?"

높은 톤의 목소리와 키보드 두드리는 소리로 가득한 한국의 어느 모처 사무실.

커피 한 잔을 든 채 복도에 서서 열심히 일하는 부서 직원들을 흐뭇한 눈으로 응시하던 중년인은 갑자기 다가오는 부하 직원의 모습에 의아해했다.

"왜?"

"방금 전 보안팀에서 연락이 왔는데, 쩐주 프로젝트에 접근하는 사람이 생겼다고 해서 말입니다."

"쩐주 프로젝트?"

"예, 실장님. 95년도에 저희 제2기획실에서 기획한 프로젝트였다고 하는데 알고 계신 거 있으십니까?"

"쩐주…… 쩐주 프로젝트라……. 아, 그건가?"

기억난다.

1995년도 사망한 어떤 대단한 사채업자의 이름값을 이용해 사채업자들을 대상으로 이자 놀이를 한 장기 프로젝트.

전임자에게 인수인계를 받은 내용 중에 그런 내용이 있었다.

'그런데 더 이상 실요성이 없다고 판단되고, 프로젝트 진행 기간이 너무 길어져서 내가 세진은행 때 함께 폐기…….'

순간 심장에 불길함이 스친 중년인은 부하 직원을 응시했다.

"그거 담당한 지부가 어디였는데?"

"현재 조희구 부산 지부장과 함께 있는 성미란 전 지부장이 진행한 프로젝트입니다."

"지랄 맞네."

하필이면 세진은행 때 종혁에게 걸려 지부를 폐쇄한 그 지부장이다.

"그 프로젝트에 접근한 놈은?"

"이영창이란 변호사인데…… 중앙지검이 서울검찰청이었던 시절 검사장까지 지낸 인물로 나옵니다."

"이영창? ……권회수?!"

'최종혁!'

권회수. 전설적인 사채업자이자 종혁과 밀접한 관계를 가진 인물.

그리고 그가 기억하기로 이영창은 그런 권회수의 심복이었다.

"잠깐, 잠깐. 갑자기 그 이름이 왜 튀어나와?"

"저도 그게……."

"비켜!"

다급히 본인의 자리로 뛰어 간 그는 내선 전화기를 들었다.

"창고죠? 제2기획실 실장인데, 세진은행 해킹 때 폐기된 쩐주 프로젝트에 관한 자료들 싹 다 올려 주세요!"

전화를 끊은 그는 따라온 부하 직원을 응시했다.

"넌 이영창이 어떻게 이 정보에 접근했는지 알아보고, 최종혁도 여기에 연관되어 있는지도 알아봐! 빨리!"

"예!"

자리로 뛰어가는 부하 직원을 응시하던 그는 이내 담배를 물었다.

"빌어먹을. 대체 어디서 빽이 났기에 폐기된 프로젝트를 쫓는 놈들이 생겨난 거야?"

그는 입술을 지그시 깨물었다.

그렇게 얼마나 지났을까.

창고, 폐기된 프로젝트나 정보 등 따위가 보관되는 창고에서 자료가 올라오자 살핀 실장은 한숨을 푹 내쉬었다.

"후우우."

구옥순. 통칭 구 여사.

쩐주 프로젝트에 이용된 이름이다.

권회수와 더불어 서울을 평정했던 전설적인 사채업자.

"일하는 꼬라지하고는……. 아니, 어쩌자고……."

물론 이해는 간다.

당시 금융실명제로 권회수 역시 이빨 빠진 호랑이가 됐으니 당시 이 프로젝트를 기획한 책임자는 아마 그녀의 이름을 쓴다고 한들 문제가 없을 거라고 판단했을 거다.

거기다 권회수가 마침 국내에 없던 상황이지 않던가. 충분히 해 볼 만했다.

그런데 그 결과가 어떤가.

당시 프로젝트에 이용당한 사채업자 20명 가운데 8명을 제거했고, 구옥순의 복귀 소문이 돌자 이를 조사한 경찰과 기자 12명을 제거했다.

이 정도면 프로젝트가 폐기되어야 맞지만, 살아남은 사채업자들이 내는 수익에 프로젝트 폐기는 잠시 유보.

이후 별다른 문제가 발생하지 않았기에 근래까지 유지되어 있다가 결국 세진은행 때 폐기하기로 했다.

"하. 이게 말이 돼?"

중년인은 자신 이전의 제2기획실의 실장이었던 사람을 떠올리며 어이없다는 듯 웃었다.

'이 새끼, 설마 성미란 지부장과 내연 관계였던 거 아니야?'

그게 아니라면 본사 기획실장이라는 인간이 이걸 폐기하지 않을 이유가 없다. 제아무리 이목을 끌 확률이 있다고 해도 이건 폐기가 옳았다.

그리고 프로젝트 폐기를 강력하게 주장하지 않은 성미란 지부장의 잘못도 컸다.

'아니면 전임 실장의 역량이 부족했거나.'

은퇴를 한 게 아니라 은퇴를 당한 전임 제2기획실장.

은퇴를 당하는 데는 다 이유가 있는 법이었다.

"아, 알았습니다!"

"뭔데?!"

"최종혁입니다!"

"……뭐?"

또다시 들린 이름에 순간 조용해지는 사무실.

부하 직원은 자신이 알아낸 것들을 빠르게 설명했고, 한숨을 푹 내쉰 실장은 머리를 쓸어 올렸다.

"아니, 씨발 뒷정리를 왜 그따위로 하는 거야!"

프로젝트를 폐기했다면 회사 직원을 제외한 관련자 전원을 제거하는 게 철칙.

"그때 성미란 지부장의 지부가 폐쇄돼서 미처 제대로

처리하지…….”

콰!

“아, 지랄 났네. 지랄 났어!”

중요한 프로젝트를 진행 중인데 이게 뭔 난리인지 모르겠다.

중년인은 어떻게 할 거냐며 눈으로 물어 오는 부하 직원을 보며 다시 담배를 물었다.

“후우우. 됐고, 성미란 지부장 은퇴시킬 준비해. 그리고 제거되지 않은 사채업자들 최종혁한테 던져 줘.”

“권회수가 아니라 최종혁에게 말입니까?”

“밤의 제왕이라 불렸던 인간이 퍽이나 그놈들로 만족하겠다.”

아마 당시 프로젝트를 진행한 직원들을 찾기 전까지는 결코 멈추지 않을 거다.

종혁도 골치 아파 죽겠는데, 권회수까지 자신들의 뒤를 쫓는다? 일어나지 않았으면 하는 상황이었다.

“만약 권회수가 그걸로 멈추지 않으면 어떡합니까? 최종혁도?”

“그땐 뭐…….”

차갑게 가라앉은 눈으로 대답을 대신한 중년인은 손을 저었다.

“가 봐. 뭐해! 일들 해!”

“예!”

중년인은 다시 바빠지는 사무실의 정경을 보며 담배 연

기를 뱉어 냈다.
"후우우."

* * *

띠이! 띠!
한 대학병원, 산소호흡기 등 온갖 기계를 단 중환자를 가만히 응시하던 특수범죄수사과 김종두 과장은 한숨을 내쉬었다.
"힘들 거라고요?"
그의 옆에 선 의사가 침중한 표정을 짓는다.
"최선을 다하긴 했지만……."
솔직히 수술 중 사망하지 않은 게 기적일 정도다.
'천벌을 받은 건가…….'
서민의 피와 눈물을 빨아먹으며 제 살을 불리던 사채업자.
대법원의 판결 이후 단속을 벌이라는 공문이 내려오기에 특수범죄수사과도 그동안 예의주시하던 사채업자들을 상대로 단속 및 수사에 들어갔는데, 그중 한 명이 이렇게 교통사고를 당했다.
정확히는 얼마 전 제보를 받고 출동한 사채업자다.
빚을 갚지 못한 여성들을 지방이나 섬에 팔아 버린 악독한 인간.
천벌을 받았다고 봐야 했다.

"부탁드리겠습니다."

정중히 고개를 숙이며 나온 김종두는 고개를 들지 못한 채 뒤따라 나오는 젊은 형사의 목을 두드렸다.

종혁이 특별수사팀으로 인사이동을 한 후 인사발령 받아 온 초임 형사. 계급은 경장이다.

"괜찮아, 인마. 범죄자를 쫓다 보면 이런 일도 있는 거지. 아니, 정확히는 쫓은 것도 아니었잖아."

미행을 하던 중 갑자기 덤프트럭이 달려와서 사채업자가 탄 차를 들이받았단다.

졸음운전이 원인이 된 사고사.

"넌 좀 괜찮아? 놀란 것 좀 가라앉았어?"

코앞에서 사고를 목격했으니 얼마나 놀랐을까.

"……죄송합니다."

"그래, 가자."

김종두는 이 사채업자의 사무실로 향했다.

영장을 받은 형사들이 한바탕 뒤집고 있는 사채업자 사무실. 이 사채업자는 영장을 받기 바로 직전에 사고를 당한 거다.

"뭐 좀 나왔어?"

"예. 이 새끼 아무래도 쩐주가 있나 본데요?"

"쩐주? 누구?"

"임학수란 놈인데…… 이놈이 임학수에게 돈을 송금한 은행이 세진은행입니다."

"세진은행?"

김종두의 표정이 딱딱하게 굳는다.

"그리고……."

김종두는 팀원이 보여 주는 웬 이름과 상호명이 적힌 수첩과 웬 남성이 어떤 여성을 만나는 사진 등을 보며 미간을 좁혔다.

"이 새끼가 임학수?"

"아무래도 그렇지 않겠습니까? 이렇게 박스에 이름까지 써서 따로 모아 놨는데?"

캐비닛 맨 아래 서랍에서 발견한 낡고 허름한 이름 적힌 박스.

"그럼 이 여자는 누구야?"

"알아보고 있는 중입니다."

신분을 나타낼 뚜렷한 무언가는 없지만, 일단 여성이 탄 차량 번호를 추적중이다.

"알았어. 일단 자세히 알아보고……."

"과장님!"

"왜?"

"그 명단에 있는 놈들 중 한 놈은 이미 종혁이가 잡은 것 같은데요?"

"……뭐?"

김종두의 연락을 받고 특수범죄수사과로 다급히 올라온 종혁.

"여, 왔냐?"

"어떻게 된 거예요?"

생각지도 않았던 김종두의 입에서 임학수란 이름이 흘러나왔다. 종혁의 표정은 굳을 수밖에 없었다.

그런 종혁의 표정을 본 김종두 역시 낯빛을 굳히며 일어섰다.

"일단 회의실로 가자. 커피?"

"새로 내려 주세요."

"그냥 주는 대로 처먹어, 인마."

탕비실에서 커피를 따라 회의실로 가져온 김종두는 종혁의 앞에 내려놨다.

둘은 잠시 말없이 커피 타임을 가졌다.

"임학수 누구냐?"

"과장님은 어떻게 아셨는데요?"

"종혁아."

"과장님부터요."

둘은 서로를 무심한 눈으로 응시했다.

여차하면 사건이 넘어갈 수도 있는 상황. 서로의 부서가 다르기에 제아무리 서로의 친분이 짙다고 한들 쉽게 정보를 오픈할 수는 없었다.

송곳처럼 뾰족한 기세가 서로의 심장을 겨누었다.

"……후. 그래. 내가 졌다, 졌어."

그동안 받은 은혜가 얼마인데 날을 세울까.

김종두는 사건의 개요에 대해 처음부터 설명했다.

"잠깐, 도주한 여성이 과장님께 신고를 했다고요?"

"말을 들어 보니 내가 TV에 나왔던 걸 기억하셨더라고."

"아."

김종두가 기자들 앞에서 사건을 브리핑을 한 게 몇 번이던가.

"그래서요?"

"그래서……."

김종두는 말을 이었고, 그 말을 가만히 듣고 있던 종혁은 어느 대목에서 다시 표정을 굳혔다.

"교통사고요?"

"어."

이미 피해 여성의 진술만으로도 영장이 나오기 충분했지만, 확실히 잡아내기 위해 숨겨 둔 재산 등이 있나 미행을 하던 와중에 당한 교통사고.

'이 새끼들 설마?'

종혁의 표정은 더욱 굳어졌고, 김종두는 말을 계속 이어 갔다.

"그래서 그렇게 된 거야."

말을 끝낸 김종두는 종혁을 노려봤다.

"이제 네 차례다, 종혁아."

"후우…… 임학수는 1995년도부터 구옥순 여사, 구 여사의 심복이라고 말하고 다닌 놈입니다."

쿠당탕!

"구 여사? 내가 아는 그 구 여사?"

"예. 1994년도에 사망한 구옥순 여사님이요."

"……뭐? 잠깐, 잠깐! 그게 무슨 말이야! 구 여사가 죽었어? 언제? 그럼 이 새끼는 뭐야?!"

"사망하신 구옥순 여사를 사칭하고 다닌 새끼죠."

"미친! 그럼 그 새끼가 이 새끼 맞냐?"

김종두는 얼른 증거물 봉투에 담긴 사진을 보여 줬고, 종혁은 헛웃음을 터트렸다.

"이거 어디서 구하셨습니까?"

"교통사고 당한 그 사채업자 책상 서랍에서! 아, 맞냐고!"

"……맞을 겁니다!"

몽타주와 굉장히 흡사한 외모.

"그럼 이 여자는? 알아?"

"……어?"

종혁은 김종두가 꺼내는 다른 사진에, 임학수가 웬 화려하게 생긴 여성에게 허리를 숙이는 사진에 주먹을 꽉 쥐었다.

"이 여자 설마?"

"뭐야! 누군데, 인마!"

'하, 이 새끼들 봐라?'

"……구 여사가 사망한 후, 구여사가 은퇴 후 머물던 곳으로 찾아왔던 사람입니다. 잠시만요."

사진을 향해 핸드폰을 들이밀어 사진을 찍은 종혁은 재빨리 오택수에게 전화를 걸어 다시 그 주지 스님을 찾아가게 했다.

마음 같아선 주지 스님께 사진을 보내 이 얼굴이 맞냐고 묻고 싶지만, 권회수가 안테나를 세우고 있을 게 뻔하기에 그럴 수가 없다.

'후. 머리 아프…….'

김종두를 봤던 종혁은 탄식을 터트렸다.

어떤 확신으로 가득 찬 눈.

"이 새끼들, 그 새끼들 맞냐?"

종혁은 고개를 끄덕였고, 김종두는 담배를 물었다.

'하, 이 새끼들 봐라?'

종혁의 몸에 구멍을 뚫은 놈들이자 대한민국에 드리워진 거대한 악.

얼마 전 중앙경찰학교에 간 종혁이 가르쳤던 애들이 싹 다 실종이 되어 추궁을 하니 종혁은 이놈들에 대해 거론했었다.

어이없다는 듯 웃은 김종두는 사진들을 만지작거리고 뒤집다가 피식 웃었다.

통통!

책상을 두드린 김종두는 사진 한 장의 뒷면을 가리켰고, 종혁도 피식 웃었다.

성미란. 사진 뒷면에 그 이름 석 자와 웬 주소가 적혀 있었다. 참 노골적인 놈들이 아닐 수 없었다.

"죽은 구 여사를 찾아왔다라……. 작정하고 사기 친 새끼들이네. 넌 얼마짜리디?"

종혁은 눈을 빛냈다.

"10억이요. 과장님은요?"

"우리도 10억. 그런데……."

툭!

김종두는 임학수라는 이름이 적힌 박스에서 발견된 수첩을 던졌고, 받아 든 종혁은 입술을 비틀었다.

"열한 명이라……."

"우리가 잡은 놈까지 합하면 총 열두 명이지. 임학수 뒤에 있는 놈이 누굴 거 같냐?"

"어디 이 시절에 돈 많은 새끼들이 한둘이겠습니까? 그런데 함부로 구 여사 이름을 쓴 거 보면 사채 쪽 애들은 아닌 것 같네요. 뭐, 어느 뒤 구린 놈이 적금 들었다고 봐야겠죠. 그게 이 성미란이란 여자일 수도 있고요."

"그렇지? 어떡할래?"

"이 은혜 꼭 갚을게요."

"그런 뜨뜻미지근한 말 말고, 짜샤."

"오케이. 회식비 지원에 100억짜리 사건 하나."

"200억."

종혁은 얼굴을 구겼다.

여기엔 진심이 좀 섞여 있었다.

"아, 진짜 우리 사이에 이러……."

"싫음 말고."

"콜!"

"우리 쪼잔하게 냉동삼겹살이나 곱창 안 먹는 거 알지?!"

"제가 언제 냉동삼겹살 취급하던가요? 걱정 마십쇼. 이 사건 담당한 분들에게도 선물 쫙 돌릴게요."

"당연히 그래야지!"

후다닥 회의실 문을 연 김종두는 크게 외쳤다.

"야! 종호야!"

"예, 과장님!"

종혁은 김종두의 부름에 달려오는 사십대 형사의 모습에 얼른 담배를 꺼내 들었다.

"햐. 우리 종혁이 많이 컸네. 이 삼촌 사건도 뺏어 가고……."

"에이, 제가 크게 보답한다니까요. 자자, 이건 우리 조카 용돈. 에헤이! 넣어 둬요, 넣어 둬."

"……정말 신화호텔이랑 레스토랑 언제든 쓸 수 있는 거 맞지?"

"연락만 하십쇼! 집부터 리무진 풀코스로 그냥!"

"씨부럴 놈. 가져가."

"감사합니다!"

종혁은 냉큼 핸드폰을 들었다.

"어, 재수야. 지금 알려 주는 주소 등기부등본 좀 떼 봐. 1990년도부터. 그럼 수고하십쇼!"

그렇게 임학수라 적힌 박스를 챙겨 들며 특수범죄수사과를 나온 종혁은 냉소를 터트렸다.

'새끼들. 대가리 무쟈게 굴리네.'

얼마나 굴리는지 이쪽 머리가 터질 정도였다.

고개를 저은 종혁은 사무실로 향했다.

* * *

쏴아아!

뜨거운 물줄기가 쏟아지는 샤워기 아래.

세수를 하듯 얼굴을 쓸어 올리던 노년의 여성이 순간 멈칫했다가 이내 풀썩 웃는다.

"성형 끝난 지가 언젠데……."

하지만 어쩔 수 없다.

새 얼굴이 완전히 자리 잡은 지도 몇 달이 흘렀지만, 지금도 거울을 보면 깜짝깜짝 놀라니 말이다.

너무도 오랜만에 한 성형.

"후우."

물에 젖은 머리를 털며 화장실을 나선 그녀는 안방으로 들어가 출근 준비를 하기 시작했다.

그렇게 향수까지 뿌린 여성, 성미란 전 지부장은 집 앞에 세워진 차에 올랐다.

탁!

그녀는 뒷좌석에 타자마자 옆에 놓인 커피부터 입에 가져갔다.

차에서의 커피 한 잔은 그녀의 하루가 시작됐음을 알리는 루틴.

구수하고 씁쌀하며 시큼한 맛이 혀를 감싸자 그녀는 고

개를 모로 기울였다.

"커피 맛이 다르네?"

"오늘 그 카페가 개인 사정으로 문을 닫았습니다. 죄송합니다."

"……알았어. 출발해."

"예."

부르릉!

부드럽게 나아가는 고급 세단.

자동차의 라디오에서 흘러나오는 클래식을 들으며 눈을 감고 있던 성미란은 살짝 눈을 떴다가 서글피 웃었다.

평소 가던 코스가 아닌 출근길.

지독한 감기에 걸린 것처럼 축 처져 버린 몸.

'역시…….'

커피 맛이 왜 다르나 했다.

"나 오늘 은퇴당하는 날이니?"

"……죄송합니다."

"누구니? 조 지부장이니?"

"본사입니다."

"본사?"

순간 흔들렸던 성미란의 눈동자가 빠르게 체념을 머금는다.

"……그래. 볼륨 좀 높여 보렴."

"예."

다시 눈을 감은 성미란의 얼굴에 드리운 서글픔이 짙어

진다.

'그렇게 직원들에게 해고 통보를 했으면서도 커피 맛이 달라진다는 게 어떤 의미인지 까먹다니…….'

현장에서 너무 오래 떨어져 있었나 보다.

'도망칠까? ……아니야.'

그러면 최종혁 때문에 생이별을 해야 됐던 자식들에게까지 피해가 간다. 제아무리 목숨이 귀하다고 한들 배 아파 낳은 자식들보다 귀할까.

그녀는 몸에 힘을 빼며 커피를 입에 가져갔다.

'이럴 줄 알았으면 짬뽕이라도 한 그릇 먹고 나올걸.'

그녀가 최고로 좋아하는 음식인 짬뽕.

지독히도 가난했던 어린 시절, 이젠 기억조차 나지 않는 어머니가 처음으로 사 줬던 외식 음식.

그에 그녀 역시도 자식들의 첫 외식 음식으로 짬뽕을 사 줬었다.

그렇게 얼마나 달렸을까. 부산을 벗어난 차가 경상북도의 어느 외진 바닷가에 멈춰 선다.

스르륵! 벌컥!

"부축하겠습니다."

"됐어."

힘겹게 손을 뿌리치며 차에서 내린 성미란은 코앞에 서 있는 열 명의 사내들을 보곤 입술을 비틀었다.

"영광이네. 본사에서 처리조까지 다 오고. 시나리오는?"

"쩐주 프로젝트에 대해 기억하십니까?"

"……아, 그래. 내 불찰이네."

아무리 지부를 폐쇄하느라 바빴어도 뒷정리는 했어야 했다.

"누가 내 꼬리를 밟았니? 갈 땐 가더라도 나 엿 먹인 씹새끼는 누군지 알고 가야지."

"최종혁입니다."

뚝!

"아아아아아아악! 아아악! 이 씨발 새끼야–!"

본사 처리조는 분노를 마치 비명처럼 쏟아 내는 성미란을 가만히 응시했고, 오랫동안 그녀를 모셨던 직원들은 무너지는 철의 여인의 모습을 차마 지켜볼 수가 없어서 고개를 돌렸다.

"하아…… 개씹새끼."

이를 간 성미란은 이내 한숨을 내뱉었다.

정말 찢어 죽이고 싶다.

하지만 그럴 수가 없다.

성미란은 피가 나도록 이를 갈며 근처 나무의 나뭇가지에 묶여 있는 올가미를 노려봤다.

"저거니?"

"가시죠."

"……그래."

성미란은 모든 걸 포기하며 올가미로 비틀비틀 다가갔고, 처리조는 그녀에게 어떤 약과 물을 넘겨주었다.

"과거 어떤 살인사건의 진범이지만 신분을 세탁했던

성미란 지부장님께선 경찰의 좁혀 오는 수사망에 이 수면제를 복용하신 후 정신이 몽롱해질 때쯤 자살을 하셨다는 걸로 꾸며질 겁니다. 목을 매기 힘들다면 도와 드리겠습니다."

"사인까지 알려 주다니…… 본사 직원들은 친절하네."

"남기실 말은 있습니까?"

"어르신과 내 가족들에게 안부 전해 주렴. 그리고…… 최종혁 그 새끼는 꼭 죽여. 어떻게든."

"잘 가십시오."

"퉤! 그건 또 대답 안 하지."

침을 뱉은 그녀는 수면제를 물로 넘긴 후 스스로 목을 맸고, 이미 먼저 먹은 약물에 의해 몸이 풀릴 대로 풀린 그녀의 다리는 몸을 지탱하지 못한 채 펴져 버렸다.

저 멀리서 봄이 찾아오는 늦겨울, 시리도록 푸른 바다와 흐릿한 하늘이 그녀의 망막에 머물렀다가 흐려진다. 비릿하고 시원한 바닷바람이 입안을 머물렀다가 사라진다.

"켁! 케엑!"

사람들은 발버둥 치는 그녀를 빤히 바라봤다.

툭!

결국 숨이 끊기며 늘어진 손.

사람들은 그녀의 숨이 멎고도 20분을 더 지켜본 후에야 돌아섰다.

본사 처리조는 성미란의 수족이었던 직원들을 바라봤다.

"당신들은 나를 따라 연수원으로 갈 겁니다. 불만 있습니까?"

성미란의 직원들은 고개를 저었고, 처리조는 고개를 끄덕였다.

"난 이 직원들 연수원에 데려다줄 테니 너희들은 현장 꾸미고 본사로 복귀해."

"예!"

"가시죠."

성미란의 직원들은 본사 처리조가 타고 온 차로 향했고, 곧 외진 바닷가는 다시 조용해졌다.

끼룩끼룩 우는 갈매기만이 그 모습을 지켜보았다.

* * *

타다닥!

종혁이 국립과학수사연구원, 국과수 복도를 내달린다.

그 뒤를 오택수와 최재수가 따른다.

그토록 찾고 싶었던 성미란. 그녀가 국과수 부산 분소에 시신으로 실려 온 것이다.

"여어. 왔어, 최 팀장? 오랜만이야?"

형사들과 이야기를 나누던 장년인이 종혁을 반긴다.

그에 종혁도 고개를 숙인다.

"잘 계셨죠? 어떻게 된 일입니까? 부검 결과는요?"

"자살. 수면제를 먹고 목을 맸어. 확실하고 아프지 않게 죽으려고 한 것 같아.”

종혁은 국과수 직원이 건네준 부검소견서와 현장 사진을 보고 어이없다는 듯 웃었다.

알몸으로 누워 있는 사진 속 노년의 여성.

그가 알고 있는 성미란의 얼굴과는 완전히 달랐지만 본능이 말했다. 이 여성은 틀림없이 성미란이라고.

“시신 좀 볼 수 있겠습니까?”

“그 전에 인사는 해야지.”

“예? 아.”

종혁은 국과수 직원 옆에 있던 형사들을 보고 아차 했다.

마음이 너무 급했다.

“본청 간편신고관리과 특별수사팀 1팀장 최종혁 경정입니다.”

“예에. 울진서 강력반 김철우 형사라예.”

종혁이 이렇게 젊을 줄 몰랐던 형사들이 혀를 내두른다.

종혁은 오택수와 최재수가 인사를 나누는 걸 기다렸다가 입을 열었다.

“어떻게 된 일입니까? 발견 당시 상황은 어땠습니까?”

“꽤 이상했지예.”

사람이 나무에 목을 맸는데 발이 바닥에 닿아 있었다.

누가 봐도 이상한 현장이었다.

거기다 나무 아래 놓인 핸드백을 뒤져 봤더니 두 개의 주민등록증이 나왔다.

“그중 하나가 성미란이라는 거군요.”

"예에! 그때 딱 촉이 서는 거라예! 아, 이 사람 뭔가 있구나!"

그래서 신원 조회를 했더니 성미란은 이미 사망한 사람의 것이었고, 대뜸 종혁이 연락을 해 온 거다.

"대체 뭡니꺼? 성미란이 누구기에 본청에서 나선 겁니꺼? 넘길 땐 넘기더라도 뭔지는 알고 넘겨야 할 거 아입니꺼."

구수한 사투리 속에서 눈빛이 칼날처럼 빛난다.

"100억 원대 사기사건의 용의자입니다."

"……!"

눈을 부릅뜬 형사는 아쉬워하며 현장 사진을 넘겼다.

무려 본청이다. 사건은 이미 자신들의 손을 떠났다고 봐야 했다.

종혁은 사건 현장 사진을 빠르게 살피다 마른세수를 했다.

"하."

너무도 깔끔한 현장 사진. 누가 봐도 성미란이 혼자 자살을 한 것 같은 모습이다.

'사건을 덮으려는 건가?'

어째서 김종두를 통해 성미란의 존재를 드러낸 것인지 그 이유를 이해할 수 없었는데, 그제야 윤곽이 보이기 시작했다.

아마 놈들은 성미란을 구 여사 사칭범으로 보이게끔 만든 후 살해하여, 이번 사건이 더 파헤쳐지기 전에 덮으려는 것일 터였다.

"이건 소지품이라예."

종혁은 증거물 봉투 안에 들어 있는 성미란의 소지품을 응시했다.

'이걸 볼 필요가 있을까.'

어차피 꾸며져 있을 소지품들.

"감사합니다. 이 은혜 꼭 갚죠."

"뭐, 그러이소."

사건을 뺏겨서 그런지 말투가 썩 호의적이지 않았지만 종혁은 무시했다.

"최재수, 네가 가지고 있어."

"예!"

종혁은 이제 성미란을 보자며 국과수 직원을 바라봤다.

"따라와."

국과수 직원은 종혁을 부검실 안으로 안내했고, 종혁은 이내 곧 성미란의 시신을 살필 수 있었다.

"푸후우."

라텍스 장갑을 빌려 낀 종혁은 목을 맨 흔적이 뚜렷하게 남아 있는 성미란의 목 주변을 살폈다.

'목걸이를 차고 다닌 흔적이 있고.'

사로잡은 김 대리 등을 비롯한 놈들의 조직원들이 말하길, 여성은 대부분 목걸이에 회사의 징표가 새겨져 있다고 했다.

종혁은 그녀의 손 쪽으로 걸음을 옮기며 입을 열었다.

'양손에 차고 다닌 반지는 총 네 개.'

몸 이곳저곳 다른 흔적이 있나 살핀 종혁은 한숨을 무겁게 내뱉었다.

"아으으! 씨발-! 후, 감사합니다. 다음에 또 뵙죠."

인사를 하고 부검실을 나선 종혁.

그리고 문을 닫는 순간 종혁의 눈이 차갑게 가라앉았다.

'하, 이 새끼들이 재밌는 짓을 해 줬네…….'

그런데 정말 모든 흔적을 지웠다고 장담할 수 있을까.

종혁의 입술이 비틀어지기 시작했다.

딱! 딱!

"음?"

국과수 건물을 나선 종혁은 지팡이 짚는 소리에 고개를 돌렸다가 다시 한숨을 내쉬었다.

방금 전과는 다른 의미.

권회수가 이쪽을 향해 다가오고 있었다.

"참 인맥이 넓으시네요."

이곳에서 성미란의 신분 조회를 했다는 소식을 듣는 순간 최대한 빠르게 달려왔는데, 거의 비슷하게 도착했다. 경찰 내부에 권회수의 끈이 있단 소리다.

"맞는가?"

차갑게 불타오르는 권회수의 눈.

"맞을 겁니다."

"그렇단 말이지……."

콰드득!

지팡이가 부셔져라 움켜쥔 권회수는 종혁을 노려봤다.

"비켜 주시겠는가? 내 얼굴은 봐야 할 것 같으이."
"……그러시죠."
종혁이 그를 안내하기 위해 몸을 돌리는 순간이었다.
후다닥!
"예! 아, 알겠심더! 예!"
건물을 뛰어 나오던 형사는 종혁을 발견하곤 화들짝 놀랐다.
"무슨 일입니까?"
"하, 그게……."
형사는 한숨을 푹 내쉬었다.
말하기 싫지만 말해야 했다.
"후우. 성미란 지문감식 결과가 떴는데…… 이년이 과거 어떤 범죄의 유력한 용의자라 캅니더."
"……범죄요?"
형사는 방금 들은 사건에 대해 입을 열었고, 종혁은 다시 헛웃음을 터트렸다.
1988년, 서울 어느 재벌 일가족 살인사건의 유력한 용의자.
당시 금괴 현금 등 금고와 집에 보관되어 있던 모든 게 사라지면서 강도 살인으로 판명됐는데, 그 시기 그 집의 가정부 역시 종적을 감추면서 유력한 용의선상에 오르게 됐다.
하지만 이내 범인이라는 증거를 찾지 못해 미제 사건이 되어 버렸다.

'그러냐. 이렇게 꾸미겠다는 거냐.'

그 엄청난 돈의 출처가 나타났다.

꼬리를 확실하게 끊으려는 놈들의 강력한 의지가 느껴졌다. 정말 웃기지도 않았다.

종혁은 얼굴이 딱딱하게 굳은 권회수를 봤다.

'다행이네.'

이 정도면 권회수도 납득할 수 있지 않을까.

"들어가시죠."

"……그러세."

* * *

"실장님, 1시간 전 국과수 앞에서 최종혁과 권회수가 접촉했고, 10분 전 성미란 전 지부장에 대한 압수수색 영장이 신청됐다고 합니다."

"그래? 알았어. 그 외에는?"

"조희구 지부장이 갑자기 인력을 빼 가면 어쩌냐며 작게 불만을 토로했습니다."

실장은 어이없다는 듯 웃었다.

'욕심만 많은 놈이 선을 넘으려는 건가?'

부하 직원의 말처럼 귀여운 푸념일 수 있지만, 일단 기억은 해 놓기로 한 실장은 손을 저었다.

"알았어. 나가 봐."

고개를 숙인 부하 직원이 나가자 실장은 창가로 걸어가

기지개를 켰다.
"끄으. 이제 다 끝났나?"
본사에서 꾸며 놓은 성미란의 집을 뒤져 봤자 건질 수 있는 건 아무것도 없을 터.
"최종혁 한 놈 때문에 대체 몇 사람이 고생을 하는 건지."
그래도 끝났다. 이 정도면 다 끝났다고 봐야 했다.
한숨을 푹 내쉰 그는 담배를 물었다.
"푸후. 날 좋네."
창밖 하늘은 무척이나 화창했다.

* * *

부우우웅!
달리는 차 안, 운전대를 잡은 이영창 변호사가 백미러로 뒷좌석을 보며 입을 연다.
"괜찮으십니까?"
"괜찮지 않네."
어찌 괜찮을 수 있을까.
감히 구옥순의 이름을 더럽힌 여자의 얼굴을 봤음에도 꼬여 버린 마음이 풀리지 않는다.
터트려야 할 대상이 사라져 버린 분노가 가슴을 들끓게 한다.
이 분노를 어떻게 해야 하는가.
이대로 잠재워야 하는가.

'옥순 누이…….'

권회수는 언제나 답이 있던 구옥순을 떠올리며 지팡이를 움켜쥐었다.

"일단…… 88년도에 일어난 살인사건과 장물 시장을 뒤져 보시게."

"장물 시장을 말입니까?"

권회수는 고개를 끄덕였다.

현재 밝혀진 것만 100억이 넘는다.

그때 당시 100억이면 어마어마한 액수. 원 소유주가 보통 사람이 아니라는 뜻이다.

게다가 성미란이 제아무리 똑똑하다고 해도 현물을 처분하는 데에 어려움이 있었을 터.

뒷세계는 권회수 본인의 영역이니 만큼 금방 알아낼 수 있을 거다.

"미안하네. 이것까지 확인을 해 봐야 납득을 할 수 있을 것 같으이."

"아닙니다. 돌아가는 대로 지시해 놓겠습니다."

고개를 끄덕인 권회수는 눈을 감으며 생각에 잠겼다.

* * *

웅성웅성.

마치 이사를 하듯 박스에 물건을 집어넣고, 또 그 박스를 바깥으로 옮기는 사람들로 가득한 성미란의 집.

“티, 팀장님!”

담배를 피우고 있던 종혁은 다급한 최재수의 부름에 서재로 들어갔다가 고개를 끄덕였다.

드디어 열린 금고.

“와씨, 와!”

수북하게 쌓인 달러에 엔화, 원화, 무기명 채권, 금붙이, 보석 등으로 가득한 금고.

이 안에 있는 것만 합해도 족히 30억은 될 것 같다.

“여기 있는 것들 싹 다 감식 보내고, 장물인지 아닌지 대조해 봐.”

“이, 이걸 다요?”

“어.”

무심하게 대답한 종혁은 장부 같은 허름한 책을 꺼내 들어 살피곤 피식 웃었다.

“서대명.”

종혁이 잡은 사채업자의 이름이다.

그놈이 돈을 붙인 기록이 여기 다 남아 있다.

‘치밀하다, 치밀해.’

이 정도면 더 뒤져 봤자 의미가 없을 것 같다.

어차피 요식 행위에 지나지 않았던 압수수색이지만, 맥이 빠진 종혁은 다시 집 밖으로 나가 주위를 주욱 둘러봤다.

도시 외곽의 주택가에 위치한 주택.

“좋은 데 살았네.”

높다란 담벼락이 좀 답답하지만, 쏟아지는 햇볕과 넓은

정원에 심어진 나무들이 내뿜는 향기가 제법 상쾌하다.

'그런데 정말 살았던 건 맞는 건지…….'

모든 흔적이 성미란이 거주했음을 말해 주고 있지만, 그래서 더 의심이 든다.

'아무래도 놈들이 안가를 개조한 것 같은데…….'

그렇다면 한 가지 의문이 든다.

"목격자가 있을 텐데……."

사람은 집에서만 살 수 없는 법이다.

생필품이 떨어지면 마트에 가야 하는 게 사람.

그렇게 눈에 힘이 들어가는 그에게 오택수가 다가섰다.

"야, 주변 탐문을 해 보니 골 때린다."

"어떤데요?"

"언제나 마스크랑 선글라스를 쓰고 다녔다는데?"

"예?"

"뭔 피부병이 있어서 온몸을 꽁꽁 싸매고 다녔대."

낮엔 거의 집 밖으로 나오지 않았고, 어쩌다 나온다고 해도 성미란의 육성을 들어 본 사람도 극히 소수였다.

성미란은 나쁜 의미로 이 동네의 명물이었다.

종혁은 헛웃음을 터트렸다.

역시 놈들답게 치밀했다.

"어쩔까? 더 탐문해 볼까?"

"꽁꽁 싸매고 다녔다는데 뭘 더 탐문해요."

더 해 봐야 의미가 있을까.

"됐습니다. 철수하죠. ……왜요?"

왜인지 눈을 가늘게 뜬 채 종혁을 보던 오택수는 이내 고개를 저으며 하늘을 봤다.

"아니, 좀 찝찝해서."

죽었다지만 배후가 잡혔는데 뭔가 미진한 느낌. 마치 똥을 싸고 뒤를 닦지 않은 느낌이었다.

"허탈하기도 하고."

종혁을 만난 후 해결했던 사건들과 비교하면 굉장히 허무한 결말이 아닐 수 없었다.

"넌 어때?"

종혁도 같은 생각이다.

그러나…….

"뭐 저럴 때가 있으면 이럴 때도 있는 거죠. 그래도 미제사건 범인 잡은 걸로 만족합시다."

"정말? 정말 그걸로 만족해?"

"……아니요."

그럴 리가. 이렇게 큰 엿을 주었는데 어찌 기분이 좋을 수 있을까.

미제사건 해결?

아닐 거다. 진범은 따로 있을 거다. 엿만 푸지게 먹다가 끝난 거다.

인정한다. 이번엔 졌다.

하지만 완벽하게 진 건 아니었다.

지이잉!

-믿을 만한 사람들로 팀을 꾸리느라 시간이 걸렸어. 이제부터 계좌 추적 시작하지.

국정원 차장이 보내온 핸드폰 문자를 확인한 종혁은 입술을 비틀었다.

고영광의 팀원이 말해 줬던 그 계좌.

이학수의 계좌에서 돈이 흘러간 계좌.

'지금쯤 완벽하게 마무리했다고 파티를 벌이고 있겠지.'

하지만 그건 큰 오산이다.

반격은 지금부터가 시작이었다.

안심하고 있을 놈들의 뒤통수가 훤히 보이는 것 같음에 종혁은 맥이 빠졌던 몸에 힘이 돌아오는 것 같았다.

"우리 기분 전환이나 하러 갈까요?"

"갑자기? 뭘로?"

"이럴 땐 뭐니뭐니 해도 머니죠! 투자자의 정당한 권리를 행사하러 갑시다!"

"……응?"

종혁은 의아해하는 오택수를 뒤로하며 권회수에게 전화를 걸었다.

'그 전에 일단 전화부터.'

"예, 어르신. 어디십니까? 저 좀 보시죠?"

떠나기 전 한껏 불만족스런 표정을 짓고 있었던 권회수.

혹시 모를 상황을 벌이고 있을지도 모를 그를 말려야 했다.

아직은 때가 아니었다.

* * *

"……푸흐."

책상에 앉아 업무를 보던 조희구가 돌연 웃음을 흘린다.

눈엣가시였던 성미란. 그녀가 은퇴를 당했기 때문이다.

그러나 아쉽기는 하다.

"내 손으로 은퇴시켰어야 했는데……."

그를 위한 계획을 세우는 중이었는데 허무히 죽어 버리니 약간은 허탈했다.

성미란이 은퇴를 당하면서 성미란과 함께 부산 지부에 합류했던 직원들이 죄다 연수원으로 끌려가면서 업무량이 폭증해서 짜증도 났다.

하지만 그것보단 이 거대한 프로젝트를 혼자 진행한다는 게 더 기쁜 조희구. 그렇게 오늘도 행복한 기분으로 팬을 들었던 그는 잠시 멈칫했다.

"최종혁…… 계속 거슬리네."

최종혁 때문에 성미란이 은퇴를 당했지만, 이건 이거고 저건 저거다.

종혁 때문에 어그러진 프로젝트가 몇 개던가.

이번에도 그렇다.

성미란의 직원들이 죄다 연수원으로 가면서 이 거대하고 중요한 프로젝트에 지장을 주지 않았던가.

그것도 스노우볼이 구르기 시작한 이 중요한 시기에 말이다.

입소문이 퍼지면서 마구잡이로 들어오기 시작한 투자금. 나날이 기록이 갱신되면서 투자자 관리가 절실히 필요한데 직원의 절반이 빠져 버렸으니 짜증이 나지 않을 수가 없었다.

"하아. 정말 마음 같아선 확 죽여 버리고 싶은데……. 참는다, 참아."

본사에서 명령이 떨어지지도 않았는데 함부로 종혁을 제거하려 들었다가는 이쪽이 죽는다.

회사는 말을 듣지 않는 개를 결코 용납하지 않았다.

"아, 시간이군."

몸을 일으켜 거울 앞에 선 그.

살짝 흐트러진 머리를 다듬은 조희구는 사장실을 나섰다.

직원들, 자신들 조직의 직원들이 아니라 지금 자신들이 뭘 하고 있는지조차 모르는 멍청한 일반인 직원들의 충성심을 끌어내기 위해 얼굴을 비출 시간이었다.

"나오셨습니까, 사장님!"

"안녕하세요!"

"그래요. 수고들 합니다. 일어나지 말고 일들 해요."

푸근히 웃으며 인사를 받아 주는 조희구의 모습에 일반

직원들이 꺄꺄거리며 좋아한다.

"정말 우리 사장님 같은 분도 없을 거야."

"저번 직장에서는 사장님이 나오는 게 죽도록 싫었는데, 우리 사장님은 아니라니까?"

"맞아, 맞아. 성격 좋으시지, 체구도 좋으시지, 미소도 푸근하시지."

"거기다 일도 참견 안 하잖아!"

참된 리더. 딱 그 말이 어울렸다.

그런 직원들의 수다에 꿈틀거리는 입술을 애써 잠재우던 조희구는 갑자기 들리는 외침에 귀를 기울였다.

"아이고, 사장님. 왜 그러십니까! 이제 막 수익이 팍팍 창출되고 있는데 갑자기 투자금을 빼신다니요!"

결코 흘려들을 수 없는 말.

고개를 돌렸던 조희구는 얼굴을 와락 구겼다.

'최종혁!'

보고 싶지 않은 얼굴.

잠시 갈등을 하던 조희구는 이내 입가에 미소를 그리며 종혁에게 다가갔다.

"무슨 일 있습니까?"

"헉! 사장님!"

종혁과 오택수는 전처럼 푸근한 미소를 짓는 그의 모습에 한껏 거만하게 뒤로 젖혔던 몸을 일으키며 손을 내밀었다.

"오랜만에 뵙습니다. 조 사장님."

"하하. 예, 오랜만입……."

콰드득!

"큽?!"

악수한 손이 부서질 것 같은 아득한 고통.

조희구는 눈을 부릅떴고, 종혁은 아차 하며 손을 뗐다.

"아, 죄송합니다. 몇 시간 전에 일이 좀 있다 보니……."

속이 제법 시원해진 종혁은 오택수에게 바통을 넘겼다.

"이쪽은 아시죠?"

"어휴우. 꽤 짜증 나는 일이 있으셨나 봅니다. 하하."

그게 무슨 일인지 알 것 같기에 애써 웃은 조희구는 오택수에게 손을 내밀었다.

"다시 뵙게 되어 반갑습니다, 오택수 형사님."

"하하. 예, 오랜만입니다. 그동안 잘 계셨죠?"

콰득! 콰드득!

'큽!'

"어이쿠, 죄송합니다. 저도 같은 현장에 있었던지라……."

오택수의 표정이 한결 펴진다.

"……하하, 아닙니다."

'이 새끼들이 진짜!'

무슨 이유로 이러는지 모르겠지만, 지금 그게 문제가 아니다. 중요한 순간에 몇 십억이 빠져나갈 수 있다는 게 중요하다.

그 돈이 어떤 돈인가. 다른 투자자들에게 줄 이자다.

윗돌을 빼내어 아랫돌에 괴는 게 이번 사기의 핵심.

종혁이 돈을 빼는 순간 몇 십, 몇 백 명에게 이자를 줄 수 없게 되어 버린다.

더욱이 종혁은 그동안 수익 배당을 받으면 고스란히 다시 투자하지 않았던가.

스노우볼이 제대로 구르기 시작했다면 모르되, 지금 이 타이밍에서 그런 막대한 돈을 빼게 둬선 안 되었다.

'이 새끼는 갑자기 왜 이러는 거야!'

조희구의 마음이 다급해졌다.

"그런데 투자금을 빼신다고요? 아, 일단 제 사무실로……."

"아뇨. 됐고요. 빼 주세요. 이자까지 전부."

"……혹시 집안에 무슨 일이라도 생기신 겁니까? 제가 도울 수 있는 부분이 있다면 힘닿는 대로 돕도록 하겠습니다!"

거의 애원하다시피 말하는 조희구.

종혁은 그런 그를 보며 싱긋 웃었다.

"아니요. 그냥요."

"……예?"

"그냥이라고요, 그냥."

"……!"

'내가 투자금을 빼면 엿 되는 거지? 어디 내 장단에 놀아 봐.'

종혁의 미소는 더욱 짙어졌다.

"죄, 죄송합니다, 사장님."

"아닙니다, 아니에요. 그럼 수고해요."

떠나가는 종혁을 응시하던 조희구는 다급히 걸음을 옮겨 사장실로 들어와 문을 잠갔다.

그리고…….

"이, 이 개새끼가-!"

조희구는 거울을 향해 소파를 집어 던졌다.

콰장창!

"푸하하하하하!"

차에 오르자마자 웃음을 터트린 오택수는 종혁을 향해 손바닥을 내밀었고, 피식 웃은 종혁은 하이파이브를 했다.

"와, 그놈 얼굴 봤냐?"

낯살이 구겨지려는 걸 정말 초인적으로 참던 모습. 웃음을 참느라 혼나는 줄 알았다.

"아, 그래도 좀 아쉽네. 아예 빼 버렸으면 그 새끼 얼굴이 진짜 구겨졌을 건데."

"에이, 알아서 돈을 불려 주는데 빼긴 왜 빼요."

뺀다고 하더라도 최소한 올해는 아니다.

"어우. 이제야 속이 좀 가라앉네."

성미란이 허무하게 죽었을 때만해도 얹힌 것 같았던 답답히 쑥 내려가는 시원함.

그건 종혁도 마찬가지였다. 종혁은 이제야 입가에 진짜 미소가 그려지는 오택수의 모습에 마주 웃으며 차의 시동을 켰다.

"그럼 출발하겠습니다."

최재수를 따라잡고, 오늘 저녁에 권회수를 만나려면 바쁘게 움직여야 했다.

그 순간이었다.

"야, 똑똑히 불어. 성미란 그년, 저 새끼들과 같은 패거리지?"

종혁은 눈을 동그랗게 뜨며 오택수를 봤다.

오택수의 눈이 차갑게 가라앉아 있었다.

* * *

웅성웅성.

어두워진 밤, 사람들로 가득한 거리를 걷던 종혁이 한 골목으로 들어선다.

꺾고, 또 꺾고.

그러다 한 나무문 앞에 도착한 종혁은 문을 두드리기 위해 손을 들었다.

"들어오시게."

끼이익!

문을 열고 안으로 들어간 종혁은 눈을 빛냈다.

한 뼘이나 될 법한 마당을 감싼 사각형의 집.

"구 여사님은 이런 곳에서 사셨군요."

"안채이자 사랑채였지."

마루에 앉은 권회수가 옆자리를 손으로 두드렸다.

그에 순순히 그 자리에 앉은 종혁은 마당처럼 좁은 하늘을 응시했다.

"하늘도 좁네요."

"당신에겐 이 정도도 충분하다고 말했었지."

권회수도 하늘을 응시한다.

둘은 잠시 말없이 하늘을 응시했다.

"참 겁이 많은 여자더군요, 성미란은……. 주변 탐문 결과, 11년 전 그 집에 왔을 때부터 온몸을 꽁꽁 싸매고 다녔다고 합니다. 밖에 나갈 때는 무조건 선글라스와 마스크를 착용했다고 하고요. 아마 이전에 머물던 곳에서도 그랬을 확률이 큽니다."

권회수의 눈이 미세하게 흔들린다.

"……그러신가."

"그리고 성미란의 집에서 발견된 장부에 나온 다른 사채업자들을 수사하기 시작할 겁니다."

"잘됐군."

"아직 임학수와의 관계는 조사되지 않았지만, 그에게 매달 돈을 줬다는 정황은 있으니 임학수는 아마 성미란이 고용한 하수인이었을 겁니다."

"그렇군."

"그러니 그만두시죠."

움찔!

권회수의 눈이 하늘에서 거둬져 종혁을 응시한다.

현명하게 늙은 사람의 맑고 깊은 눈.

"형사로서인가, 파트너로서인가, 아니면…… 손자 같은 마음에서인가."

무엇이든 부족하다. 이 미친한 마음을 풀어 버리기에는.

'역시.'

권회수는 조사를 하고 있었던 것이다.

권회수를 힐끔 본 종혁은 다시 하늘을 보며 입을 열었다.

"셋 다입니다. 거기에 어르신만 바라보는 불쌍한 사람들을 위해서라고도 하죠."

권회수의 낯빛이 굳는다.

그 순간 가난, 가정폭력, 장애 등 여러 아픔을 끌어안고 있으나 사회에게 외면당한 여러 이들의 모습이 그의 눈앞을 스쳤다.

"고약하군."

"그러니까 형사죠."

범인을 잡기 위해서라면 무엇이든 못할까. 법이 정해 놓은 선 안에서는 무엇이든 할 수 있는 게 형사다.

"예끼. 누구보다 공명정대해야 할 형사가 그런 말을 하는 것인가?"

"하하."

"그래. 어떤 놈들이신가."

움찔! 몸을 굳힌 종혁은 권회수를 봤다.

그러다 이내 싱긋 웃으며 일어섰다.

"언제나 밝은 곳에 계십시오. 그러면 전 이만 가 보겠습니다."

종혁은 집을 나섰고, 그 넓은 등을 응시하던 권회수는 담배를 물었다.

"허허. 그런 것이었나."

'이 한국에 커다란 벌레가 있나 보구만.'

러시아와 미국에 단단한 끈이 있는 종혁이 왜 불쌍한 이들까지 언급하며 말렸겠는가.

그들조차도 감당할 수 없는 놈들이 한국에 있기 때문, 아니 성미란은 고작 그들의 일부이기 때문이다.

'대체 어떤 놈들일꼬…….'

서늘한 웃음을 흘린 권회수는 핸드폰을 들었다.

"이 변, 날세. 아까 했던 말은 모두 철회하도록 하지."

자신의 생각이 맞다면 지금은 웅크려야 할 때다.

나설 때가 아니었다.

"먼저 간 사람 더 잡아 봤자 힘들기만 할 테지. 그래, 그래. 미안허이. 그리고 이제 본격적으로 움직이고 싶은데 봉사에 관심 많은 분들 아시는가?"

종혁은 밝은 곳에 있으라고 했다.

이는 즉 권회수 본인이 은퇴하기 전 쌓은 힘은, 어두운 곳에서 키운 힘은 아무 쓸모가 없단 소리.

방벽이 필요했다. 그리고 이 한국에서 없어선 안 될 인물이 되어야 할 것 같았다.

"일단은 재향군인 지원부터 시작하지. 힘들게 나라를

지켰음에도 국가가 보살피지 않아 뒷세계로 가는 특수부대원들부터. 그리고 순직한 경찰 가족들도."

통화를 종료한 권회수는 몸을 일으켜 구옥순의 집을 둘러보았다.

이제 여길 나서면 언제 다시 또 올 수 있을까.

"많이 바쁠 테지만……."

어쩌면 죽을 수도 있다.

"그래도 명절엔 올 수 있도록 노력해 보겠네, 누이."

끼이익!

권회수가 사라진 구옥순의 집에 따뜻한 바람이 불어왔다.

"예. 권회수가 더 이상 파지 않을 것 같습니다. 예, 예. 알겠습니다."

핸드폰을 닫은 한 삼십대 사내는 아쉽다는 듯 혀를 찼다.

"오랜만에 피 좀 보나 했더니……."

"야! 뭐허냐! 안 가냐! 이러다 우리 먹을 거 없어야! 어르신이 고생했다고 차려 주셨는데 한 점이라도 먹어야제!"

"예, 형님! 알겠습니다, 형님!"

사내는 자신을 부르는 조폭을 향해 달려갔다.

* * *

"오빠!"

세계선수권대회가 열리는 일본의 한 호텔의 로비, 손연아가 종혁을 향해 손을 흔들다 멈칫한다.

이쪽을 향해 드리워진 카메라 때문이다.

그리고 종혁의 뒤를 따르는 예쁘고 잘생긴 선남선녀들 때문이다.

"아, 카메라는 신경 쓰지 마세요. 모레 있을 대회에서 우리 손연아 선수가 금메달을 목에 걸 때를 위해 작은 기록을 남기는 것뿐이니까."

"헉! 금메달이요?"

"왜요? 자신 없어요?"

눈을 동그랗게 뜨며 굳었던 손연아는 이내 배시시 웃었다.

"당연히 자신 있죠! 대빵 있죠!"

"푸흐흐."

역시 손연아라면 이럴 줄 알았다.

"아, 이쪽은 알죠? 홍보담당관님."

"허허. 오랜만입니다, 손연아 선수."

"아, 안녕하세요!"

"그리고 이쪽은 우리 경찰 홍보단의 남녀 단원들. 우리 경찰이 후원하는 손연아 선수가 치르는 시니어로 첫 세계 대회를 응원하러 왔습니다."

"금메달 파이팅입니다, 손연아 선수!"

"파이팅!"

"오빠……."

감격한 손연아의 모습에 흐뭇이 웃던 종혁은 옆구리를 콕콕 찌르는 소녀 윤아와 리나의 등을 툭 밀었다.

"또 그리고 여긴 개인 팬 자격으로 쫓아온 말괄량이들. 요놈은 내 조카인 최윤아고, 이쪽은 그 친구 김리나."

"꺄! 손연아 선수! 팬이에요!"

"저도 진짜 팬이에요!"

"에? 네에…… 으하핫! 감사합니다! 사, 사인해 드릴까요?"

"우리 사진도 찍어요!"

종혁은 금세 친해지는 셋을 보며 흐뭇이 웃었다.

그리고 시간이 흘러 경기 당일.

"긴장할 필요 없어! 평소대로 해! 넌 최고니까!"

미국인 어셔 코치의 파이팅에 아이스링크를 본 손연아의 표정이 굳는다.

그런 그녀의 머릿속으로 한국에서 떠나오기 전 봤던 기사들이 떠오른다.

거의 해체 수준으로 박살이 난 빙상협회. 피겨계.

그 이후 빙상협회 전 종목 중 처음으로 열리는 세계선수권 대회. 언론과 국민들의 관심이 집중되었다. 언론은 마치 그녀를 패색 짙은 전쟁에 나서는 영웅처럼 묘사했다.

막대한 중압감이 그녀의 어깨를 짓누를 수밖에 없었다.

종혁에겐 걱정 말라고 웃어 줬지만, 막상 아이스링크에 서니 심장이 거칠게 뛰고 온몸이 딱딱하게 굳는다.

왜 어린 자신에게 그런 걸 기대하는 건지…….

'도망치고 싶어.'

그 순간이었다.

"손-연-아-! 파이팅-!"

소음으로 가득한 아이스링크를 쩌렁쩌렁 울리는 외침.

깜짝 놀라 객석을 본 손연아는 잠시 멍해졌다.

사랑해요, 손연아. 우유빛깔 손연아.

경찰 정복을 입은 사람들이 보기만 해도 낯이 뜨거워지는 플래카드를 요란하게 흔들고 있다. 만나자마자 친해진 최윤아와 김리나가 옆에서 몸을 크게 흔들고 있다.

"……푸하하하하핫! 아, 진짜 뭐야!"

이건 자신을 수치심에 죽이려는 음모가 분명했다.

"푸흐. 좋은 사람들이네. 연아."

"네. 정말 좋은 사람이죠."

너무도 좋은 사람, 종혁.

드디어 입가에 미소가 돌아온 손연아는 아이스링크를 향해 발을 내디뎠다.

"그럼 놀고 올게요!"

"다녀와! 나의 요정!"

"웩!"

촤아악! 촤악!

아이스링크를 누비며 종혁들에게 손을 흔들어 준 손연아는 아이스링크 중앙에 서며 숨을 골랐다.

링크 위에 혼자 있음에도 혼자가 아닌 든든한 기분.

그녀는 난생처음 가벼운 마음으로 눈을 감았다.

그리고…….

띠리링!

음악이 시작되었다.

'놀자!'

손연아의 눈이 번쩍 떠졌다.

—이게 무슨 일입니까! 손연아! 자랑스런 한국의 딸 손연아가 금메달을 목에 겁니다!

—협회에 문제가 있었음에도 압도적인 성적으로 금메달을 거머쥔 한국의 딸 손연아! 정말 감격스런 순간이 아닐 수 없습니다—!

—아, 저기 경찰청 홍보단도 기립박수를 치고 있는데요! 후원하는 선수를 응원하기 위해 며칠 전부터 와 있었다는 경찰청 홍보단! 그런데 그 옆에 아름다운 소녀들은 누구죠?

중계진의 말에 카메라가 돌아간다.

그걸 아는지 모르는지 마치 자기가 우승을 한 것처럼 방방 뛰는 최윤아와 김리나.

"삼촌! 금메달! 금메달—! 연아야—!"

"연아야, 여기야! 여기—!"

종혁은 마치 간식에 신난 강아지처럼 발광하는 소녀들에게서 시선을 떼며 홍보담당관을 바라봤다.

"이제부터 시작입니다, 담당관님."

방송국의 멱살을 잡는 건 말이다.

빙상협회가 난장판이 된 이후 첫 세계대회 우승.

그런 영웅인 손연아의 이틀 전부터 우승까지 찍은 영상이 자신들에게 있다.

방송국은 머리를 숙일 수밖에 없었다.

"허허 입상만 해도 고마울 판에 금메달이라니……. 고맙군. 앞으론 내게 맡겨."

"충성."

종혁은 입가에 미소를 그리며 단상에 서는 손연아를 향해 박수를 쳐 줬고, 곧 일본의 아이스링크에 애국가가 울려 퍼졌다.

4장. 편견

편견

부우웅! 빵빵!

오늘도 어김없이 찾아온 출근길.

-추적은 거의 다 되어 가는 것 같아. 어떡할까?

"일단 묻어 둬야죠."

놈들을 찌를 최적의 타이밍.

그때까지 묵혀 둬야 했다. 묵히면 묵힐수록 더 많은 게 드러날 테니 말이다.

-그러지. 출근 잘하고.

"예. 차장님도 오늘 하루 파이팅입니다."

전화를 끊은 종혁은 라디오를 켰다.

-한미 FTA 협상이 공식 타결됨으로써…….

-다음 소식입니다. 북악산이 45년 만에 시민들에게 전

면 개방되면서 봄나들이를 위해 찾은 등산객들이 많아졌는데요.

라디오에서 흘러나오는 말에 종혁이 차창 밖으로 고개를 돌린다.

어느새 가로수 아래 피기 시작한 꽃들.

"어제까지만 해도 겨울이었던 것 같은데 말이야……."

시간이 참 빨리 흐르는 것 같았다.

그래도 따뜻한 봄이 왔음에 절로 입가에 미소가 그려진 종혁은 부드럽게 차를 몰아 본청으로 향했다.

"좋은 아침입니다!"

"어으. 좋은 아침입니다……."

"하. 진짜 말로 할 때 좀 불자. 어?"

날을 샌 형사들과 아침부터 취조를 받는 범죄자들로 시끄러운 특별수사팀 사무실.

벌써 출근해 운동을 간 건지 의자에 외투가 걸쳐져 있는 최재수와 오택수의 자리를 힐끔 본 종혁은 자신의 자리에 놓인 한 장의 쪽지를 발견하곤 눈을 껌뻑였다.

출근하자마자 대회의실로 오시랍니다.

"뭐야, 이건."

일단 최재수의 필적이 확실했다.

"아따, 대가리 깨지……. 어, 최 팀장. 출근했어?"

"어제 숙직실에서 주무셨나 봐요?"

"아, 어제 한잔혀 가지고…… 한 번만 더 술 취해서 들어오면 내쫓는다고 했거든. 그런디 그건 뭐여?"

"글쎄요?"

종혁은 쪽지를 보여 줬고, 2팀장 김판호는 눈을 크게 떴다.

"어? 나도 그 연락 받았는디?"

"그래요? 어디서요?"

"생활안전국이라던디? 어떤 젊은 시키가 뭔 일인지는 설명 안 한 채 일단 모이랴. 염병. 우리가 뭔 즈그들 똥개여, 뭐여?"

"흠."

생활안전국이 수사팀의 팀장들을 소집할 이유가 뭐가 있을까.

"뭐, 급한 일인가 보죠. 같이 가시죠."

"아, 잠깐 머리 좀 말리고. 슬슬 머리가 빠지는 게……."

"어이구."

안쓰럽다는 듯 쳐다본 종혁은 이내 김판호뿐만 아니라 때마침 출근한 윤선빈과도 함께 대회의실로 향했다.

먼저 와 있는 팀장들로 가득한 회의실.

수사팀의 팀장들뿐만 아니라 행정팀의 팀장들까지 모두 와 있다. 교통국에 외사국, 경비국까지 모두 말이다.

"대체 뭔 일이야?"

"글쎄요? 야, 생활안전국!"

“우리도 모릅니다. 국장님 지시래요!”

“국장님이? 어, 최 팀장 왔어?”

“안녕하십니까. 충성. 충성.”

종혁과 김판호, 윤선빈은 빈자리를 찾아 앉았다.

‘진짜 무슨 일이지?’

회귀 전 기억을 더듬어 봐도 이 시기에 큰일이 벌어진 적이 없었기에 종혁은 고개를 모로 기울였다.

그때였다.

벌컥!

“어우. 아침부터 모두 수고…….”

쾅!

문을 열고 들어오다 회의실 내부 모습을 보고 굳어 버리더니 다시 문을 닫은 생활안전국장.

팀장들은 눈을 껌뻑였다.

“……뭐야, 방금?”

“글쎄요…….”

—야, 이 개새끼야—! 내가 청소년계랑 수사팀만 모으라고 했지 언제 다 모으라고 했냐—! 어쩐지 다른 국장들이 왜 전화하나 했다—!

—아윽! 악!

팀장들은 밖에서 들리는 소리에 흐뭇이 웃었다.

“에이, 씨부럴 염병.”

“어쩐지 통빡이 안 굴려진다 했다! 난 무슨 전쟁이라도 터진 줄 알았네!”

"난 너무 당당하게 부르기에 우리 과장님이랑 이야기 된 줄 알았어!"

"나도!"

정보 전달의 오류.

어이없다는 듯 웃은 팀장들은 몸을 일으켰고, 그때 다시 생활안전국장이 문을 열고 들어왔다.

"어후. 미안하다, 미안해. 이번에 새로 본청으로 온 놈이 사고를 치는 바람에……. 빨리 와서 사과 안 해, 이 새끼야!?"

"죄, 죄송합니다!"

들어오자마자 폴더폰처럼 허리를 숙이는 이십대 후반의 젊은 경찰.

"어이구. 본청에 처음 왔으면 그럴 수도 있죠. 그럼 저흰 가 보겠습니다. 충성."

"다들 수고해라. 충성."

아침부터 똥개훈련을 해서 기분이 나빴지만, 까마득한 상사에게 그런 걸 표현할 수 없기에 팀장들은 웃으며 소회의실을 빠져나갔고, 남겨진 사람들은 의아해하며 생활안전국장을 응시했다.

"허흠. 아침 댓바람부터 이렇게 불러서 다들 놀랐을 거야. 국장들에게 먼저 협조를 구하긴 했지만, 너희들에게 말한다는 걸 잊고 있었네. 이 부분은 사과하지."

팀장들은 자세를 바로 했지만 짐작 가는 부분이 있어서 눈살을 찌푸렸다.

청소년계와 수사팀.

"단속인 것 같지?"

"아무래도 그렇겠죠."

"자자, 집중. 모두 바쁠 테니 바로 본론으로 들어가지. 저번 달부터 교육부에서 학교폭력이 상습적으로 일어나는 학교에 청원경찰을 투입하기로 했어. 이건 다들 알고 있지?"

종혁과 팀장들은 고개를 끄덕였다.

말이 상습적인 학교폭력이지 그냥 수도권에서 유명한 꼴통학교, 구제불능만 모아 놓는 학교들에 경찰 인력을 투입시킨 거다.

경찰에 학교폭력 상담센터도 생겨난 와중이라 교육부와 경찰이 합심해서 일단 시범적으로 운영해 보기로 하였는데, 은퇴를 앞둔 노년의 경찰들이 이 청원경찰로 가기로 했다.

"……아, 설마? 아니죠, 국장님?"

팀장들은 아니어야 한다며 국장을 응시했지만, 그는 무겁게 한숨을 내쉬었다.

"맞아. 엊그제 한 명이 맞아서 병원에 입원했다."

"이런 씨발!"

"아, 이 애새끼들 보소?! 이것들을 죽여, 살려? 어?!"

순식간에 살벌해지는 분위기.

"일단 기사는 막아 놓긴 했지만, 지금 경찰 위신이 말이 아니야."

팀장들은 얼굴을 구겼다. 다음 나올 말이 예상되어서다. 그리고 생활안전국장은 역시나 그들이 생각한 말을 쏟아 냈다.

"그래서 우리가 나서야 할 것 같다."

"아니, 저희가 왜요!"

"맞습니다! 서울청과 경기청은 뭐하고 본청인 저희가 나서는 겁니까!"

경찰이 맞은 건 맞은 거고, 이건 이거다.

"그 서울청과 경기청도 나설 거야. 아무튼 그렇게들 알고, 각 수사팀에서 1명씩 차출할 수 있도록 해. 어차피 그래 봤자 일주일에 하루 정도일 뿐이니까 너무 짜증 부리지 말고. 그리고 최 팀장."

"……경정 최종혁."

"넌 무조건 차출. 이유는 짐작하지? 학교폭력 상담센터를 건의한 게 최 팀장이잖아. 너도 이번 일에 지분 있어."

종혁은 얼굴을 구겼다.

"그건 좀 억지 같습니다만?!"

"까라면 까라고 말하고 싶지만…… 순회 돌기 전에 하는 몸풀기 운동이라고 생각해. 진급 전에 최대한 경험을 쌓게 하라는 청장님의 지시야."

"아니……."

"자, 그럼 다들 그렇게 알고 해산! 이런 말은 직접 얼굴 보고 해야 할 것 같아서 소집한 거니까 너무 화내지들 말고!"

"에혀. 수고하십쇼. 충성."

"충성……."

맥 빠진 얼굴로 일어선 팀장들은 이택문 경찰청장의 관심을 한몸에 듬뿍 받지만 이번엔 썩 부럽지 않은 종혁의 어깨를 두드리며 회의실을 빠져나갔고, 남겨진 종혁은 머리를 벅벅 긁었다.

'아오, 씨!'

* * *

서울에서 유명한 꼴통 학교 중 한 곳인 세정고등학교.

웅성웅성.

여기저기 페인트칠이 벗겨진 허름한 교실 안, 수업 시간이 다 되어 가는데 학생들은 떠드는 데 여념이 없다.

"야, 학교 뒤에 공사하는 거 봤냐? 아까 뭔 컨테이너 박스 같은 거 가져다 놓던데?"

"학교 뒤? 선배들 흡연장?"

"씨발. 선생들이 뭔 짓이지? 아, 설마 우릴 위해 아지트 만들어 주는 건가?"

"븅. 그게 말이 되냐?"

"그보다 그거 들었어? 선배들이 짭새 깠다는 거?"

"뭐, 진짜? 그 늙탱이 말하는 거지? 와, 씨발 내가 먼저 깔라고 했는데!"

"지랄. 네가 잘도 깠겠다."

드르륵! 쾅!

"야야야! 나와 봐! 정배랑 유성이랑 뜬다!"

우당탕!

순간 입을 다물며 눈을 동그랗게 뜬 학생들이 다급히 복도 쪽으로 뛰어간다.

호기심과 흥분이 가득한 그들의 눈이 저 멀리서 어깨를 나란히 한 채 전투적으로 걸어오는 두 남학생들에게 꽂힌다.

봉선중 1짱 김정배와 구로중 1짱 박유성.

"캬. 드디어 한 달 만에 1학년 짱이 결정되는 건가?"

빅매치 중 빅매치.

입학 후 서열 정리 때문에 한 달 동안 끊이지 않았던 싸움이 드디어 종지부를 찍으려는 것 같다.

몸이 한껏 달아오른 1학년 학생들은 학교 밖으로 향하는 둘을 따라 걸음을 옮겼다.

1학년뿐만이 아니다. 2학년 몇 명도 흥미 가득한 미소를 지으며 어슬렁 뒤를 따른다.

그렇게 학교 뒤편으로 걸어간 김정배와 박유성.

학생들에게 둘러싸인 둘은 거리를 두고 떨어져 서로를 노려봤다.

"오늘 이기는 놈이 1짱인 거다."

"씨발. 지고 딴소리하지 마라. 그땐 진짜 죽여 버린다."

서울에서 싸움 하면 세 손가락 안에 드는 세정고의 1짱을 정하는 자리.

결코 물러날 수 없는 싸움이었다.

어디선가 불어온 거친 바람이 몸을 휘감자 교복 마이를 벗은 그들은 곧바로 서로를 향해 달려들었다.

"뒈져, 씨발놈아!"

"좆까!"

서로를 향해 날아가는 주먹.

"우와아아아!"

분위기가 후끈 달아올랐다.

"헉! 헉헉!"

"씨발. 씨발."

얼굴과 교복이 피투성이, 먼지투성이가 되어 상대를 죽일 듯 노려보는 둘.

"하, 씨발 좀 친다?"

"왜? 이제 좀 후달리냐?"

"아닌데? 이제 시작인데? 들어와. 들어와 봐, 씨발!"

"좆까! 네가 들어와 보시지?!"

언제든 반격할 준비를 한 채 서로를 도발하는 그들.

하지만 속마음은 좀 달랐다.

'씨발. 이러다 지는 거 아냐?'

'2짱은 가오가 안 사는데!'

솔직히 지금이라도 그만두고 다음을 노리고 싶은 마음이 무럭무럭 솟는다.

그러나 지켜보는 학생들이, 앞으로 꼬봉이 되어야 하는 1학년들이 이렇게나 많은데 물러날 수는 없었다.

싸움이 오래돼서 그런지 슬슬 지루한 표정을 짓기 시작한 1학년들. 눈에서 흥미가 떨어져 가는 2학년 선배들.

'이 씨발 새끼들이?!'

'이 싸움만 끝나면 보자!'

이를 악문 그들은 이제 정말 끝을 내기로 생각했다.

'씨발! 죽자!'

'죽여 버린다!'

그렇게 달려드려는 순간이었다.

"꺼어어억!"

순간 타이밍을 뺏는 거대한 트림 소리.

김정배와 박유성을 비롯한 사람들의 시선이 한곳으로 모였다가 당황한다.

인의 장막 맨 앞에 쪼그려 앉아 과자와 음료수를 손에 들고 있는 덩치 큰 사내.

종혁은 입을 막으며 한껏 미안하다는 표정을 지었다.

"웁쓰. 쏘리. 너무 재밌다 보니 과자를 뜯고 말았네. 역시 좆밥들 싸움이 제일 재밌다니까. 아, 난 신경 쓰지 말고 계속해."

정말 계속하라는 듯한 손짓에 김정배와 박유성은 얼굴을 구겼다. 둘은 자세를 풀며 종혁을 노려봤다.

이참에 숨을 고르기 위해서다.

"아저씨는 또 뭐야?!"

"아아, 난 신경 쓰지 말고 계속하라니까?"

종혁은 이제 제대로 구경하겠다는 듯 아예 땅바닥에 엉

덩이를 붙였고, 학생들은 그런 종혁을 어이없다는 듯 쳐다봤다.

저 미친 또라이는 뭘까.

대체 어디서 갑자기 나타나서는 이 재미난 구경거리를, 산통을 깨 버리는 걸까.

결국 종혁의 뒤에 서 있던 2학년이 얼굴을 구기며 종혁의 어깨를 잡았다.

턱!

"어이, 아저씨. 요즘 십대들 무섭거든요? 그러니 잔말 말고……."

뿌드득!

"악! 아아악!"

어깨를 잡은 손을 그대로 꺾어 앞으로 가져온 종혁은 딸려 온 2학년을 보며 어이없다는 듯 웃었다.

"어이? 어이가 없네. 그 무서운 십대가 커서 된 게 나다, 씹새야."

쩌억! 부웅! 쿠당탕!

순간 침묵이 내려앉은 공터.

학생들의 시선이 종혁에게서 2미터 정도 떨어진 곳으로 향한다.

갑자기 북이 터지는 소리가 나더니 2미터 밖에서 구른 선배. 그러다 못해 정신을 잃은 채 꿈틀거리고 있다.

"헉!"

"히익!"

"뭐, 뭐야! 뭐가 어떻게 된 거야!"

종혁은 다급히 물러나는 주위 학생들을 무시하며 아연실색하는 김정배와 박유성을 응시했다.

"계속하라고. 이 똥강아지들아."

안 그래도 없는 시간을 쪼개게 만든 꼴통들.

교육청이 공인한 꼴통들.

거기다 여긴 감히 경찰을 구타한 놈들이 있는 학교인데다가 오자마자 아무 의미도 없는 싸움을 봤는데 기분이 좋을 리가 없었다.

김정배와 박유성, 그리고 학생들은 갑작스럽게 등장한 포식자를 바라보며 마른침을 꿀꺽 삼켰다.

* * *

세정고등학교 교무실이 방금 전 일어난 일로 떠들썩하다.

"그…… 연로하신 경찰분 대신 왔다는 청원경찰 말이에요. 오자마자 한 건 했다면서요?"

오자마자 애들 싸움에 난입해 2학년 학생에게 중상을 입혔다고 한다.

현재 그 학생은 얼굴 한쪽이 푸르딩딩하게 부어 양호실에 누워 있는 상태였다.

"그 기부금이랑 회식비 주면서 애들 흡연장에 조립식 건물을 세운 경찰 말이죠? 이유가 뭐래요?"

"모르죠. 그런데 듣자 하니 형사래요. 막 살인자 잡으러 다니는 진짜 형사."

"푸핫. 아이고, 이 자식들 임자 만났네."

서울에서 내로라하는 골칫덩이들만 모이는 세정고등학교.

선생들을 우습게 알다 못해 협박까지 하는 학생들이 훈계를 당했다고 하니 꽤 고소하다.

솔직히 교육자로서 이런 생각을 하면 안 되지만, 그래도 이런 천적이 생겨 면학 분위기가 조성된다면 그들 선생들로서는 환영이었다.

그들은 단 한 명이라도 올바른 어른으로 커 줄 수만 있다면 종혁의 훈계쯤은 얼마든지 눈감아 줄 준비가 되어 있었다.

그러면서도 외부의 힘에 기대야 한다는 것에 그들은 자못 화가 나기도 했다.

드르륵!

"자자, 모두 주목해 주세요."

교장이 교무실 문을 열고 들어오자 허리를 펴던 선생들은 뒤따라 들어오는 종혁을 발견하곤 눈을 빛냈다.

'저 사람이…….'

'어휴. 덩치 봐라. 이놈들 진짜 임자 만났네.'

"전의 그…… 불미스런 일로 병원에 입원하신 경찰분 대신 오시게 된 형사님이십니다. 경찰 본청에서 오신 분이라니까 모두 박수로 맞이해 주세요."

짝짝짝짝짝!

"안녕하십니까. 서호섭 경사님을 대신해 청원경찰로 오게 된 최종혁 경정입니다. 제가 형사라지만 마음은 무척 여리니 눈이 마주치면 인사를 해 주시면 감사하겠습니다. 안 그러면 저 삐질지도 모릅니다."

"……하하."

"그리고 여기 교장선생님의 허락을 구하여 학교 담벼락과 취약 지역, 그리고 학교 건물 출입구와 복도에 CCTV를 설치하기로 했습니다."

마음 같아선 교실 안에도 설치하고 싶지만, 그건 학생들 인권 문제 때문에 안 된다고 하였다.

"모두 외부의 침입과 학생들을 일탈을 막고자 하는 것이니 협조 부탁드리겠습니다. 앞으로 잘 부탁드립니다. 무슨 일이 생긴다면 바로 절 찾아 주십시오. 감사합니다."

짝짝짝짝짝!

"여기 최종혁 형사님께선 매주 금요일 오후와 토요일 오전에 학교 뒤편에 지어 둔 경찰 상주 건물에 계시면서 교내 순찰을 돌 예정이니 그렇게들 아세요."

"예!"

"자, 그럼 수업 준비들 하시고 최 형사님은 저 좀 보시죠."

그렇게 종혁과 교장선생은 교무실을 나서자 그제야 선생들이 웅성거리기 시작했다.

"CCTV?"

"아, 이건 좀 선을 넘는 거 아닌가요?"

"학생 일탈을 막기 위해서라잖아요. 솔직히 그동안 우리가 얼마나 힘들었습니까?"

꼴통 학교답게 락카나 담배꽁초 등으로 더러운 학교 외벽과 교정. 지워도 치워도 계속 생기니 진즉에 포기해 버렸다.

도난 사건이 수시로 일어나는 건 기본이고, 싸움도 거의 일상이라고 할 수 있었다.

"그래요. 이렇게 해서라도 애들 버릇을 고칠 수 있다면 해야죠. 그동안 우리가 얼마나 골탕을 먹었습니까?"

무슨 수를 써도 제어가 안 되자 도리어 더 기세등등해졌던 학생들.

선생을 해야 계속해야 하나 자괴감이나 무력감이 든 적이 한 두 번이 아니다.

"그건 맞는 말이지만……."

선생들은 CCTV는 아이들을 억압하는 게 아니냐는 반대파와 찬성파로 나뉘어 이야기를 나누기 시작했다.

"CCTV를 설치해 주셔서 감사합니다, 형사님."

다른 학교들은 다 설치했지만 예산이 없어서 그동안 CCTV를 설치 못했던 세정고등학교.

학생들 숫자가 300명이 넘지만, 문제아라 낙인찍힌 아이들만 모아 놓다 보니 교육부 예산이 터무니없이 적었다.

거기다 종혁은 매주 청소업체를 불러 학교를 청소해 주기로 했다. 정말 감사하다는 말밖에 나오지 않았다.

"이젠 선생님들도 안심하고 아이들 교육에 집중할 수 있을 것 같습니다."

"하하. 그래도 제가 도움이 됐다니 다행입니다."

"하지만 여기까집니다."

종혁은 담배를 무는 교장을 봤다.

"이 이상은 안 됩니다. 형사님이야 몇 달 후면 가실 테지만, 남아 있는 선생님들은 앞으로도 계속 학생들을 계도해야 됩니다. 학교의 일은 학교에 맡겨 주세요."

선생들의 교육 방식에 관여하지 말라는 말, 혹시라도 있을지 모를 선생들의 요청에 학생들을 훈계하지 말라는 말이었다.

종혁은 단호한 그의 눈빛에 볼을 긁적였다.

"흠…… 교장선생님께서 뭔가 착각하시는 것 같은데 저는 경찰입니다."

경찰의 업무가 무엇인가.

피해자를 구하고, 범죄자를 때려잡는 거다.

종혁은 이 학교 선생들의 교육 방식에 참견할 생각도 없었다. 아니, 애초부터 그래서도 안 됐다.

"저희 경찰이 교육부의 요청에 협력하기로 한 것도 폭행이나 절도, 갈취, 강도, 성폭행 등 나날이 증가하고 강력해지는 청소년 범죄에 빠르게 대응하고 단호히 처벌하기 위해섭니다."

"다, 단호히요?"

종혁은 표정이 딱딱하게 굳는 교장선생을 보며 고개를

끄덕였다.

“예. 그래서 하는 말인데, 서호섭 경사님을 구타한 놈들은 지금 어디 있습니까?”

종혁이 이를 드러냈다.

* * *

−오랜만에 학교에 간 소감은 어때?

병원 복도를 걷는 종혁이 오택수와 통화를 하고 있다.

“어떠긴 뭘 어때요. 죄다 꼴통이지.”

−크크큭! 푸하하하핫!

‘에라이.’

그냥 전화를 끊어 버린 종혁은 한 병실 앞에 멈춰 서며 입원자 명단을 살폈다.

“아, 여기 맞네.”

반쯤 문이 열린 4인실 안으로 들어간 종혁은 한 노년의 남성 앞에 섰다.

갈비뼈와 다리가 부러진 것인지 깁스를 한 채 누워 멍하니 천장만 쳐다보는 그.

종혁은 그의 발치 아래 들고 온 선물세트를 내려놓았다.

흠칫!

“누구신지…….”

“서호섭 경사님 되십니까?”

“예, 그렇습니다만…….”

“충성. 선배님 대신 세정고 청원경찰을 하게 된 본청 특별수사팀 최종혁 경정입니다. 만나 뵙게 되어 영광입니다.”

“……!”

봄날의 훈풍이 불어오는 병원 건물 앞.

담배를 피우러 나온 사람들이나 담소를 나누는 사람들로 소음이 있지만, 답답한 병실을 벗어나서 그런지 휠체어에 앉아 있는 서호섭의 입가에 미소가 그려진다.

종혁은 그런 그에게 뽑아 온 음료를 넘겼다.

“어이구, 감사합니다.”

“말 편히 하십시오, 선배님.”

“허허. 예, 그러죠. 그런데 아까 절 봐서 영광이라고 하시던데…….”

“복무하신 지 40년이 넘은 걸로 알고 있습니다.”

그 어렵고 더러우며 힘든 경찰을 40년 넘게 한 거다.

그것만으로도 존경받아 마땅했다. 그 긴 시간 동안 수많은 피해자들의 영웅이었을 것이기에 더욱더.

“어이쿠! 허허허!”

종혁의 말에 볼이 발그래진 서호섭이 쑥스러움을 감추고자 음료수를 입에 가져갔다.

종혁은 그런 그가 진정되길 기다렸다가 입을 열었다.

“전치 8주로 알고 있습니다.”

흠칫!

서호섭의 표정이 굳는다.

하지만 그것도 잠시다. 그의 얼굴에 씁쓸함이 번졌다.

"늙어서 뼈가 삭은 거지요. 예전엔 서울 끝에서 끝까지 뛰어다녀도 거뜬했었는데…… 허허허."

웃고 있지만, 그의 속은 썩어 문드러져 있다.

경찰이 돼서 십대 애들에게 맞아 병원에 입원했다. 속이 상하지 않는다면 거짓말이었다.

하지만 그보다 그를 더 괴롭히는 게 있다.

애들이 대들고 폭행하는데도 힘으로 제압하지 못한 점이다. 몸뚱이가 너무 삭아 버렸다.

'이젠 정말 퇴직을 해야 하는 걸까.'

늙어 버린 영웅은 은퇴를 생각하게 되었다.

"어떻게 된 일입니까?"

"담배를 피우거나 애들 괴롭히는 걸 몇 번 지적했더니…… 허허."

뿌득!

'개새끼들!'

"후우. 어떡하시겠습니까? 선처하시겠습니까, 아니면 고소하시겠습니까?"

"……고소해야죠."

맞아서도 아니고, 쪽팔려서도 아니다.

물론 수치스럽고 부끄럽긴 하지만, 이걸 그대로 넘기면 경찰의 위신에 문제가 생기기 때문이다. 또 그렇게 처벌을 받아 자신이 무슨 죄를 저질렀는지 알게 해 주어 계도시키고 싶기 때문이다.

폭주하는 기관차처럼 브레이크가 없는 아이들.

누군가는 그런 아이들을 바로잡아 주고 브레이크를 달아 줘야 했다.

더 큰 범죄를 저지르기 전에 말이다.

"후우…… 그러십니까? 알겠습니다. 그럼 그렇게 알고 진행하겠습니다."

꾸깃!

음료수캔을 종이처럼 구긴 종혁은 몸을 일으켰고, 서호섭은 그런 종혁을 보며 안타까운 표정을 지었다.

자신을 위해 화를 내 주는 건 고맙지만, 저 젊은 엘리트가 편견에 사로잡힐까 걱정이 되었다.

"최 경정님."

"예."

"세상이 문제아라고 낙인찍었다고 해서 다 나쁜 애들만 있는 게 아닙니다."

"……알고 있습니다. 그럼."

알고 있다.

알고 있으니 문제였다.

종혁은 발을 성큼 내디뎠고, 서호섭은 그럼 됐다며 흐뭇이 웃었다.

* * *

피융 쾅! 퓨슈수!

세 종족 간의 별들의 전쟁이 벌어지고, 칼과 마법이 휘몰아치고, 총격전이 일어나는 등 온갖 소음들로 가득한 PC방.

그럼에도 사람들이 중간중간 한쪽을 보며 얼굴을 구긴다.

“야, 야! 드랍! 빨랑 지원 와 줘!”

“몰라, 씨발! 나도 급해!”

“아싸, 득템!”

혼잡한 소음을 뚫고 게임을 방해하는 고성들.

마치 PC방에 자기들만 있는 것처럼 목소리 톤을 조절 못하는 학생들을 바라봤던 사람들은 이내 이를 악물며 고개를 돌린다.

“야, 참아. 재들 세정고 꼴통들이야.”

“하. 씨발.”

건드려 봤자 귀찮아지기만 한 세정고.

손님들은 똥이 무서워 피하냐 더러워 피하냐는 마음으로 치미는 화를 누른다.

그런 기색을 눈치챈 건지 학생들의 목청은 더욱 높아진다.

‘븅신들…….’

“아, 씨발! 지원 좀 오라고!”

“아싸, 10킬! 오늘 샷발 좀 받는데?!”

그 순간이었다.

“푸하하하핫! 그렇지! 아자아-!”

쾅쾅쾅!

키보드를 부술 듯 내려치는 덩치 큰 학생에게로 시선이 모인다.

"뭐야, 무슨 일이야?"

"이 형아가 방금 오십만 원짜리 아이템 먹었다."

"뭐? 진짜?!"

우르르 몰려드는 학생들.

그들은 덩치 큰 사내가 켜 둔 검과 마법이 휘몰아치는 혈맹이란 게임 화면을 보고 단숨에 상황을 파악했다.

-야, 이 개새끼야! 내 아이템 내놔-!

-아이템 내놔라. 안 그러면 죽는다!

"와, 씨발. 이 고전 사기에 걸리는 놈이 아직도 있네?"

"오올. 성대현, 한턱 쏠 거지?"

"당근이지! 날 뭘로 보고! 잠깐만 있어 봐? 마지막 마무리 좀 하고."

덩치 큰 학생은 얼른 키보드 위에 손을 올려 마지막 멘트를 날렸다.

-당한 놈이 븅신이지.

-야, 너 어디냐? 씨발.

-왜? 현피 뜨게? 여기가 지금…….

덩치 큰 학생은 PC방 주소와 전화번호를 남겼고, 이에 사기를 당한 사람이 곧바로 반응해 왔다.

—딱 기다려. 지금 간다. 넌 죽었어.

“븅신 오긴 뭘 와. 내가 이런 놈치고 찾아온 놈을 한 번 못 봤다.”

“그러다 오면?”

한 학생의 질문에 덩치 큰 학생과 다른 학생들의 입가에 미소가 번진다.

“그럼 센터도 까는 거지.”

“그렇지. 굳이 용돈을 주시겠다는데 안 받을 수 없잖아?”

“푸흐흐흐. 맞지.”

“아, 찾아왔으면 좋겠다. 그럼 오늘 고기뷔페 가는 건데…….”

“야, 우리 시간 다 되어 가는데?”

“뭐?”

다급히 남은 PC방 이용 시간을 확인한 학생들은 얼굴을 구겼다.

“야, 돈 모아 봐. 없어?”

“없음요.”

“오늘이랑 내일 차비밖에 없어.”

“아, 씨발. 왜 다 거지야? 이번 주에 상납받은 건 어디 가고?”

“그거 대현이 너 여친이랑 백일파티 때 다 썼잖아.”

움찔!

몸을 굳혔던 덩치 큰 학생은 이내 곧 얼굴을 구겼다.

“그래서 뭐?! 불만이야? 내가 내 여친이랑 돈 쓰는 게 불만이냐고!"

버럭 터진 화에 다른 학생들의 어깨가 움츠러든다.

"아니, 불만은 아니고……."

"그럼 뭐 씨발. 아, 기분 좆같네."

쾅!

의자를 걷어찬 성대현은 PC방을 빠져나갔고, 학생들은 말을 꺼낸 학생을 눈으로 타박하며 얼른 그의 뒤를 따랐다.

저녁 시간 사람들로 북적이는 도로의 중앙을 걷는 그들.

"야, 대현아. 화 풀어. 저 똘빡 새끼 생각 없이 입 놀리는 거 잘 알잖아."

"그래. 재가 저러는 거 한 두 번이냐? 야, 뭐해! 사과 안 해?!"

"대현아, 미안해……."

"됐고, 꺼져. 오늘은 내 눈앞에 띄지 마라. 진짜 죽여버리고 싶으니까. 뭐해? 안 꺼져?!"

"으응. 그럼 내일 봐."

주춤거리던 학생은 이내 멀리 멀어졌고, 그걸 보던 성대현은 얼굴을 구겼다.

"아우, 씨발. 찌질한 모습 보니까 토 나오네. 저딴 놈이 어떻게 세정에 왔지?"

"너님이 중학교에서 데려온 3진이었음."

일진도 아니고 이진도 아니고 삼진. 쉽게 말해 꼬붕이다.

"아, 맞아. 저 새끼가 말은 잘 들어서 데려왔지. 야, 내일부터 저놈 우리 패거리 아니니까 무시해."

"오키!"

패거리 중 한 명을 제외시키는 데도 키득키득 웃기만 하는 그들.

"야, 그런데 괜찮을까?"

"또 뭐가?"

"짭새. 우리가 팬 꼰대 영감 새끼 말이야."

"……하, 씨발! 뭐가 걱정이야! 설마 짭새가 학생한테 맞았다고 신고를 하겠어, 뭘 하겠어? 그리고 씨발 고소하려면 하라고 해! 그깟 깜빵 좀 다녀오면 되지!"

"아니, 오늘 학교에 있던 애들한테 말 들어 보니까 오늘 새로 온 경찰이 2학년 종태를 한 방에 침묵시켰대."

종태. 2학년 중 제법 주먹 좀 쓴다는 놈이다.

"꺼져. 그 말을 믿냐? 그리고 나도 2학년 정도는 한 방에 죽일 수 있거든? 3학년 가오가 있지, 어?"

"오올, 성대현. 깡 좋아?"

"이제 알았냐?"

"큭큭. 어? 야, 너 전화 온다."

지이잉! 지이잉!

"응? 푸핫! 야, 진짜 왔나 본데?"

모르는 번호다. 아까 사기를 당한 놈이 분명했다.

"야, 얼른 받아 봐!"

"재촉하지 마, 새꺄! 여보세요?"

-성대현?
"어이구, 진짜 오셨어요? 어디세요?"
-지금 전화 받은 놈이 너 맞지? 정면에 나 보이냐?
고개를 돌린 성대현은 이쪽을 향해 손을 드는 최재수를 보고 흠칫 놀랐다. 생각보다 훨씬 더 큰 키.
하지만 거기까지다. 키는 크지만 몸이 멸치처럼 얇다.
-따라와.
눈을 차갑게 빛낸 최재수는 몸을 돌렸다. 종혁이 말한 단 한 놈이라도 놓칠 수 없는 곳으로 향하기 위해서 말이다.
그런 최재수를 본 성대현과 패거리는 어이없다는 듯 웃었다.
"야, 어떡할래. 아무래도 자기 친구들 데려온 것 같은데?"
"우리가 열두 명이지?"
"아니, 아까 그놈 가서 열하나."
"오케이. 야, 고기뷔페 예약 잡아. 오늘 배때기에 기름칠 좀 하자. ……넌 뒤졌어."
성대현과 패거리는 실실 웃으며 최재수의 뒤를 쫓기 시작했다.
그곳이 지옥임을 모른 채 말이다.

* * *

저벅저벅!

거침없이 나아가던 성대현과 패거리가 어두운 골목의 웬 공사장으로 들어가는 최재수를 발견하고 잠시 멈칫한다.

혹시나 데려온 패거리가 많은 게 아닐까. 미약한 경계심이 그들의 발을 붙든다.

하지만 그것도 잠시.

"몇 명이 왔건 무슨 상관이야? 애들아, 우리가 누구?!"

"몬스터!"

세정고의 역사 깊은 일진 그룹 몬스터다.

세정고를 삼등분하는 세력.

서울에서 주먹 좀 쓴다는 놈들도 몬스터라고 말하면 깨갱 한다.

그걸 믿은 성대현은 가슴을 쭉 펴며 발을 내디뎠다.

"가자."

그들은 전신에서 흉흉한 기세를 뿜어 대며 공사장으로 진입했다.

그리고 잠시 멍해졌다.

황량하기까지 한 공사장 공터 중앙에 놓인 드럼통에 앉아 있는 덩치 큰 사내 한 명과 방금 봤던 멸치 한 마리.

"뭐야, 꼴랑 두 명이야? 더 없어?"

"오우, 오늘 땀 좀 빼겠는데?"

잔악한 미소가 그들의 얼굴에 피어나자 종혁은 피식 웃었다.

"새끼들…… 읏챠!"

일어선 종혁은 외투를 벗어 드럼통 위에 올려놓고는 최재수를 봤다.

"최재수, 입구 막아."

"끙. 예, 팀장님."

"……도망치는 놈 있으면 알아서 하고."

"예, 팀장님!"

'티, 팀장? 뭐, 뭐야?'

뭔가 있어 보이는 듯한 말투에 주춤거렸던 성대현은 이내 패거리 중 한 명에게 고갯짓을 했고, 지목을 받은 학생은 침을 뱉으며 종혁에게로 향했다.

"퉤! 어이, 아저씨. 지금 나이 많다고 가오 잡나 본데, 그러다 죽……."

빼억!

"……?!"

"죽 뭐? 죽는다고?"

'아아아.'

아프다.

너무 아파 숨이 쉬어지지 않는다.

종혁은 배를 붙잡고 무너지는 놈의 머리채를 잡아 꺾었다.

콱!

눈물, 콧물, 침 다 흘리며 공포에 젖어 가는 얼굴.

"살살 쳤는데 뭘 엄살을 떨어. 이 악물어라. 혀 잘린다."

종혁은 그 학생의 배에 연신 주먹을 꽂아 넣었다.

퍽! 퍽퍽퍽!

북을 두들기는 소리가 공사장에 울려 퍼졌다.

"끕! 끄윽!"

푸드득! 푸득!

"에이, 씨."

격한 소리와 훅 풍겨 오는 고약한 냄새에 한 발 옆으로 물러난 종혁은 아직까지 굳어 있는 성대현 패거리를 가만히 응시했다.

서호섭의 말처럼 문제아라고 해서 그 본성까지 나쁜 애들만 있는 건 아니었다.

주변 상황에 휩쓸려 엇나가기도 하는 비행청소년.

분명 이런 아이들은 경찰의 계도 대상이 맞다.

맞지만…….

"너흰 아니야. 너흰 그냥 개새끼야."

단 반나절이다. 겨우 반나절 조사했을 뿐인데, 이들의 악행이 이루 말할 수 없을 정도다.

성대현만 놓고 봐도 폭행 갈취 사기 전과가 3범. 소년원을 3번이나 들락거린 놈이다.

거기에 폭행 등으로 신고된 건수가 총 12건. 분명 놈의 폭력에 겁을 먹어 신고를 하지 못한 학생들도 있을 것이다.

다른 놈들도 마찬가지다.

죄다 그 나물에 그 밥.

이놈들은 학생이 아니라 그냥 조폭이었다. 살아 있어 봤자 사회에 일말의 도움조차 안 되는 해악.

그렇다면 그에 맞게 대우해 줘야 했다.

"경찰을 팰 땐 기분 좋았지?"

화들짝!

'뭐, 뭐야! 그걸 어떻게?!'

깜짝 놀랐던 성대현은 이내 대충 넘기고는 종혁을 노려봤다.

패거리가 맞았다. 결코 가만둘 수 없었다.

종혁은 이를 가는 그를 보며 고개를 삐딱하게 기울였다.

"뭐하냐? 안 들어오고?"

"……씨발, 죽여!"

"우와아아아아아!"

콰직!

콧대가 들어가며 광대와 함께 무너진다.

목을 걷어차인 놈이 허공에 떴다가 싸대기를 얻어맞고 침묵한다.

"아윽! 아아……."

"어, 엄마……."

바닥을 기며 눈물을 흘리는 6명의 학생.

성대현과 남은 학생들은 순식간에 벌어진 일에 정신을 차리지 못한다. 그러다가 종혁의 시선을 받고 주춤 물러난다.

종혁은 겁에 질린 그들을 보며 힘 빠진 한숨을 내쉬었다.

"하긴 그럼 그렇지."

언제나 강자였던 저들.

그렇기에 모른다. 폭력이란 건 더 큰 폭력 앞에는 아무 것도 아니라는 걸 말이다.

"안 올 거지? 그럼 내가 간다?"

흠칫!

"씨, 씨발! 저 새끼 죽여! 죽이라고!"

"이야아아압!"

"죽어-!"

양쪽에서 들어오는 두 놈.

느려진 시간 속 종혁은 주먹을 휘두르며 다가오는 오른쪽 놈의 턱을 가격한 뒤, 뒤이어 머리를 노리고 발을 휘두르는 왼쪽 놈의 품 안으로 파고들어 옆구리에 주먹을 꽂아 넣었다.

뿌득! 빼억!

"컥!"

"아악!"

맞은 부위를 붙잡고 눈물을 쏟아 내는 둘을 무시한 종혁은 성큼성큼 성대현에게 다가갔다.

"죽여! 죽이라고! 뭐해, 새끼들아!"

"그, 그게……."

'이 씨발 새끼들이!'

저벅저벅!

점점 커져 가는 발소리.

그 압박에 견디다 못해 성대현은 결국 종혁의 얼굴에 주먹을 휘둘렀다.

"씨, 씨발!"

쩍!

"아?"

쩌억! 부웅! 쿠당탕!

허공에 잠시 떴다가 바닥을 뒹군 성대현은 눈을 껌뻑였다.

뭐에 맞은 걸까.

눈앞은 왜 이렇게 어지러운 걸까.

하지만 그렇게 넋이 빠진 것도 잠시다.

저벅!

다시 울리는 걸음 소리에 성대현은 기겁했다.

맞아 보니까 알겠다. 못 이긴다. 절대 못 이긴다.

"오, 오지 마! 오지 말라고, 씨발-!"

저벅! 저벅!

"지, 진짜 왜 이러시는데요! 겨, 경찰에 신고할 거예요!"

멈칫!

"경찰?"

'……?!'

"그, 그래요! 경찰! 저 미성년자거든요?!"

드디어 이 거지 같은 상황을 벗어날 수 있는 돌파구가 생기자 성대현은 의기양양하게 종혁을 봤고, 종혁은 울상을 지었다.

"하, 진짜 너희들 왜 이러냐. 너 일진이라며. 몬스터라며. 감히 경찰을 깐 놈들이 왜 이럴 때만 경찰을 찾는 건데? 응?"

그 말에 성대현이 다시 놀란다.

이제야 뭔가 이상함을 느낀다.

하지만…….

"후우. 야."

종혁은 한눈을 파는 그의 배에 발을 꽂아 넣었다.

퍼억!

"……꺽?!"

배를 잡고 뒹구는 성대현.

종혁은 그 앞에 쪼그려 앉아 볼을 후려쳤다.

"야, 씨발아. 애새끼야. 형이 묻잖아. 응?"

아무런 감정이 없는 목소리.

그렇기에 더 겁에 질린 성대현이 덜덜덜 떨리는 고개를 돌려 종혁을 바라봤다.

종혁은 공포로 질린 그의 눈을 보며 한숨을 내쉬었다.

"하, 진짜 좆같네."

겨우 이따위밖에 안 되는 놈들에게 경찰이 맞았다. 분노가 더 들끓기 시작했다.

"진짜 궁금해서 그러는데, 왜 너희는 너희가 불리할 때만 경찰을 찾는 거냐? 세상 법 무섭지 않은 놈들이잖아, 너희는. 자기들이 법 위에 있다고 생각하잖아. 응? 그렇잖아. 안 그래?"

철렁!

살의가 가득한 종혁의 눈에 심장이 내려앉은 성대현은 다시 시선을 피하기 시작했고, 종혁은 그 비루먹은 강아지 같은 모습에 맥이 탁 풀려 버렸다.

"후우. 됐다, 됐어. 내가 애새끼들 데리고 뭐하는 짓인지……."

종혁은 수갑을 꺼내 성대현의 손목에 채웠다.

"성대현, 그리고 그 외 애새끼들. 너희를 경관폭행, 특수폭행 혐의로 체포한다. 너희는 묵비권을 행사할 수 있고……."

"경찰? 진짜 경찰?"

순간 당황했던 성대현의 눈에 생기가 돌아오기 시작한다.

"씨발! 겨, 경찰이 사람을 패도 돼요?! 이, 이거 신고할 거예요–!"

멈칫!

수갑을 채우던 종혁이 몸을 멈추고, 공사장 입구를 지키던 최재수가 이마를 잡았다.

하지만 그것도 잠시다.

최재수는 다급히 입을 열었다.

"티, 팀장님! 죽이면 안 돼요! 걔도 병신 만들면 징계예요!"

"안 죽여. 응. 안 죽여."

잠시 일어선 종혁은 주위를 둘러보다 쇠파이프를 발견하곤 그걸 가져왔다. 그러곤 성대현을 노려보며 쇠파이프를 자신의 이마로 들이박았다.

까아앙!

"흡?!"

"어우, 씨발. 오랜만에 하니까 존나 아프네."

눈을 껌뻑이며 지문을 지운 종혁은 이마를 때린 부분을 붙잡고 나머지를 성대현에게 내밀었다.

"야, 손 내밀어 봐. 어른이 주는 건 두 손으로 공손히 받아야지? 옳지, 그래."

성대현은 얼떨떨해하며 쇠파이프를 받았고, 종혁은 싱긋 웃었다.

"아, 진짜. 야, 경찰을 때리면 어떡하냐."

"예?"

"성대현. 넌 지금 경찰의 머리를 둔기로 후려친 거야. 여차하면 뇌진탕으로 살인마저 일어날 수 있는 상황이지. 그러니까…… 지금부터 정당방위다, 이 개새끼야!"

종혁의 발이 성대현의 턱을 향해 내려쳐졌다.

뻐어억!

* * *

"빅뉴스! 빅뉴스! 들었어? 어제 몬스터 해체됐대!"

"뭐 진짜? 아니, 왜?!"

세정고 3대 세력 중 하나인 몬스터의 해체에 학생들의 이목이 집중된다.

"3학년 선배들 싹 다 구급차에 실려 갔대! 그런데 그게 어제 온 그 경찰 때문이래! 종태 선배 한 방에 보내 버린 그 경찰!"

"와, 진짜? 미친!"

"야야, 그 경찰이다."

학생들은 복도를 어슬렁거리며 걷는 종혁에 숨을 죽이며 눈을 빛냈다.

—훌륭하시네요.

학교 치안 관리하라고 보냈더니 학생을 패 버렸다.

정용진 과장은 눈앞이 아찔했다.

"아니, 어차피 경찰서에 가면 그것보다 더 맞을 거잖습니까."

제아무리 은퇴 직전이라지만 경찰을 팼다. 아마 검찰에 넘겨지기 전까지 시도 때도 없이 맞았을 거다.

"그러니 제가 먼저 다져 놓으면 걔들도 경찰서 가서 덜 맞고. 예?"

—그래서 죄다 최소 전치 6주를 만들었습니까?

"두 명은 안 때렸는데요."

—…….

"죄송합니다. 사랑합니다."

—내일까지 시말서 써서 올리세요.

내일은 일요일이지만 종혁의 대답은 하나였다.

"예."

'하, 요고 안 먹히네.'

통화를 종료한 종혁은 머리를 벅벅 긁으며 복도와 교실

을 주욱 둘러봤다.

눈이 마주치자 재빨리 고개를 돌리는 학생들.

흥미진진한 눈으로 시선을 피하지 않는 아이들도 있었지만, 대다수 눈을 마주치지 못하고 교실로 들어갔다.

화장실을 너구리굴로 만들던 놈들도 재빨리 튀어나와 교실로 뛰어갔다.

"학교에서 담배 피우지 마라. 학교에서 싸우지 말고, 수업 시간에 헛짓거리해서 기물파손하지 마라. 죽는다."

"안 피웠…… 죄송합니다."

"예에……."

그렇게 옥상까지 모두 둘러본 종혁은 학교 뒤편에 설치해 놓은 조립식 건물로 향했다.

"효과 좋네."

한 놈을 밟아 놔서 그런지 분명 어제까지만 해도 담배꽁초에 침으로 범벅이 되어 있던 공간이 깔끔하다.

그래도 지난 수십 년간 쌓이고 쌓여 찌들어 버린 담배와 타액 냄새가 종혁의 코를 괴롭게 한다.

"얼른 미성년자가 담배를 피웠을 때 처벌할 수 있는 법률적 제도가 만들어져야 할 텐데……."

혀를 찬 종혁은 입구 옆에 비치 체어와 테이블, 의자가 놓인 조립식 건물 안으로 들어갔다.

푹신한 침대에 TV, 냉장고, 커피메이커, 화장실까지 없는 게 없는 15평의 조립식 건물.

커다란 모니터 앞에 앉은 종혁은 핸드폰을 들어 CCTV

설치 업체에 연락을 했다.

"예, 사장님. 몇 시쯤 도착하실까요? 아, 2시 반까지 오신다고요?"

타다다닥!

"응?"

드르륵!

칠판에 오늘 가르칠 내용을 적던 국어선생은 순간 반 아이들을 둘러봤다가 눈을 껌뻑였다.

'뭐지? 왜 이렇게 조용하지?'

수군수군 잡담을 하는 아이들은 있지만, 전처럼 선생은 신경도 안 쓴 채 목청 높여 떠드는 아이들이 없다.

거기다 자는 아이들도 몇 없다.

심지어 수업 시간마다 자서 얼굴조차 모르는 아이들까지도 고개를 들고 있다.

'이것들이 단체로 실성을 했나…….'

국어선생은 이 낯선 광경에 오싹함마저 느껴야 했다.

그건 그뿐만 아니라 수업에 들어간 모든 선생의 생각이었다.

* * *

띵동댕동! 띵동댕동!

우르르르르!

토요일 단축수업이 모두 끝났다는 종소리와 함께 소 떼가 달리는 소리가 울려 퍼지자, 학교 뒤편 조립식 건물 앞 비치 체어에 누워 있던 종혁도 기지개를 펴며 일어선다.

"어우. 날 좋…… 씨발, 깜짝아! 뭐, 뭐야?"

"안녕하세요!"

옆에 놓인 테이블에 앉은 웬 소녀가 이쪽을 빤히 응시하던 소녀가 인사를 한다. 먼지와 떼가 가득한 후드티와 청바지를 입은 단발머리의 꾀죄죄한 소녀.

십대 중반으로 보이는 외모에 종혁의 표정이 살짝 굳었다가 펴진다.

"여기 학생으로는 보이지 않는데, 어떻게 들어왔어?"

"여기 학생 맞는데요! 그런데 아저씨. 아저씨가 여기 청소했어요?"

"아저씨가 아니라 오빠다."

"네, 아저씨."

"이놈이?"

배시시 웃는 미소 속에 감춰진 맑은 눈빛이 제법 인상적이다.

"청소했다면?"

"그럼 담배꽁초는 어디다 버렸어요?"

"꽁초는 왜?"

"아이참. 묻지 마시고요!"

"꼬마야, 미성년자가 담배에 대해 묻는데 그걸 가르쳐 줄 어른이 있을까, 없을까?"

"아."
소녀의 눈이 흔들린다.
그 순간이었다.
"어? 숙자다."
움찔!
깜짝 놀라 고개를 돌렸던 소녀는 이쪽으로 다가오던 4명의 남녀를 보곤 한숨을 내쉬었고, 종혁은 그 모습을 빤히 응시했다.
"흐흐. 안녕, 안녕!"
"안녕, 숙자야!"
"뭐야? 또 담배꽁초 주우러 온 거야? 그 아저씨들 주려고?"
"헤헤."
"어쩌려고 지금 왔어. 그러다 또 선배들에게……."
툭툭!
"아……."
그제야 종혁을 발견하고 놀란 여학생은 이내 우물쭈물하다가 입을 열었다.
"아무튼 선배들 앞으로 여기선 담배 안 피울 거니까 그렇게 알아! 그럼 잘 가! 아, 안녕히 계세요!"
후다닥!
그들은 잰걸음을 옮겼고, 숙자라 불린 소녀는 더 이상 담배를 구하지 못한다는 것에 아쉬워하며 몸을 일으켰다.

"그럼 안녕히 계세요."

종혁은 몸을 일으켜 소녀의 후드를 움켜쥐었다.

"켁!"

"어딜 가냐, 짜샤."

"네? 왜요?"

동그랗게 쳐다보는 눈.

종혁은 씁쓸히 웃었다.

"밥은 먹었냐? 안 먹었으면 같이 먹자. 어이, 너희들도!"

* * *

"감사합니다! 또 시켜 주세요!"

부다다당!

피자집 배달원이 떠나자 종혁은 어색해하면서도 군침을 꼴깍꼴깍 삼키는 소녀와 학생들을 보며 피식 웃었다.

"제사 지내냐? 먹어."

"가, 감사합니다."

"잘 먹겠습니다……."

종혁의 눈치를 보던 그들은 슬그머니 피자를 한 조각씩 집어 들어 입에 가져갔고, 이내 눈을 동그랗게 떴다.

어색하게 움직이던 입이 곧 빠르게 움직이기 시작했다.

"하, 뜨! 하, 뜨!"

"거, 겁나 맛있어!"

"많이 먹어라. 부족하면 말하고."

"네!"

피자를 한 입 먹었다고 찰나 전까지 어색했던 게 사라진 아이들.

종혁은 소녀를 시선에 담았다.

마치 오랫동안 풀만 먹다가 고기를 먹은 사람처럼 충격 어린 표정을 짓는 소녀.

이걸 정말 먹어도 되는 걸까.

저 사람은 왜 내게 이러는 걸까.

소녀는 종혁을 힐끔거리면서도 한 입 더 작게 베어 문다.

종혁은 그녀가 눈치 보지 않고 먹을 수 있도록 피자를 집어 입에 가져갔다.

"음……."

뜨겁고도 새콤한 토마토소스 뒤에 찾아오는 짭짤한 치즈의 폭풍. 114 안내원의 추천을 받아 시켜 봤는데, 제법 탁월한 선택이었던 것 같다.

그렇게 종혁이 본격적으로 식사를 시작하자 소녀도 피자를 조금씩 더 크게 베어 문다.

그렇게 모두 눈치를 보지 않는 식사가 시작되었다.

"푸하! 배불러!"

"더는 못 먹어!"

"아, 감사합니다!"

"잘 먹었습니다!"

빵빵하게 부른 배를 두드리며 행복에 젖은 아이들.

“뭐야. 쇠도 씹어 먹을 나이들이 왜 각자 피자 한 판씩을 못 먹어?”

“대, 대식가가 아닌 이상 패밀리 사이즈 한 판을 다 먹는 게 이상하지 않을까요.”

“난 두 판 먹었는데?”

‘그건 당신이 이상한 거고!’

종혁은 소리 없는 아우성을 지르는 아이들을 일견하며 소녀를 봤다. 포만감에 행복해하면서도 남은 피자를 힐끔거리는 소녀.

“잘 먹었냐?”

“앗, 네! 잘 먹었습니다!”

“그래? 그럼 저 안에 들어가서 씻어.”

“네?!”

“아니면 피자값을 내놓든지.”

“……!”

“어떻게든 받아 낸다. 어이, 여학생. 너도 같이 씻어. 오늘 체육 있었냐? 몸에서 쉰내 난다.”

“릅?!”

장난이 아니라는 듯 진지한 시선에 당황한 소녀와 여학생은 이내 어쩔 줄 몰라 하면서 조립식 건물 안으로 들어갔다.

삐리릭 소리를 내며 잠기는 도어락 문.

몸을 일으킨 종혁은 남학생들을 향해 손가락을 까딱이며 흡연장이었던 쪽을 가리켰다.

그렇게 학교 건물 쪽으로 붙은 종혁은 담배를 물었다.
"니들은 피우면 죽는다."
"예……."
찰칵! 치이익!
"후우우."
담배 연기를 길게 내뿜은 종혁은 아쉬워하는 남학생들을 향해 입을 열었다.
"쟨 누구야?"
"누구요? 숙자요?"
"이름이 숙자야?"
"아, 아뇨."
이름은 모른다. 입학식 때 본 아이들이 있어서 같은 학교 학생이라는 것만 알 뿐이지 나머지는 잘 모른다.
"그냥 수업도 한 번 안 들어오고, 맨날 같은 옷 입고, 씻지도 않고……. 입학식 때 본 애들이 아니었다면 우리 학교 학생인 줄도 몰랐을걸요?"
아마 담배 살 돈이 없어 담배꽁초나 주우러 다니는 가출청소년으로 오해했을 거다. 실제로 그렇게 오해해서 장난을 치거나 내쫓는 학생들도 많다.
"그리고 근처 노숙자들이랑 어울리는 걸 본 애들도 있어요. 그래서……."
"숙자냐?"
"예."
종혁은 담배 연기를 뿜었다.

'대체 무슨 사연이기에…….'

"저, 저기 그런데……."

"뭐? 몬스터인지 뭐시기인지 해체한 거 맞냐고?"

"저, 정말 맞으세요?!"

"성대현과 그 패거리를 어제 검거하긴 했지. 특수폭행으로 징역을 받을 테고."

"와아……."

남학생들의 시선이 종혁의 덩치와 커다란 주먹으로 향한다.

종혁은 선망으로 물들어 가는 그들의 모습에 한숨을 내쉬었다.

"그러니까 너희도 어디 가서 사고 치지 마라. 절대 안 봐준다."

"에, 에이. 저희 사고 안 쳐요!"

종혁은 몸을 움츠리는 학생들을 일견하며 심부름센터에 전화를 걸었다.

"예, 사장님. 여자애들이 부담 없이 편하게 입을 만한 옷이랑 속옷 좀 주문하고 싶은데요. 최대한 빨리 가져다주십시오. 예."

남학생들이 눈을 동그랗게 뜨며 종혁을 봤다.

삐삐삐삐! 삐리릭!

"옷 거실에 둔다. 문 앞에 둔 네 옷은 빨래 맡길 거니까 이걸로 갈아입어라."

"네?!"

갑자기 열리는 문에 샤워기를 잠그며 숨을 죽였던 소녀는 기겁했지만, 종혁은 이미 조립식 건물을 나선 뒤였다.

쿵! 삐리릭!

문이 잠기는 소리가 나자 온몸에 비누칠을 한 소녀와 여학생은 서로를 당황한 눈으로 쳐다봤다.

"너 저 경찰 아저씨랑 친해?"

"아, 아니?"

오늘 처음 봤다.

매주 토요일, 학교가 끝날 때 노숙자들과 한 줌의 과자나 빵 따위를 교환하기 위해 담배꽁초를 주우러 오는 소녀.

어쩌다 장초를 많이 발견하면 빵을 반 개나 얻을 때도 있다.

원래는 평일에 주우러 왔지만, 계속 놀리고 혼내는 선배들 때문에 어쩔 수 없이 아무도 없는 토요일 하교 시간에 학교로 온다.

그렇게 오늘도 꽁초를 주우러 왔는데 웬 못 보던 집이 세워져 있고, 종혁이 그 앞 의자에 누워 있었다.

그래서 호기심에 구경했는데, 마침 담배도 테이블에 올려져 있어서 한 대 얻을 수 있을까 기다렸는데 이렇게 되어 버렸다.

소녀는 지금 이게 무슨 상황인지 가늠을 할 수가 없어 정신을 차리지 못했다.

그런 소녀의 말에 소녀의 몸을 본 여학생의 얼굴이 미미하게 일그러졌다.

얼마나 못 먹었는지 마르고 피부가 푸석한 몸.

"괜찮아?"

"뭐가?"

"그렇게 노숙 생활 말이야."

"……으응. 뭐 처음엔 힘들었는데, 지금은 괜찮아!"

미치도록 추웠던 겨울도 다 가서 이젠 자다가 얼어 죽을 걱정을 하지 않아도 된다.

여학생의 얼굴이 더 구겨졌다.

"행복의 쉼터에 가 보는 건 어때?"

"거, 거긴 좀 무서워서……."

소녀 본인도 가출을 했다지만, 이곳 세정고 학생들처럼 무섭게 느껴지는 가출청소년들.

"아니, 거긴 그런 곳이…… 하, 아니다. 네 인생 네가 사는 거지. 씻자."

"으응."

둘은 다시 샤워를 시작했고, 이내 곧 수건으로 몸을 가른 채 밖으로 나온 여학생은 머리를 말리기 위해 드라이기를 찾다가 경악했다.

"와, 이거 진짜 비싼 브랜드인데!"

"그, 그래?"

"어! 엄마도 비싸다고 절대 쓰지 못하게 하는 거야! 와, 이 경찰 아저씨 부자인가? 야, 네 옷도 봐 봐."

"어? 어어."

부스럭!

"헉! 이것도 메이커다."

중저가 브랜드이지만 그래도 메이커는 메이커다. 속옷까지 말이다.

그 말에 식겁한 소녀는 문을 보며 안절부절못했고, 그런 소녀를 부럽다는 듯 본 여학생은 자신도 모르게 톡 쏴버리고 말았다.

"하, 누군 좋겠네. 뭐해, 얼른 닦고 입어. 이런 드라이기 쓰는 사람이 그런 게 아깝겠니?"

"아? 어? 어어……."

몸을 움츠린 소녀는 여학생의 눈치를 보며 몸을 닦기 시작했고, 그제야 아차 했던 여학생은 입술을 달싹이다 이내 다물며 드라이기를 들었다.

기이이이잉!

둘 사이에 말이 없어졌다.

그렇게 옷까지 모두 입은 그들은 문을 열고 밖으로 나갔고, 여학생은 깜짝 놀랐다.

"어? 애들은요?"

"기다리기 지루하다고 근처 PC방에 간다던데?"

"아씨! 진짜요? 오늘 감사했습니다!"

고개를 꾸벅 숙인 여학생은 잰걸음으로 멀어졌고, 소녀를 본 종혁은 고개를 끄덕였다.

제대로 씻지 않은 것 같지만, 그래도 제법 사람 같은

모습.

“네가 입던 옷은 저녁쯤에 도착할 테니까 그때 와서 가져가. 오늘은 일이 있어서 저녁까진 여기 있을 거니까.”

곧 CCTV 설치를 위해 업자들이 도착한다. 아마 오늘 하루종일 공사를 하게 될 거다.

“네, 네.”

“가 봐. 난 금요일 오후부터 토요일 오전까지 여기에 있을 거니까 배고프면 언제든 찾아오고.”

손을 저은 종혁은 몸을 돌렸고, 소녀는 그 넓은 등을 흔들리는 눈으로 응시하다가 입술을 달싹였다.

“왜, 왜 저한테 잘해 주세요?”

“그냥.”

“왜 안 물어보세요? 아……!”

뒷말은 의도하지 않았던 소녀는 깜짝 놀라 입을 막았지만 늦었다. 몸을 돌린 종혁은 소녀를 가만히 응시했다.

“물어보면 대답할 거냐?”

“……아니요.”

“그래, 알았다. 가 봐. 이것도 가져가고.”

“네…….”

피자 한 판을 받아 든 소녀는 다시 몸을 돌린 종혁을 응시하다가 돌아섰고, 종혁은 멀어지는 걸음 소리를 들으며 담배를 물었다.

“거지 같네.”

대체 무엇이 저 어린 소녀를 거리로 내몬 것일까.

어른인 이쪽에서 훅 다가가면 휙 하고 도망가 버릴 정도로 예민한 게 가출청소년.

"뭐, 천천히 알아보면 되겠지. 천천히."

어차피 시간은 길었다.

종혁은 탁한 담배 연기를 뿜었다.

한편 학교 근처 지하도로 들어간 소녀는 구멍 뚫린 바구니를 머리맡에 놓은 채 누워 있는 노숙자 옆에 앉으려다가 자신의 옷을 보곤 멈칫했다.

그녀는 능숙하게 노숙자 발치에 놓인 박스를 가져와 조심스럽게 앉으며 피자박스를 바닥에 내려놓았다.

"킁? 킁킁?"

자는 게 아니었는지 코를 벌렁거리며 눈을 뜨는 노숙자. 그는 소녀를 보곤 눈을 동그랗게 떴다.

"미정아, 좀 달라졌다?"

어눌한 말투에 소녀, 정미정은 고개를 끄덕였다.

"오랜만에 씻어 봤어요."

"담배는?"

"구하지 못했어요. 그리고 이건 내 거. 욕심내지 마세요."

"치, 치사해."

"치사한 건 아저씨들이죠."

근처 지하철로 구걸을 간 아저씨까지 해서 총 두 명. 정미정과 그 둘은 서로 상부상조 하는 관계였다.

"맨날 자기들 먹을 거만 구해 와 놓고……. 그래도 정이 있으니까 한 조각은 드릴게요.”

“미정이 최고!”

얼른 주라는 눈빛에 피자박스를 열었던 미정은 몸을 굳혔다. 아까 먹다 남은 게 아니라 새로 시킨 피자였다.

“미정아?”

“아, 네.”

피자 한 조각을 떼서 노숙자에게 넘겨준 미정은 피자박스를 닫고 줄로 꽉 묶은 후 벽에 등을 기대며 종혁을 떠올렸다.

“이상한 사람.”

왜 처음 본 자신에게 이렇게 잘해 주는 걸까.

어려서 그런 걸까.

아니면 동정심인 걸까.

대체 왜 그런 걸까…….

“……흑!”

너무도 오랜만에 느낀 정의 온기에 소녀 미정은 참고 참았던 눈물을 흘릴 수밖에 없었다.

* * *

부릉부릉!

오토바이 공회전 소리가 울리는 세정고 근처의 한 버려진 건물 안.

머리를 염색하고 통을 줄인 교복을 입은 학생들이 쓰레

기장을 방불케 하는 공간에 아무렇게나 앉아 시시덕거리고 있다.

세정고를 삼등분했던 세력 중 하나인 블랙스네이크.

블랙스네이크는 몬스터처럼 90년대 초반부터 세정고에 있었던 유서 깊은 서클이고, 이 버려진 건물은 그런 그들이 쓰는 아지트다. 정확히는 블랙스네이크의 간부들만 쓸 수 있는 아지트다.

"자자, 다들 주목!"

누군가의 외침에 안에 모여 있던 학생들의 시선이 모인다.

"준비됐어, 정훈아."

호리호리한 체구의 제법 미남형인 남학생이 감고 있던 눈을 뜬다.

"너희들도 몬스터가 해체됐다는 소식 들었을 거다."

최고 간부인 3학년들 전부 경찰에 잡혀갔으니 이제 1학년과 2학년만 남은 몬스터는 해체되었다고 봐야 했다.

"그러니 이제 누가 세정고의 최고 세력인지 가렸으면 하는데……."

불끈!

흐리멍덩한 눈으로 정훈이란 남학생을 주목했던 다른 학생들의 몸에 힘이 들어간다.

그동안 한 세력이 다른 세력을 치면, 남은 세력이 불리한 세력에 붙는 걸 반복하면서 균형을 이뤘던 세정고의 일진들.

그러나 지금은 아니다.

몬스터가 사라지면서 남은 서클인 이글스와 일대일로 붙을 수 있는 여건이 마련됐다.

"그런데 괜찮을까? 이글스 애들 좀 독하지 않아?"

아마 서로 많이 다칠 거다. 그럼 해체 수순을 밟고 있는 몬스터다 다시 기지개를 펼지도 몰랐다.

거기까진 생각 안 했던 정훈은 미간을 좁혔다.

"그래서 뭐? 어떻게 하자고? 이런 좋은 판이 깔렸는데도 그냥 넘어가자고? 졸업한 선배들이 퍽이나 좋아하겠다!"

정훈의 분노에 말을 던졌던 학생은 어깨를 움츠렸다.

이러다가는 맞을 수도 있는 상황.

학생은 생각나는 대로 재빨리 뱉어 냈다.

"이, 일단 그 짭새부터 치는 게 어떨까?"

"……짭새를?"

정훈이 호기심을 드러내자 그 학생은 눈을 빛냈다.

"설마 진짜로 그 짭새 혼자 몬스터를 해체시킨 건 아니겠지만, 그대로 내버려 뒀다가는 우리도 귀찮아질 수 있잖아."

"그래, 그건 맞는 말이지."

체구가 엄청 크지만, 경찰에 잡혀간 몬스터의 숫자가 열 명이 넘는다.

혼자서 놈들을 다 잡았을 리는 없을 터. 사람이라면 절대 그럴 수 없었다.

아마 지원 요청을 받은 경찰들이 우르르 몰려와서 잡아갔을 게 분명했다.

문제는 자신들 또한 이글스랑 싸우다가 잘못 걸리기라도 한다면 같은 전철을 밟을지도 모른다는 거다.

"흠, 짭새라……."

정훈의 눈이 흥미를 머금기 시작했다.

* * *

아직 해가 뜨지 않은 새벽.

세정고의 닫힌 교문 앞에 그림자 하나가 선다.

마치 몹쓸 짓을 하려는 듯 목까지 오는 교문을 보며 갈등하던 그림자는 이내 고개를 끄덕이곤 주위를 슥 둘러보다 교문에 발을 올린다.

"끙! 끄응!"

철컹, 철컹!

고요한 새벽을 흔드는 소리.

화들짝 놀란 그림자는 황급히 교문을 넘어 학교 건물 뒤로 달려간다.

타다다닥!

"학! 학! 후우."

가쁜 숨을 몰아쉬다 가슴을 편 그림자는 학교 건물 뒤편의 조립식 건물을 응시하며 다시 갈등에 젖어든다.

해도 될까, 안 될까.

목적지까지 왔음에도 그림자는 망설인다.

하지만 그것도 잠시. 갈등을 마친 그림자는 주먹을 쥔다.

"……후우. 그래, 하자."

그림자는 건물을 향해 다가가며 라이터를 꺼내 들었다.

찰칵! 화르륵!

라이터에서 불꽃이 피어올랐다.

웅성웅성! 시끌시끌!

"아, 씨발 학교 가기 졸라 싫네!"

"하아. 그냥 학교에 불 질러 버릴까?"

이미 다른 학교는 등교를 마쳤을 아침 9시가 다 되어 가는 시각.

세정고 학생들의 등교가 시작된다.

교복을 제대로 입은 학생이 별로 없는 세정고 학생들.

부다다당!

택트나 씨티 100과 같은 오토바이를 탄 학생들도 그런 그들을 지나쳐 세정고로 들어간다.

그중엔 얼마 전 1학년 짱을 가리려다 종혁에게 잡혀 파출소 신세를 져야 했던 박유성도 있었다.

부아아앙!

다른 학생들이 타고 온 작고 허름한 오토바이와 비교되는 묵직한 배기음. 녹색의 날렵하고 유려한 동체.

학생들의 시선이 단숨에 뺏긴다.

"닌자다!"

일본 바이크 기업인 가와사키의 닌자.

이 또래, 바이크를 좋아하는 아이들에겐 꿈의 오토바이

라고 할 수 있는 오토바이다.

부르르릉!

“후우.”

학교 뒤편, 원래는 자전거 주차장이지만 오토바이 주차장이 되어 버린 공간.

시동을 끈 박유성이 바람에 흐트러진 머리를 뒤로 넘기며 떠오른 태양을 응시한다. 그런 그에게 흥분한 얼굴의 학생들이, 박유성의 패거리들이 다가선다.

“뭐야, 뭐야! 짱! 이건 언제 샀어!”

“와, 씨발! 배기음 보소!”

박유성은 호들갑을 떠는 패거리에 꿈틀거리는 입술을 애써 누르며 어깨를 으쓱였다.

“뭐, 별거 아냐. 아빠가 선물로 사 주더라고.”

“……씨발. 졸라 부럽. 역시 부자는 달라도 다르네.”

“하. 난 이런 거 사 주는 부모 없나?”

“네가 벌어서 사세요. 아님 뽀리든가.”

“그럴까?”

부모님이 제법 큰 인테리어 회사를 운영한다는 박유성.

그는 선망 어린 표정 패거리와 다른 학생들의 시선에 콧대를 세우다 돌연 미간을 좁혔다. 부모님이 오토바이를 사 준 이유 때문이다.

파출소에서 조서를 쓰고 나온 이후 다신 사고 치지 말라며 사 준 닌자.

파출소에 끌려가야만 했던 원흉인 종혁이 떠오른다.

'개 같은 짭새 새끼.'

"야, 그 짭새 새끼 왔냐?"

"왜? 치게?"

움찔!

"치, 치긴 뭘 쳐. 내가 뭔 싸움닭이냐?!"

2학년 선배를 싸대기 한 방에 침묵시켰던 종혁. 격이 다른 인간이다.

"그냥 뭐 약이나 올려 주려고."

"응?"

"짭새 월급에 이런 걸 살 수나 있겠어?"

"……아!"

"푸하핫! 그거 재밌겠다!"

"야, 같이 가자!"

"아, 씨발. 언제 오지? 얼른 와야 할 텐데?"

박유성은 즐거워하는 패거리의 모습에 입술을 비틀고는 교문 쪽을 바라보며 종혁이 얼른 출근하기를 기다렸다.

그 순간이었다.

기이이이이잉!

교정을 꿰뚫는 날카로운 소리.

마치 헬기에 시동이 걸릴 때 나는 것 같은 소리가 그들의 귀에 때려 박힌다.

그러나 헬기가 아니다.

박유성과 학생들은 단숨에 그걸 알아차렸다.

"어? 이 배기음은……?"

"미, 미친! 정말이야? 정말 그거 맞아?!"

흥분하기 시작하는 아이들.

교실의 창문들도 열리며 학생들이 몸을 내민 채 교문 쪽을 응시한다.

그리고 발견했다. 학교 운동장 옆을 가로지르며 다가오는 은색의 커다란 동체를.

"진짜다! 진짜 Y2K야!"

슈퍼바이크 Y2K.

시속 400km/h가 넘는 몬스터 중 몬스터.

그들로서는 꿈에서나 타고 다니는 이 시대 최고의 바이크.

그들은 그 첨단공학적인 동체에 눈이 팔리면서도 주인이 누군지 미치도록 궁금해했다.

"누구지?"

"저건 돈이 있다고 해도 국내에 수입도 안 되는 건데……."

"그런데 등빨이 어디서 본 듯한……."

기이이잉!

박유성과 패거리들은 앞에 멈춰 서는 Y2K의 주인의 헬멧 속 얼굴을 뚫어져라 쳐다봤다.

그리고 경악했다. 헬멧의 바이저를 젖히며 드러난 얼굴 때문이었다.

"뭐하냐. 안 비키냐?"

"……에에엑! 짜, 짭쌔?!"

종혁이었다.

종혁은 경악하는 아이들을 보며 얼굴을 구겼다.

“짭새? 하, 이 씨부럴 새끼들이. 뒤질래?”

흠칫!

다급히 한 발 물러나는 학생들.

종혁은 그런 그들을 보며 갈등을 하다 이내 그만두었다. 그러곤 박유성을 응시했다.

흠칫!

“면허증은?”

“……예?”

“면허증 어디 있냐고. 얼씨구? 하이바도 없네?”

“흡!”

박유성의 나이에 딸 수 있는 면허증은 고작해야 원동기 면허증뿐이다. 소위 배달부들이 애용하는 택트나 씨티 100 등 125cc 미만의 원동기만 탈 수 있는 면허.

종혁은 눈이 크게 흔들리는 박유성을 보며 한숨을 내쉬었다.

“그래, 씨발. 니들이 언제 법을 지켰냐……. 이따가 나 있는 곳으로 와. 너뿐만 아니라 다른 놈들도 다. 튀면 죽는다. 쯧.”

그들은 이내 곧 길을 텄고, 종혁은 다시 스트로크를 당겼다.

기이잉!

학생들은 멀어지는 종혁을 멍하니 응시했고, 박유성은 그런 종혁과 Y2K를 응시하다 고개를 푹 숙였다.

‘졌다.’

주먹도 재력도 모두 졌다.

'씨발. 경찰이 저걸 어떻게 끌고 다니는 거야…….'

"유, 유성아."

"뭘 봐, 씨발! 구경났어?!"

신경질을 내며 오토바이에서 내린 박유성은 학교 건물로 향했고, 학교 건물 창가에 서 있던 몇 명의 상급생들은 멀어지는 종혁을 보며 낯빛을 굳혔다가 다급히 핸드폰을 들었다.

그들이 그러는 것도 모른 채 조립식 건물 앞에 도착한 종혁은 투덜거리며 오토바이에서 내리다 고개를 모로 기울였다.

"아, 이놈 다루기 힘드네…… 응?"

일주일 만에 다시 온 세정고.

조립식 건물뿐만 아니라 주변까지 깨끗하다.

'뭐지? 이럴 리가 없는데?'

종혁은 미간을 좁히며 조립식 건물 안으로 들어갔다.

삐비비비빅! 띠리릭!

"어이쿠. 최 팀장님 오셨습니까?!"

"충성."

CCTV 모니터가 놓인 책상에 앉아 있다가 황급히 일어나는 삼십대 초반의 경찰. 목요일 오전부터 금요일 오전까지 감시하는 서울경찰청 소속의 경위다.

범인을 검거하던 중 과잉 진압으로 징계를 받아 새벽에도 이곳에 상주를 해야 하는 그를 향해 거수경례를 한 종혁은 빵 봉지나 우유팩이 놓인 책상 주변이나 먼지와 털, 쓰레기들이 널브러진 바닥을 보며 더 의아해했다.

"고마워요, 고마워. 내가 이 은혜 절대 잊지 않을게요."

"아닙니다. 같은 경찰대 식구끼리 이 정도는 해 드려야죠."

하나뿐인 여동생의 결혼식이라는데 어찌 외면할까.

"이건 얼마 안 되지만 축의금입니다. 여동생분의 결혼을 축하드립니다."

"아니, 이런 건 주지 않으셔도……!"

"식구잖아요. 참석하지 못해서 죄송합니다."

"최 팀장님……."

"어서 가 보세요. 결혼식에 늦겠습니다."

"아, 예! 우리 나머지 이야기는 나중에 합시다!"

경위는 다급히 발을 옮겼고, 종혁은 그런 그를 향해 아차 하며 입을 열었다.

"아, 그런데 선배님께서 이 근처를 치우셨습니까?"

"저요? 아니요. 아, 그리고 밤 11시쯤에 교문 밖에서 어슬렁거리던 놈들이 있었습니다!"

"어슬렁거려요?"

"다가가니까 오토바이 타고 도망가는 걸 보니 아무래도 저녁에 술 마실 곳 없어서 온 이 학교 학생들 같더라고요! 그럼 가 보겠습니다!"

그렇게 인수인계까지 마친 경위는 건물을 뛰쳐나갔고, 종혁은 멀어지는 그를 보며 머리를 긁었다.

"그럼 대체 누가 청소를 한 거지? 흠……."

건물 내부의 꼴을 보다시피 사건에 쫓기다 보니 범인을 검거하는 것 외엔 잘 신경 쓰지 않는 게 바로 형사란 족속들이다.

"뭐 CCTV를 확인해 보면 알겠지. 그나저나 어지르는 사람 따로 있고, 치우는 사람 따로 있네."

한숨을 내쉰 종혁은 청소기를 들어 청소를 시작했다.

그리고 잠시 후 CCTV를 확인하던 종혁은 이내 경위가 말한 놈들이 누군지 발견할 수 있었다.

'아, 저놈들인가 보군.'

어두운 밤이라 얼굴이 잘 보이진 않지만, 교문 쪽과 그 주변을 두리번거린다.

일단 계속 지켜보다 그들이 도망치고서도 계속 CCTV를 살피던 종혁은 뭔가를 발견하곤 눈을 동그랗게 떴다.

학교에 CCTV를 설치할 때 겸사겸사 이 조립식 건물 근처에도 설치한 CCTV.

해가 뜨지도 않는 시각, 홀연히 나타난 그림자가 이 건물로 다가와 건물 옆에 세워 놓은 빗자루를 들어 주변을 쓸기 시작한다.

그뿐만 아니다. 어디에서 구한 건지 양동이를 가져와 건물에 물을 뿌리고 테이블을 닦는다.

"대체 누가……."

방금 전 라이터를 켜며 건물로 다가왔지만, 너무 어두워서 그런지 잘 보이지 않은 얼굴.

종혁은 미간을 좁히면서도 모니터를 뚫어져라 쳐다봤

고, 이내 날이 어스름히 밝아지자 어두웠던 그림자도 모습을 드러내기 시작했다.

그에 종혁은 깜짝 놀랐다.

"어? 미정이?"

미정. 세정고 아이들에게 숙자라 불리는 정미정이었다.

"아니, 얘가 왜……. 아, 설마?"

뭔가를 눈치챈 종혁은 씁쓸히 웃었다.

우렁각시. 고작 피자 몇 조각 사 줬을 뿐인데, 이런 식으로 은혜를 갚으려는 것 같다.

"그러지 않아도 되는데……."

대견하면서도 한편으로는 가슴이 답답해진 종혁.

이렇게 착한 아이가 왜, 대체 왜 거리를 떠돌아다녀야 하는 걸까.

입안이 텁텁해진 종혁은 담배를 물며 낑낑거리며 청소를 하는 미정을 가만히 지켜봤다.

청소도구를 원상복구시키며 조심스럽게 학교 교문을 넘어 멀어지는 모습까지.

어느새 그의 입가엔 푸근한 미소가 맺혀 있었다.

'음? 저건 또 뭐야?'

또 뭔가를 발견한 종혁은 미간을 좁혔다.

* * *

띵동, 댕동! 띵동, 댕동!

우르르르!

"아으! 진짜 학교는 대체 누가 만든 거야! 면상 좀 보고 싶네!"

"왜? 한 대 치게?"

"PC방 고고고!"

"달려!"

하교 시간이 되자 교실을 뛰쳐나오는 아이들. 아침엔 천근만근이었던 다리가 바람보다 가볍다.

그런데 학교 밖을 향해야 하는 그 눈들이 순간 힐끔 학교 건물 뒤편으로 향한다.

그러다 동그랗게 떠진다.

"와, 씨! 야! 저것 봐!"

"미친!"

"씨발! 아까부터 존나 맛있는 냄새가 나더니! 경찰이 저래도 돼?!"

"미친 또라이 쉑!"

경찰들의 아지트인 조립식 건물 앞, 반으로 잘린 커다란 드럼통에 고기가 구워지고 있다.

제법 멀리 떨어져 있음에도 눈에 확 들어오는 영롱한 선홍빛의 소고기와 삼겹살.

쇠도 씹어 먹을 나이 때의 아이들은 군침을 삼키다 이내 한숨을 내뱉으며 돌아섰다. 고기를 굽고 있는 게 종혁이기 때문이었다.

자신들을 신경조차 안 쓰는, 솔직히 있는지 없는지조차

모를 정도로 조립식 건물에서 잠만 자는 다른 경찰들과 달리 사사건건 간섭하며 혼내는 무서운 종혁.

그들은 교육청에 찌르고 말겠다 다짐하며 학교를 나섰고, 블랙스네이크의 짱 정훈은 그걸 보며 어이없다는 듯 웃었다.

'미친 새끼.'

"씨발. 역시 이래서 얼른 어른이 되어야 한다니까. 봐, 학교에서 술까지 처먹잖아."

종혁의 근처에 술은 없지만, 고기=술이라는 공식이 머릿속에 성립되어 있는 블랙스네이크는 부러움 가득한 시선을 보낼 수밖에 없었다.

'술이라…… 좋네.'

너무 좋았다.

정훈은 담배를 물며 눈을 빛냈다.

"야, 애들한테 오늘 날 잡는다고 전파해."

"……오케이!"

정훈은 이마를 닦으며 고기를 굽는 종혁을 일견하며 돌아섰다.

그런 그의 입가에 비릿한 미소가 걸렸다.

한편 뜨거운 불판 앞에 선 종혁은 핏기가 사라진 소고기를 재빨리 뒤집었다.

뚝뚝! 치이이익!

"크으!"

숯불에 닿자마자 폭발하듯 솟구치는 기름의 향기.

종혁의 목구멍으로 굵은 침이 꿀꺽 넘어간다.

"하, 얘는 왜 이렇게 안 오…… 에라이. 아, 몰라!"

누구 때문에 점심까지 굶었는지라 더 이상 참지 못한 종혁은 소고기를 기름장에 푹 찍어 입에 가져갔고, 이내 얼굴이 흐물흐물 녹아내렸다.

"어우. 녹는구나, 녹아!"

이럴 때 소주가 있으면 얼마나 좋을까.

종혁은 지금이 근무 시간이고, 이곳이 학교라는 게 진심으로 안타까웠다.

끌깍!

"응?"

고기 굽는 소리를 뚫고 들어온 소리에 고개를 돌렸던 종혁은 피식 웃었다.

'왔구나.'

솔직히 올지 안 올지 걱정이었던 오늘의 주인공, 이 불판을 공수하게 만든 주인공인 미정이 멍한 눈으로 이쪽을 응시하고 있었다.

그런 그녀의 목구멍은 연신 위아래로 움직였고, 종혁의 웃음은 더욱 커졌다.

"왔냐?"

"아, 안녕하세요!"

"밥은?"

"아, 아직요……."

밥을 못 먹은 게 부끄러운 건지, 아니면 뭐가 부끄러운 건지 목소리가 기어 들어가는 미정.

종혁은 그런 미정을 배려하고자 퉁명스럽게 말했다.

"그래? 그럼 얼른 씻고 나와."

"……네!"

종혁은 황급히 조립식 건물 안으로 들어가는 미정을 보며 미소를 지었다.

와구와구!

"끅!"

입안을 농락하던 고기의 눅진한 기름 맛에 정신을 잃었다가 찾은 미정이 황급히 입을 막으며 종혁의 눈치를 본다.

"죄, 죄송합니다! 자, 잘 먹었습니다!"

"왜? 더 먹지 않고?"

"아, 아뇨! 배불러요!"

"그래?"

잘 먹었다니 다행이라는 듯 고개를 끄덕인 종혁은 젓가락을 놓으며 남은 고기를 봉지에 싸기 시작했다.

"나머진 여기 냉장고에 넣어 둘 테니까 배고프면 와서 먹어. 프라이팬은 사용할 줄 알지?"

"네?!"

화들짝 놀란 미정의 얼굴이 일그러진다.

"……세요?"

"응?"

미정은 의아해하며 바라보는 종혁의 맑은 눈에 결국 목구멍까지 치민 말을 내뱉을 수밖에 없었다.

“정말 왜 이러세요?”

대체 왜 이렇게 잘해 주는 걸까.

왜 이렇게 정을 나눠 주는 걸까.

아빠도 주지 않았던 걸, 도망친 엄마도 주지 않았던 걸 대체 왜…….

종혁은 툭 건드리면 울어 버릴 것 같은 그녀의 모습에 표정을 굳힌 채 입을 열었다.

“미정아.”

흠칫!

“어, 어떻게 제 이름을…….”

“알바 하나 할래?”

“네?”

“CCTV 모니터링 알바.”

위험할 수도 있는 저녁과 새벽이 아니라 아침부터 오후까지.

이곳에 청원경찰로 온 경찰들은 일감이 덜어져서 좋고, 미정은 그렇게 번 돈으로 위험한 길거리가 아니라 작은 원룸이라도 구해 편안하고 안전히 지낼 수 있을 터.

일석이조의 방법이었다.

그런 종혁의 말에 미정은 무너지고 말았다.

“흑!”

가슴에 쌓이고 쌓였던 설움이 결국 터져 나와 버렸다.

* * *

울음을 수습한 미정은 생각해 보겠다는 말을 남기곤 도망치듯 학교를 빠져나갔고, 종혁은 이제 완전히 어두워진 하늘을 보며 담배 연기를 뿜었다.

“푸후! 지랄 맞네.”

종혁 같은 경찰에겐 흔하다면 흔한 이야기.

술 먹고 행패를 부리는 아버지와 그런 아버지를 견디지 못해 도망친 엄마. 그에 더 술을 마시는 아버지의 학대에 집을 뛰쳐나온 소녀.

미정이 어렵사리 꺼낸 이야기는 종혁의 가슴을 답답하게 만들었다.

“상황 봐서 행복의 쉼터로 보내야겠네…….”

무슨 이유인지 행복의 쉼터, 가출청소년 쉼터를 꺼려하긴 했지만, 지금 미정을 온전히 케어할 수 있는 곳은 대한민국에서 그곳뿐이었다.

“후우. 가자, 가.”

일단 미정에게 사람을 붙여 놨기에 안심한 종혁은 문단속 후 오토바이에 올라 시동을 켰다.

기이이잉!

헬기 소리를 내며 얼른 달리자며 재촉하는 야생마.

종혁은 미소를 지으며 스트로크를 당겼다.

그렇게 교문을 벗어나던 순간이었다.

휙!

'뭐야!'

얼굴을 향해 날아오는 뭔가를 반사적으로 피한 종혁은 그 무언가가 날아온 방향을 봤다가 미간을 좁혔다.

부다다당! 부르릉!

오토바이를 탄 채 이쪽을 향해 쌍뻑큐를 날리는 세 놈. 심지어 한 놈은 이쪽을 보며 엉덩이를 두드리고 있다.

"앞으로 뒤통수 조심해라, 짭새야!"

"누가 네 뒤통수 까면 그거 나다! 야, 튀어!"

부아아앙! 부다다다당!

"……하, 이 새끼들 봐라?"

입술을 비튼 종혁은 도망치는 놈들을 보며 스트로크를 잡아당겼다.

기이이이잉!

* * *

바아아앙!

퇴근 시간이지만 차들이 별로 없는 도로.

소위 VF라 말하는 바퀴 폭이 얇은 오토바이가 경박한 소리를 내며 나아가고, 그런 그의 뒤를 몇 대의 스쿠터와 VF가 따른다.

빠라빠라빠라밤!

"짱! 달려!"

"훠우아—!"

오랜만의 질주에 흥분한 학생들.

불어닥치는 바람처럼 속이 뻥 뚫릴 것 같은 자유의 쾌감이, 어긋난 일탈이 그들로 하여금 미소를 짓게 한다.

그건 얼굴이 구겨진 박유성의 뒤에 탄 학생도 마찬가지다.

오늘 종혁에게 오토바이와 면허증을 압수당한 박유성만 기분이 더러울 뿐이다.

'씨발. 씨발…….'

"씨바알-!"

"와아아아아!"

"으아아아악!"

박유성의 속도 모르고 비명 같은 환호를 지르는 아이들.

이를 악문 박유성은 스트로크를 더 강하게 잡아당겼다.

바당! 바다당!

한참을 달리다 한 편의점 앞에 멈춰 선 아이들.

대체 그동안 무슨 스트레스가 있었던 건지 오토바이에서 내리는 아이들의 표정이 밝다.

"난 콜라!"

"솔의 눈!"

"웩! 그딴 건 어떻게 먹냐? 짱? 짱은?"

"……탱크보이."

"오케이!"

하하하 웃으며 편의점으로 들어가는 패거리를 바라보던 박유성은 습관적으로 주머니를 뒤지다가 얼굴을 구겼다.

아까 오토바이를 압수당할 때 담배까지 뺏긴 걸 잊고 있었던 거다.

"하아. 진짜 되는 일이 하나도 없네……."

벌써 몇 번을 털린 걸까.

1학년 짱을 가리는 것도, 오토바이도, 재력도.

이 정도면 정말 악연이라고 할 수 있었다.

확 뒤통수를 까 버리면 속이 시원할 테지만, 그랬다간 이쪽이 죽는다.

'거기다 그 형, 누나들이 한 말도 마음에 걸리고.'

"그 짭새 새끼 건드리면 죽여 버린다고 했지……."

중학생이었음에도 주변 일대에서 꽤 유명했던 중학교 선배들.

지금은 행복의 쉼터라는 곳에서 어른이 되어 갈 준비하는 형, 누나들에게 하소연을 했던 박유성은 종혁의 이름을 듣자 튀어나온 그들의 협박에 기겁할 수밖에 없었다.

지금이야 현역에서 물러났다지만, 워낙 무서웠던 선배들이기에.

"대체 그놈, 아니 그 사람이 누구기에……."

"짱 여기!"

"어."

'씨발!'

허벅지에 탱크보이를 내려쳐 껍질을 깐 박유성은 신경질적으로 뚜껑을 따며 쪽쪽 빨았다.

"이제 어떻게 할 거야? 오토바이 어떡해?"

"몰라, 씨발!"

'하, 내 닌자…….'

아무래도 종혁이 돌려주기 전까지는 포기해야 할 것 같다.

박유성의 얼굴이 울상으로 일그러져 가는 순간이었다.

부아아아앙!

뒤쪽에서 맹렬하게 커져 오는 배기음.

부아앙! 부아앙!

반사적으로 고개를 돌렸던 박유성 패거리는 빠르게 스쳐 지나가는 오토바이들을 보고 눈을 동그랗게 떴다.

"어? 저 오토바이들 블랙스네이크 선배들 오토바이 아니야?"

"그러게? 저 선배들 어딜 저렇게 바쁘게 가지?"

마치 누군가에게 쫓기는 듯 다급한 기색.

의아해하던 그들은 이내 곧 뒤에서 들려오는 소리에 기겁하며 돌아봤다.

기이이이잉!

후아아앙!

거친 바람을 일으키며 그들을 스쳐 지나가는 Y2K와 종혁. 헬멧은 어디로 간 건지 종혁의 얼굴이 바람에 부딪쳐 구겨져 있다.

"……."

순간 말을 잃은 그들의 머리가 빠르게 돌아간다.

블랙스네이크와 경찰, 추격전.

바로 답이 나왔다.

박유성은 눈을 빛냈다.
"야, 쫓아가자."
"오케이! 야, 얼른 타!"
황급히 오토바이에 오른 그들은 스트로크를 강하게 잡아당겼다.

한편 세정고 근처의 어느 폐교.
재개발 때문에 주위에 사는 사람조차 없는 을씨년스러운 그곳에 60여 명의 학생이 모여 있다.
부아앙! 부다다당!
"끼야호!"
"오빠 달려-!"
잡초가 무성한 운동장을 누비는 남녀 학생들.
그 가운데에 서서 누군가와 통화를 하던 블랙스네이크의 리더 정훈이 입술을 비튼다.
"어, 알았어. 끊어."
전화를 끊은 정훈은 돌연 웃음을 터트렸다.
걸려들었다.
그것도 너무 쉽게 따라온단다.
그런 것치곤 시간이 좀 걸리긴 하지만, 혹여 종혁이 따라오지 않으면 미행해 뒤통수를 까 버리는 등 2차, 3차로 함정을 파 뒀던 정훈으로서는 좀 아쉬웠다.
그런 그에게 씨름선수처럼 덩치가 큰 학생이 다가온다.

“시간이 좀 걸리는 거 아냐? 뭐래?”

“오고 있다네?”

정훈의 말에 작게 안심한 덩치가 큰 학생이 이죽거린다.

“진짜 복잡하게도 한다.”

“방심했다가 몬스터 꼴 나고 싶어?”

느닷없이 나타나 몬스터를 해체해 버린 종혁.

여기까지만 보면 단순히 늙은 경찰의 복수라고 생각할 수 있었을 거다.

하지만 종혁은 세정고에 온 첫날 1학년 1짱을 가리는 싸움에서 깽판을 친 것도 모자라, 맞짱을 붙은 1학년들을 체포했다.

이건 세정고를 박살 내러 온 게 분명했다.

그러면 몬스터를 해체시킨 종혁이 다음에 누굴 노리겠는가.

바로 자신들이었다.

그건 그들의 큰 오산이었지만, 종혁은 그럴 마음도 없지만 그걸 알 리 없는 정훈은 덩치 큰 학생을 보며 코웃음을 쳤다.

“너도 같은 생각이니까 손을 잡은 거 아니었어?”

……씨익!

덩치 큰 학생, 아니 이글스의 리더의 입가가 비틀린다.

맞다.

종혁이 블랙스네이크를 해체시키면 자연스럽게 이글스가 세정고 최고의 서클이 되는 거지만, 만약 반대의 경우가 된다면?
억울해서 살 수 없을 거다.
그래서 정훈이 내민 손을 잡은 거다.
"그 짭새 새끼 입원시키면 날 잡는 거 잊지 마라."
"걱정 마, 새끼야."
빠직!
"새끼?"
"뭐?"
순식간에 험악해지는 둘의 표정.
그걸 본 두 서클의 멤버들도 행동을 멈추며 서로를 노려봤다. 분위기가 살기등등해지기 시작했다.
그걸 본 이글스의 리더는 혀를 찼다.
"하! 존나 많이 컸다, 우리 훈이?"
"좆까, 씨발아."
"후우."
'참자, 참아. 아직은 아니야.'
아직은 아니다.
'븅신 새끼.'
정훈은 콧바람을 씩씩 내뿜는 이글스의 리더를 보며 코웃음을 쳤고, 이글스의 리더는 이를 악물며 겨우 화를 내리눌렀다.
"그래서?"
"또 뭐?"
"이거 뒤탈 안 날 거라는 보장은 있어?"

무려 경찰을 조지는 일이다. 잘못하다간 큰일 나는 수가 있었다.

"진짜 병신이냐? 씨발, 경찰이 십대한테 처맞았는데, 나 애새끼들한테 처 맞았어요 하고 다른 경찰들을 데려오겠냐? 그리고 몬스터가 늙탱이 짭새 새끼 깐 이후에 어떻게 됐어?"

경찰들이 처들어오기는커녕 기사 한 줄조차 나지 않았다. 그저 늙은 경찰을 대신해 종혁과 다른 경찰들이 왔을 뿐이다.

그중 종혁만 바쁘게 움직이고 다른 경찰들은 자신들에게 아무런 신경도 안 썼다.

이런 상황에서 종혁이 맞는다고 해서 경찰들이 우르르 쫓아올까? 아니다. 그게 정훈이 내린 결론이었다.

그런 정훈의 말에 이글스 리더의 얼굴이 붉게 달아올랐다.

"……그래서 그 짭새는 언제 온다는데?"

"의심하지 못하게 적당히 돌고 오라고 했으니까 곧 도착……."

부아아아앙!

"왔네."

마스크로 입을 가린 정훈은 들고 있던 쇠파이프를 어깨에 얹으며 폐교 입구를 응시했고, 다른 이들도 얼굴을 가렸다.

그리고 이내 곧 세 대의 오토바이와 함께 종혁이 들어오기 시작했다.

"뭐야, 왜 이렇게 늦었어!"

"짱-!"

"아, 저 새끼가 막 추월을 하잖아!"

종혁은 눈앞에 펼쳐진 광경에 브레이크를 잡으며 어이없다는 듯 웃었다.

처음 시비를 걸고 튈 때부터 이상하다 싶더니, 종혁 자신이 슬그머니 속도를 늦추면 시비를 걸었던 세 명들도 속도를 늦추며 계속 이 동네를 빙빙 돈다 싶더니 결국 이렇게 됐다.

그와 동시에 닫히는 폐교의 정문.

쿠르르르르! 텅!

등 뒤에서 울리는 서늘하고 거친 소리에 웃음이 더 짙어진 종혁은 오토바이에서 내리며 학생들을 주욱 둘러봤다.

"한 놈, 두시기, 석삼, 너구리……. 이야, 너흰 어떻게 예상을 한 치도 벗어나질 않냐."

이런 걸 두고 편견이라고 해야 할까.

아니면 이놈들이 멍청하다고 해야 할까.

부우웅!

종혁은 학교 밖에서 들려오는 오토바이 소리를 무시한 채 목을 꺾으며 담배를 물었다.

찰칵! 치이익!

"이 많은 수가 나 하나 까려고 모인 거야? 참 니들도 니들이다. 칭찬한다, 칭찬해."

짝짝짝!

정훈은 여유만만인 종혁의 모습에 얼굴을 구겼다.

"씨발, 지금 상황 파악 안 돼?!"

"안 되긴, 새끼들아. 피라미 몇 마리 모였다고 상어가 겁먹는 거 봤냐?"

이렇게 모여 봤자 어차피 애들이다.

사람을 죽이는 기술을 배운 특수부대원도 아니고, 합숙을 하며 칼질을 배우는 조폭도 아닌 그냥 애들.

동네에서 침이나 찍찍 뱉고 다니는 애새끼들.

지금도 봐라. 고작해야 쇠파이프나 야구방망이다.

"이 개새끼가……!"

"야! 정말 죽고 싶어?!"

발끈하는 학생들을 무시한 종혁은 정훈을 봤다.

그에 정훈은 이를 악물었다.

이렇게 많은 숫자가 있는데 대체 무슨 깡인 걸까.

정말 거슬렸다.

종혁은 부글부글 끓는 정훈의 모습에 짝다리를 짚었다.

"형이 오늘 야근을 해야 하거든? 후딱 끝내고 가게 들어와라."

'이 개……!'

"……죽여!"

"우와아아아아아!"

부아아아앙!

종혁은 앞바퀴를 세우며 달려드는 오토바이를 향해 몸을 날렸다.

* * *

닫힌 폐교 정문에 매달린 박유성은 오토바이에 탄 선배를 향해 주먹을 휘두르는 종혁을 보며 몸을 들썩였다.

뻐어억! 쿠당탕탕탕!

“우와아아아!”

“죽여!”

콰앙!

“크허억!”

‘미친…….’

양 떼에 난입한 사자가 이럴까.

주먹 한 방에 한 명씩. 어쩌다 두 방.

그 대단한, 그 무서운 블랙스네이크와 이글스 선배들임에도 종혁의 주먹을 두 방 이상 버티는 사람이 없다.

맹수다.

종혁은 최강의 맹수였다.

“짱이다…….”

흠칫!

패거리 중 한 명의 중얼거림에 놀랐던 박유성은 이내 고개를 끄덕였다.

맞다. 정말 짱이다.

어떻게 저렇게 강할 수 있을까.

어떻게 저렇게 깡이 좋을 수 있을까.

하지만 그토록 보고 싶었던 모습이다.

커서 되고 싶은 이상향의 어른.

그 누구에게도 꿇리지 않는 압도적인 포식자.

'대체 어떻게 하면 저 사람처럼…….'

"짱, 어떡할까?"

"뭐, 뭘?"

"아니, 블랙스네이크랑 이글스에 합류할 거냐고. 지금 선배들 겁나게 터지고 있잖아."

이 짧은 사이에 바닥에 누워 신음만 흘리는 선배가 10명이다.

"지금 합류하면 정훈 선배랑 유종 선배가 짱을 좋게 보지 않을까?"

세정고 1학년 짱을 왜 가리려 했던가.

단순히 1학년 짱의 자리를 가리려는 것도 있지만, 세정고 3대 서클을 입맛대로 골라 가기 위해서다.

정확히는 간부가 되기 위해서.

1학년은 선배들 시다바리나 하는 게 전부인데, 1학년 짱은 간부가 될 수 있다.

그래서 입학하고부터 1학년들이 박 터지게 싸웠던 거다.

그걸 떠올린 박유성은 낯빛을 굳혔다.

"……야."

"응?"

"양아치냐?"

"……어?"

"블랙스네이크, 이글스 전부가 모여서 한 명을 조지려는 것도 쪽팔린데, 우리까지 합류하자고? 씨발?"

"그, 그게……."

뻐어억!

"됐어! 맞았어!"

다급히 운동장을 봤던 박유성은 이를 악물었다.

다행히 가드를 올렸지만, 옆구리를 얻어맞은 종혁이 주춤거리고 있었다. 그에 순간 박유성의 뒷목이 뻣뻣해졌다.

'저 비겁한……!'

까득!

"됐고. 합류한다면 저 짭새, 아니 경찰에게 합류한다. 씨발, 블랙스네이크건 이글스건 좆까라 그래."

엿 같으면 학교 관두고 검정고시 치르면 된다.

불과 몇 분 전까지만 해도 어떻게든 들어가고 싶었던 서클들이지만, 지금은 아니다.

아니, 너무 시시하고 초라해 보였다.

"오, 씨발. 졸라 멋있어."

"그래. 이래야 우리 짱이지! 흐흐. 씨발, 오늘 피 좀 쏟겠네!"

박유성은 눈이 불타오르는 패거리의 모습에 어떤 전율을 느꼈다.

"그래, 가자……."

그 순간이었다.

턱!

어깨에 올려지는 두툼한 팔뚝.

"오, 학생. 좀 멋있는데?"

"이야. 저래서 최 팀장, 최 팀장 하는구만?"

"그렇지. 옳지. 레프트, 라이트!"

흠칫!

"누, 누구……."

박유성은 경악했다.

기척도 없이 어느새 그들을 감싼 백여 명의 아저씨들, 아니 경찰들.

TV에서 가끔씩 보는 전투경찰들도 있었다.

박유성은 아연실색했다.

콰직!

"아! 아아악!"

"새끼가 엄살은……."

팔꿈치가 꺾이지 말아야 할 방향으로 꺾여 퍼덕거리는 놈을 던져 버린 종혁은 포위를 했음에도 주춤거리며 다가올 생각을 못하는 40여 명의 학생을 보며 숨을 강하게 내뿜었다.

"후아! 어우, 이제야 몸 좀 푸는 것 같네."

뿌드득! 뿌드득!

"씨발……."

"미, 미친…… 야, 야! 가 봐!"

"네, 네가 가!"
종혁은 겁에 질린 학생들을 무시하며 정훈을 봤다.
포위망 뒤에 서서 낯빛이 딱딱하게 굳히고 있는 정훈.
정훈은 미치고 팔딱 뛸 것 같았다.
'저, 저건 무슨 괴물이야! 터미네이터냐!'
쇠파이프에 머리를 맞아도, 야구방망이에 갈비뼈를 맞아도 아파하는 기색이 없다.
마치 옛날 영화의 사이보그처럼 느껴진다.
'설마 진짜로 저 짭새 놈이 혼자 몬스터를 해체시킨 거 아니야?'
누구의 도움 없이 혼자서 몬스터를 해체시킨 것 같다는 생각이 맹렬하게 들기 시작한 정훈.
"야."
흠칫!
종혁은 깜짝 놀라 쳐다보는 정훈의 모습에 어이없다는 듯 웃었다.
"얻어터진 놈은 난데, 왜 네 낯짝이 죽상이냐?
"미, 미친! 누가!"
"얼씨구? 왜? 이제야 좀 잘못 건드린 것 같아?"
"……뭐해, 씨발! 죽여!"
주춤주춤.
"죽이라고-!"
종혁은 다그침에도 쉬이 다가오지 못하는 학생들을 힐끔 보고 입술을 비틀었다.

“야. 근데 내가 진짜 궁금한 게 하나 있어서 그런데, 이것도 유인이라고 한 거냐? 정말?”

“……뭐?”

“내가, 경찰인 내가 정말로 너희 애새끼들의 이런 허접한 유인에 걸려들었다고 생각해?”

“무슨…….”

섬뜩!

순간 정훈의 머릿속에 종혁이 추월을 했다던 패거리의 말이, 종혁이 생각보다 늦게 도착했던 게 떠올랐다.

“자, 잠…….”

씩 웃은 종혁은 핸드폰을 들었다.

“어디쯤이세요? 아, 벌써 도착하셨다고요? 아, 보이네. 뭐하세요. 저 죽습니다. 얼른 들어오세요.”

움찔!

종혁의 그 말에 다급히 고개를 돌린 정훈과 학생들은 경악했다.

철컹, 철컹!

닫힌 교문을 넘는 아저씨들, 아니 경찰들.

카가가가가가가가!

“어이구. 많기도 하다.”

“햐, 요새 애새끼들은 모여서 다구리 칠 생각이나 하고 말이야. 왜 이렇게 허약해진 거야? 90년대는 안 이랬는데…….”

“여, 최 팀장. 오랜만!”

쇠파이프나 야구방망이, 각목 등을 바닥에 끌며 다가오는 경찰들을 일견한 종혁은 파랗게 질려 주춤주춤 물러나는 정훈을 보며 이를 드러냈다.

“너희도 많이 쉬었지? 이제 2차전 시작이다, 씹새들아!”

종혁은 가장 가까이 있는 놈을 향해 몸을 날렸다.

빠어억!

“튀, 튀어-!”

* * *

삐용! 삐용!

구급차와 사람들이 찾아드는 응급실.

지이잉!

문이 열리며 경찰 정복을 입은 정용진 과장이 굳은 얼굴로 들어온다.

그러다 응급실 한구석 몸에 붕대를 감고 있는 종혁을 발견하곤 발걸음을 옮긴다.

뚜벅! 뚜벅!

“아아. 아, 거 좀 살살 감읍…… 어? 어이구, 오셨습니까? 아, 거참 쪽팔리게.”

십대에게 얻어맞은 게 뭐 자랑이라고 이렇게 찾아온 걸까.

붕대나 파스를 붙인 종혁의 상처 부위를 무심한 눈으로 응시하는 정용진.

"괜찮습니까?"

"아, 예. 어디 부러진 곳은 없고 단순한 타박상입니다. 저보다는 뭐……."

빠악!

"악! 왜, 왜 때리세요!"

"그냥 좆같아서. 이놈들이 문제죠."

깁스를 한 놈의 팔을 후려친 종혁은 씩 웃었고, 정용진은 깁스나 붕대를 한 주위 학생들을 가만히 응시했다.

그 무정한 시선에 몸을 움츠리며 시선을 피하는 아이들.

정용진은 다시 종혁을 봤다. 그제야 그의 입가에 평소처럼 푸근한 미소가 맴돈다.

"많이 다치지 않았다니 다행이군요. 일주일 정도 푹 쉬고 출근하세요."

"옙! 충성!"

고개를 끄덕인 정용진은 몸을 돌렸다.

그 순간이었다.

"과장님."

멈칫!

종혁은 멈추는 정용진을 보며 씩 웃었다.

"판 깔았습니다."

"……쉬세요."

뚜벅뚜벅!

종혁은 멀어지는 정용진을 응시하다가 근처에 있던 의사를 불렀다.

"들었죠? 일단 오늘만 좀 신세 집시다, 선생님."

"아니, 환자분은 굳이 입원을 하지 않으셔도……."

"VIP로!"

"……바로 연락하겠습니다!"

종혁은 다급히 핸드폰을 꺼내 드는 의사의 모습에 낄낄 웃으며 몸을 뉘였다.

'어이구, 좋다.'

한편 응급실 밖으로 나온 정용진은 잠시 완연한 봄의 시원한 바람을 맞다가 피식 웃었다.

판을 깔았다는 종혁의 말.

"대체 어디까지 내다보고 있는 건지……."

유능한 부하는 좋다지만, 이렇게까지 유능하면 섬뜩하기만 하다.

물론 그래서 더 좋지만 말이다.

정용진은 핸드폰을 꺼내 어딘가로 전화를 걸었다.

"늦은 시간에 연락드려서 죄송합니다, 청장님. 간편신고관리과의 정용진 과장입니다."

-판이 깔렸나 보군.

"예. 이번에도 최 팀장이 예쁘게 깔았습니다."

-……경찰에 인재가 이렇게 없나 싶군.

어떻게 걸려도 또 종혁이 걸린 걸까.

얼마 전 청원 경찰 폭행사건으로 명확하게 인식하게 된 십대들의 폭력성.

민중의 지팡이로서 결코 좌시할 수 없고, 또 이번에 세운 학교폭력센터의 활성화를 위한 것도 있기에 고위 간부들끼리 은밀한 협의하에 유능한 경찰들을 위험성이 다분한 학교들에 급파했다.

하지만 반반이었다.

솔직히 몰아칠 증거나 명분이 생기면 좋고, 생기지 않으면 어쩔 수 없던 이번 일.

혹여 이 악물고 달려들었다가 학생 인권을 탄압하는 경찰, 교육부의 영역을 월권하는 경찰, 독재 경찰 등의 기사 제목이 써지면 안 되기에 파견하는 경찰들에게도 사정을 설명하지 않았다.

그런데 그렇게 파견된 경찰들 가운데 종혁이 가장 먼저 성과를 올렸다.

-쯧. 알았어. 시작해. 최 팀장에겐 내가 따로 전화해 놓지.

"예. 그럼 현 시각부로 학교폭력과의 전쟁 특별수사본부 설치하겠습니다. 충성."

쿵!

그랬다. 이 일은 특별수사본부를 설치할 만큼 중요하게 다룰 일이었다.

그렇게 통화를 종료한 정용진은 담배를 물었다.

찰칵! 치이익!

"후우우."

힐끔 응급실을 응시한 정용진은 피식 웃으며 발을 떼었다.

* * *

청원경찰 집단 폭행? 도를 넘은 십대들!

경찰! 학교폭력과의 전쟁 선포? 아니, 십대 범죄와의 전쟁 선포!

학교폭력신고센터, 학폭 신고 받는다!

날이 갈수록 심각해지는 청소년 범죄!

현몽준 당대표, 소년법 개정안 발의!

박명후 대통령 후보, 선거 공약 수정!

현몽준 당대표와 박명후 후보의 밀회 포착?!

여야의 만남! 둘은 무슨 이야기를 나눴나!

2007년 대선 시즌, 종혁이 쏘아 올린 작은 공이 대한민국을 뒤흔들기 시작했다.

"휘유. 난리가 아니구만?"

바깥뿐만 아니라 세정고도 마찬가지다.

훈방 조치 등으로 풀려난 학생들의 사건까지 전면 재조사에 들어가며 세정고 학생들 가운데 반수 이상이 경찰서로 끌려가게 되었다.

범죄 사실이 없어 끌려가지 않은 학생들도 자숙을 하니 세정고 선생들은 평생 오늘만 같으라며 행복한 비명을 질렀다.

"그나저나 이 양반은 언제 이런 걸 준비했대?"

현몽준이 발의한 소년법 개정안.

꽤 제대로였다.

촉법소년 보호 연령대를 낮추는 것부터 시작해, 가난한 가정사에 어쩔 수 없이 범죄를 저지른 아이들을 구제하기 위한 대책, 미성년자가 담배나 술을 구입하면 판매한 업주뿐만 아니라 구입한 미성년자까지 처벌하는 내용 등 거의 소년법을 뜯어고치는 수준의 개정안이었다.

'촉법소년 연령대 낮추는 건 2022년에나 가시화됐던 건데…….'

"진짜 징글맞게 쌓아 둔다, 쌓아 둬."

사건이 터지자마자 개정안을 내놓는 게 무슨 의미겠는가.

정치권에선 이미 예전에 이 일을 논의했지만, 어떤 이유에서건 지금까지 묵살되었다는 소리다.

"뭐 그래도 나로선 땡큐지."

개정안이 발의된 게 어딘가.

아니, 멀지 않은 미래 제17대 대통령이 되는 박명후와 은밀한 회담을 나눴으니, 뭘 주고받았을지는 모르지만 서로 웃으며 헤어지는 장면이 사진에 찍혔으니 이 소년법 개정안은 통과될 확률이 높다.

미래보다 십수 년은 앞선 법 개정.

이로써 억울한 피해자들은 더욱 줄어들게 될 거다.

"허흠."

"음? 아, 교장 선생님."

비치 체어에 누워 낄낄거리던 종혁은 다가온 교장의 모습에 다급히 몸을 일으켰다.

"몸은 좀 괜찮으십니까? 저번 주에 꽤 다치셨다는 소리를 들었는데 말입니다."

병원에 입원하느라 토요일에도 빠졌던 종혁.

"걱정해 주신 덕분에 다 나았습니다."

"커흠. 그렇다니 다행이군요. 그럼……."

돌아선 교장은 잠시 몸을 멈췄다.

"……합니다."

"예?"

"어흐흠!"

교장은 발을 빠르게 움직였고, 종혁은 그런 그를 멍하니 바라보다가 피식 웃었다.

'자신이 잘못 생각했다라……'

하지만 여전히 자신의 생각이 옳다고도 말한 교장 선생님.

"그래, 저런 선생님도 계셔야지."

학생은 선생이 계도할 수 있다고 굳게 믿는 선생이 말이다.

종혁은 나른하게 웃으며 드러눕다 돌연 얼굴을 구겼다.

"아니, 생각할수록 열 받네? 왜 나는 특수본에 참가하지 못하는 건데?"

간편신고관리과 정용진 과장이 본부장인데, 산하 수사팀 1팀장이자 이번 일에 결정적인 단초를 제공한 종혁 본인은 합류 명단에서 제외됐다.

고생했으니 쉬라는 의미였지만, 그 안에 정치적인 의미가 깔려 있다는 걸 모를 리 없는 종혁이었다.

너무 잘나가는 종혁을 보호하기 위해 잠시 현장에서 떼어 놓은 경찰 상부, 아니 이택문 경찰청장과 정용진 과장.

종혁의 경쟁자, 다른 경정들의 경계심을 늦추기 위한 의도일 테지만…….

"내가 뭔 애새끼도 아니고…… 에라이, 씨부럴."

어찌 됐든 자신을 위한 일에다 인사고과도 두둑하게 받았기에 종혁은 아쉽지만 여기서 참고 넘기기로 했다.

"그러니 올 거면 얼른 와라. 사내새끼들이 좀스럽게 숨어 있지 말고."

움찔!

조립식 건물 코너에 숨어 있던 박유성과 패거리들이 슬그머니 모습을 드러낸다.

"하, 하. 안녕하세요."

종혁은 낯빛이 붉어진 박유성을 심드렁히 응시했다.

"고맙다."

"……예?"

"고맙다고."

그런 상황에서 약자의 편을 든다는 게 어디 쉬운 일일까.

사정이 어찌 됐든 그런 마음을 가지는 것만으로도, 불의를 참지 못하게 된 것만으로도 경찰로서 고마웠다.

특히나 주먹을 휘두르며 세상을 제 것처럼 여기며 살아

왔던 아이들이기에 더욱더.

이런 부류의 아이들이 정신을 차리는 건 보통 사십대가 되어서다.

더 이상 힘으로 세상을 어찌할 수 없다는 걸 받아들이는 나이.

완력이 떨어지는 나이. 먹고살 돈조차 없어지는 나이.

그래서 이들의 변화가 너무 놀라웠다.

'아니면, 어쩌면 원래 이런 아이들이었을 수도 있지. ……나도 참 편견이 많아.'

1짱을 가린다며 쌈박질이나 하는 놈들이라고 무시했던 거다.

종혁은 반성을 할 수밖에 없었다.

"저……."

"왜? 나처럼 되려면 어떡해야 되냐고?"

"어, 으! 네!"

"초등학교 점수는?"

"네?"

"너희가 초등학교 때 시험 평균 점수가 얼마였냐고. 그렇게 쌈박질하기 전에."

"……자, 잠시만요! 엄마! 나 초등학교 때 시험 평균 점수가 얼마였어?"

"엄마, 난데!"

종혁은 곧바로 엄마부터 찾는 아이들의 모습에 웃음을 터트리고 말았다.

"90점? 응! 알았어! 90점이래요!"

"전 91점이요! 100점 맞은 것도 있대요!"

"뭐? 91점? 그럼 난 92점!"

"구라 치지 마! 네가 92점 맞았다고?"

"뭐!"

종혁은 다투기 시작한 그들을 보며 고개를 끄덕였다.

"기본적으로 대가리들은 있네."

수많은 운동선수들 가운데 메달을 따는 선수가 따로 있듯이 공부 역시 재능이다. 제아무리 노력을 한다고 해도 넘지 못할 선이 있다.

"어? 그럼?"

"공부하고 운동해."

"……네?"

"아, 이 말을 빼먹었네."

비치 체어에서 몸을 일으킨 종혁은 눈빛을 차갑게 굳히며 박유성들을 응시했다.

"정말 뒤질 만큼 이대로 계속하다간 정말 뒤질 만큼 하루에 코피 한 번 이상 쏟지 않으면 안 될 만큼 공부하고 운동해. 그럼 나처럼 될 수 있다. 난 그렇게 했어. 3년 동안."

어디 운동과 공부를 겸하는 게 쉬울까.

경찰대에 가기 위해 정말 죽어라 노력했다.

"그, 그렇게나요?"

"그럼? 세상에 공짜로 얻는 것도 있어?"

박유성들이 뭘 원하는지는 모른다.

경찰일 수도 있고, 단순히 멋지고 잘나 보이는 모습을 원하는 것일 수도 있다.

하지만 그 무엇이든 노력을 하지 않으면 말짱 꽝이다.

"그렇게 못하겠다면 그냥 여태까지 너희가 그래 왔던 것처럼 다신 오지 않을 십대를 즐기다가 아무 대학이나 가고 밑바닥 인생 살아."

아무 때나 주먹 휘두르고 술 마시는 삶.

누구도 좋아해 주지 않는 밑바닥 인생.

"너희가 좋아하는 폭주라도 뛰면서."

박유성의 패거리들은 송곳보다 더 아프게 가슴을 후벼 파는 종혁의 말에 입술을 깨물었다.

방금 한 말과 완전히 다르지 않은가.

이런 말을 할 거라면 왜 고맙다고 한 것일까.

"……그렇게 하면 돼요?"

"음?"

종혁은 눈빛이 굳어 가는 박유성을 봤다.

아직 말랑말랑 흐물거리지만 단단해지려는 의지가 느껴졌다.

"그렇게 하면 정말 형사님처럼 멋지게 될 수 있어요?"

종혁의 입가에 미소가 번졌다.

"어. 충분히."

"……네, 알았어요. 기대해요. 꼭 그렇게 될 테니까."

박유성은 주먹을 꽉 쥐며 돌아섰고, 종혁은 그런 그들을 보며 입을 열었다.

"곧 중간고사지? 중학교 때보다 20점만 올려 봐. 그럼 이 형이 선물 준다!"

"……!"

이까지 악문 박유성들은 힘차게 걸음을 옮겼고, 종혁은 꿈을 꾸기 위해 노력을 시작하려는 그 작은 등들을 바라보며 미소를 지었다.

20점. 말은 쉽다.

하지만 여태까지 어떤 시험을 치르든 찍었을 게 분명한 저들이라면 아마 머리가 터져 버릴 만큼 힘들 거다.

제로에서 시작해야 될 테니 말이다.

"어디 한번 해 봐."

그게 얼마나 되든 저 수준에서의 노력은 결코 배신을 하지 않는 법이었으니 말이다. 목표치에 도달하지 못한다고 해도 얻는 건 있을 것이다.

"어우. 이젠 정말 쉬어 볼…… 응?"

등을 뒤로 젖히던 종혁은 이쪽을 향해 다가오는 미정을 발견하곤 다시 미소를 지었다.

"생각은 좀 해 봤어?"

오늘도 다정함이 가득 담겨 있는 말.

울컥한 미정이 입술을 깨문다.

"……할래요. 하게 해 주세요."

지난주 종혁에게 따뜻한 제의를 받은 이후 모든 게 힘들어졌다.

거리에서 자는 것도, 굶주리는 것도, 쓰레기통을 뒤져

끼니를 때우는 것도, 심지어 씻지 못해 가려운 것도 이젠 더 이상 견딜 수가 없었다.

"부탁드리겠습니다."

뭐든지 할 테니 제발…….

미정은 간절함을 담아 허리를 깊이 숙였다.

"……그래. 그러자."

"지, 진짜요?!"

"뭘 그렇게 놀래? 내가 먼저 권했는데."

"아저씨……."

"아저씨 아니고 오빠…… 아니다, 됐다."

액면가로는 열 살밖에 차이가 나지 않지만, 속에 든 내용물은 거의 환갑이 다 되어 가는 아저씨였기에 종혁은 양심의 가책을 느낄 수밖에 없었다.

"읏챠, 그럼 가 보실까?"

"네? 어딜요?"

"어디긴 어디야. 네가 살 곳 계약하러 가야지. 나 막 노동자에게 숙소도 주지 않는 그런 악덕업주 아니다."

"네에?! 아, 아뇨! 저는 여기서 살아도 충분……."

"밤에는? 새벽에는 어쩌려고?"

경찰인 종혁조차도 늦은 밤, 이런 곳에 혼자 있으라면 꺼려진다.

"그, 그냥 문 잠그면……."

따악!

"악!"

"시끄러워, 짜사. 여자애가 뭔 조심성이 그렇게 없어? 너 그렇게 조심성 없이 살다간 진짜 큰코다친다."

"……흑!"

꿀밤이 아팠던 것일까.

또다시 울려고 하는 미정의 모습에 씁쓸히 웃던 종혁은 아차하며 품에서 사진 한 장을 꺼냈다.

CCTV에서 뽑아낸 거라 그리 좋지 못한 화질의 사진.

"야, 미정아. 너 이 사람 아냐?"

"……아뇨?"

"그래?"

'그럼 이건 누구야?'

새벽녘 조심스럽게 교문을 넘던 미정과 청소를 마치고 다시 교문을 넘던 미정을 끝까지 지켜본 인물.

종혁은 사진을 보며 미간을 좁혔다.

'넌 또 뭔데?'

갑자기 고약한 냄새가 코끝을 스치기 시작했다.

* * *

미정은 다시 한번 눈물을 흘렸다.

그리 크지 않은 쓰리룸.

냉장고와 가스렌지가 전부인 휑한 공간임에도 왠지 모르는 포근한 온기가 온몸을 감싸는 듯했다.

내 집. 내 공간. 내 쉼터.

"마음에 들어?"
"감사합니다……. 정말 감사합니다……."
"그래? 그럼 가자."
"네? 또 어딜?"
"따라와. 아, 계약할게요."
"아이고, 탁월한 선택이십니다!"
종혁은 미정의 손목을 붙잡고 밖으로 나갔다.
갑자기 잡힌 손목에 화들짝 놀랐던 미정은 손목을 감싸는 거친 따뜻함에 가슴을 술렁이는 걸 느꼈다.

"우와아?"
대형 마트 안.
부엌용품 코너 앞에 선 미정의 눈이 뱅글뱅글 돌아간다.
무슨 냄비가 이렇게 많은 걸까.
무슨 프라이팬 종류가 이렇게나 많은 걸까.
대체 여기서 뭘 사야 하는 걸까.
냄비라고는 집에서 썼던 노란 양은냄비와 칠이 모두 벗겨진 프라이팬이 전부였던 미정은 정신을 차릴 수가 없다.
"일단 큰 거 사."
뭐든 큰 게 최고다. 작아서 문제가 되는 건 있어도 커서 문제가 되는 경우는 거의 없다.
"아니다. 그냥 다 골라!"

돈이 많은데 무슨 걱정인가.

일단 하나씩 다 샀다가 안 쓰면 버리면 되는 거다.

"네?!"

"응? 왜?"

"아, 아니 저……."

종혁은 고개를 모로 기울였고, 입술을 달싹거리던 미정은 눈을 질끈 감았다.

"괘, 괜찮아요!"

냄비야 사이즈별로 있으면 좋겠지만, 프라이팬 같은 건 복잡한 걸 해 먹을 게 아니고서야 보통 사이즈 하나만 충분했다.

"그, 그리고 그렇게 돈을 막 쓰시면 안 돼요!"

그 야무진 말에 종혁은 살짝 당황했다.

"어…… 그래? 자, 잘 아네?"

"네. 아빠 식사를 차려 드린 적이 많아서……."

그렇게 차려 드려도 김치에 소주만 먹다가 상을 엎은 적이 한두 번이 아니지만 말이다.

하지만 종혁에겐 할 수 없는, 아니 하기 싫은 말.

종혁은 뭔가 사연이 있는 듯한 그녀의 모습에 모른 척하며 냄비 하나를 집어 들었다.

"이 정도면 되는 거야?"

"아, 아뇨. 그 옆에 거요. 아니요. 그 옆이요. 아이 참."

미정은 계속 이상한 걸 집으려는 종혁의 모습에 결국 앞으로 나섰고, 종혁은 그런 그녀의 모습에 옅게 웃으며 뒤로 물러섰다.

'이런 면도 있었네.'

심성이 착한 줄은 알고 있지만 이렇게 야무질 줄은 생각 못했다.

"이 소시지도 이게 더 싸면서 돼지고기 함량이 높아요. 또 어묵은 부산어묵이……."

재잘재잘.

한 번 입이 트이자 미정의 입에선 종혁이 모르는 정보들이 쏟아져 나왔고, 종혁은 입안이 텁텁해졌다.

이렇게 어린 소녀가 어째서 이런 정보들을 아는 걸까.

'하. 지랄 맞네, 진짜.'

그래도 생활력이 강한 모습을 보니 절로 안심이 되었다.

마치 이것저것 설명하는 모습이 아무것도 모르는 철없는 아들을 가르치는 듯해서 좀 찝찝했지만 말이다.

"야, 됐고. 그냥 사. 뭘 이것저것 재고 있어?"

"안 된다니까요! 아, 진짜!"

그 순간이었다.

"어?"

"잉?"

종혁은 눈을 껌뻑였다. 그건 종혁과 눈이 마주친 3명의 남녀도 마찬가지였다.

저번에 미정과 함께 피자를 먹었던 네 명의 아이 중 세 명.

"……우와! 형사님 여긴 웬일이세요?!"

아이들의 눈이 단숨에 초롱초롱해진다.

몬스터뿐만 아니라 블랙스네이크와 이글스까지 해체시킨 최강의 사나이. 존경심이 화산처럼 폭발한다.

"숙자다. 숙자도 안녕?"

"아, 안녕?"

아이들은 미정과 함께 있는 종혁을 보며 왜 함께 있는지 의아해한다.

"뭐야. 너희는 여긴 왜 있어? 답지 않게 뭐 해 먹으려고 왔냐? 아니면 심부름?"

답지 않다는 말에 아이들의 표정이 굳는다.

"형사님."

"왜?"

마치 상처를 입은 듯 진지한 그 말투에 종혁은 미간을 좁혔다.

"돈이 없으면 해서 먹어야 해요."

"……뭐?"

지금 제대로 들은 게 맞은 걸까.

"어, 어…… 그러냐? 그, 그래. 그런 생각도 하니까 기특하네."

"뭐, 오늘은 엄마한테 끌려온 거지만요! 아, 엄마다. 아줌마-!"

엄마란 단어에 반사적으로 옷매무새를 가다듬으며 고개를 돌렸던 종혁은 얼굴을 구겼다.

이들 패거리 중 나머지 한 명이 쌀이나 물 따위가 든 카트를 끌고 오고 있었기 때문이다.

도르르륵!

“응? 경찰 아저씨?”

“네가 애들 엄마냐?”

이번엔 미정과 함께 씻었던 여자아이의 얼굴이 구겨졌다.

“하아…….”

한숨을 내쉰 여자아이는 마냥 좋아라 웃고 있는 남자들을 가리켰다.

“가만 놔두면 컵라면만 먹고, 청소는 내팽개치는 자취하는 놈이 섞인 초딩 셋.”

참고로 진짜 자취가 아니라 집의 옥탑방을 방으로 쓰고 있는데, 이들과 함께 아지트로 이용하고 있는 것이었다.

그런 다음 여자아이는 자신을 가리켰다.

“그리고 그런 놈들과 소꿉친구라 외면할 수 없는 깔끔하고 생활력 강한 여자 하나. 여기서 도출되는 결론은 뭐라고 생각하세요?”

“……오케이. 성실하네.”

싱긋 웃은 여자아이는 미정을 봤다.

그에 어깨를 살짝 움츠리는 미정.

종혁은 그 묘한 기류에 얼른 입을 열었다.

“내가 이번에 미정이에게 알바를 하나 제안했거든.”

종혁은 사정을 간략하게 설명했고, 여자아이의 눈이 흔

들렸다.

'대체 왜 얘만…….'

이렇게 운이 좋은 걸까.

자신도 모르게 질투를 담아 쳐다봤던 여자아이는 기겁하며 시선을 피하는 미정의 모습에 입술을 달싹이다 한숨을 내쉬었다.

드라이조차 하지 않은 건지 정리되지 않은 채 이리저리 뻗친 미정의 머리가 눈에 들어왔기 때문이다.

"……잘됐네."

"어? 아, 응!"

"그래서 부엌용품 사러 온 거야? 어디 봐. 응? 제대로 샀네?"

여자아이는 살짝 놀랐다. 살림을 좀 해 본 사람의 향기가 카트에서 물씬 풍겼기 때문이다.

"으응. 어떻게든 있는 돈으로 써야 했거든……."

돈을 주지 않았던 아빠. 싼 것들 중에서도 최대한 가성비를 생각해야 됐다.

'……칫. 이러면 나만 못된 년이 되는 것 같잖아.'

여자아이는 입술을 삐죽 내밀었다.

"그래서 오늘 뭐 해 먹을 거야?"

"나? 돼지고기 된장찌개!"

"엑? 된장찌개는 바지락 아니야?"

"아, 앞다리살을 손가락 두께로 썰어 넣어서 기름에 볶아 육수를 내면 진짜 맛있어!"

쌈장 반 숟가락과 다 끓었을 때 고춧가루 약간 뿌리면 몇 날 며칠을 먹어도 질리지 않는다. 집을 나간 엄마가 자주 끓여 주던 것이었다.

"그, 그래? 가르쳐 줄 수 있어?"

화들짝 놀랐던 미정은 약간 쑥스러워하는 여자아이의 모습에 활짝 웃었다.

"응! 일단……."

"자, 잠깐. 적을 것 좀."

마트에선 갑자기 때 아닌 요리 강습이 펼쳐졌고, 종혁은 그 모습을 보며 흐뭇이 웃었다.

'좋을 때다.'

"아, 지루해. 대체 언제 가는 거야? 배도 고픈…… 왜 그러세요?"

"……아니다. 그냥 카트나 정리하고 있어라."

"눼……."

차마 항변을 할 수 없는 남자아이들은 카트 안 내용물을 정리할 수밖에 없었다.

자신들을 지켜보는 시선이 있는지도 모른 채 말이다.

* * *

"와 씨, 내 옥탑방보다 백배 좋아!"

"네 방도 여기만큼 넓거든?! 좀 치우라고!"

"부탁해, 엄마!"

"그냥 죽어라! 죽어!"

"숙자, 아니 미정아! 이거 어디다 놔둬?"

"아, 그건 거기다 부탁할게!"

부스럭, 쿵덕쿵덕.

냉장고와 전자렌지를 제외하면 아무것도 없었던 쓰리룸에 물건들이 들어차기 시작한다.

그릇이 씻겨 정리되고, 옷장에 옷이 들어찬다.

사람이 많아서 그런지 순식간에 사람 사는 곳이 되어버린 집.

미정은 거의 난생처음 느끼는 시끌벅적함에 결국 웃음을 터트리고 말았다.

한편 그렇게 웃음이 흘러나오는 집을 응시하던 이십대 중반의 사내가 눈빛을 가라앉힌다.

"흠……."

사내는 핸드폰을 꺼내어 귀에 가져갔다.

"예, 사장님. 아무래도 이년이 원조교제, 아니 가출팸에 들어간 것 같습니다. 웬 젊은 놈이 집을 사 주고 살림살이도 다 사 주네요. 패거리까지 있고요. 이놈들 사진은 곧 전송할 테니 오늘은 이만 철수하겠습니다. 보아하니 아무래도 오늘은 집에만 있을 것 같네요. 예, 예."

통화를 종료한 사내는 모자를 살짝 젖히며 담배를 물었다.

"씨부럴. 골치 아프게 됐네."

이전까지 교류하는 놈들이라곤 웬 병신 노숙자 둘이 전부였던 노숙자 소녀. 보지 말아야 할 것을 본 죄를 저지른 소녀.

손쉽게 끝났을 일이 느닷없이 이상한 놈들이 끼어들며 복잡하게 되었다.

계획을 전면 수정해야 하기에 정말 골치가 아팠다.

"거기다 그 젊은 놈……."

자신과 비슷한 또래지만 덩치가 위협적이었던 종혁.

염색한 십대 애들을 끌고 다니는 거나 몸에 걸친 명품들을 보면 딱 봐도 어느 업소 사장 같은데, 왜인지 느낌이 쎄했다.

커다란 등만 봐도 거시기가 쪼그라드는 기분. 마치 천적을 만난 것처럼 절대 다가가고 싶지 않았다.

그래서 멀리서 사진만 찍었다.

"아, 진짜. 그러게 얼른 후딱 해치워 버렸으면 이렇게 고생할 일도 없잖아……."

혀를 찬 사내가 몸을 돌리는 순간이었다.

번쩍, 번쩍!

빨갛고 푸른 불빛을 번갈아 빛내며 저 앞에서 다가오는 경찰차 한 대.

"쯧."

사내는 모자를 깊게 눌러쓰며 조심스럽게 경찰차 옆을 지나갔다.

"하. 이젠 빽차마저 피하게……."

턱! 턱! 뚜벅뚜벅!

"저 실례합니다, 선생님?"

"음?"

사내는 경찰차를 멈춰 세우고 다가온 경찰들에 눈을 동그랗게 떴고, 경찰들은 웃으며 말을 꺼냈다.

"거동이 수상하시다는 주민 신고가 들어와서요. 실례지만 잠시 검문 좀 하겠습니다. 신분증 좀 보여 주십시오."

"……칫!"

팍!

"어? 잡아!"

"순 13! 순 13!"

한밤의 추격전이 시작되었다.

* * *

"흠. 그렇습니까?"

―예! 얼마나 날쌘지 저희 경찰 여섯이 쫓았는데도 놓쳤다니까요. 이놈 육상을 배운 놈이 틀림없습니다!

'이 동네에 빠삭한 파출소 경찰들이 포위하듯 쫓았는데도 놓쳤다라…….'

오토바이를 탔다면 이해할 수 있다.

그런데 상대가 맨발임에도 놓쳤다? 이 자체부터 범상치 않은 놈이란 뜻이었다.

'미정이 부모가 미정이를 찾는 게 아니다라…….'

종혁은 처음 미정이를 감시하는 사람이 있기에 혹시나 집을 나간 엄마가 뒤늦게 미정이를 찾는 줄 알았다.

미정이 가출하는 바람에 행방이 묘연해졌기에 사람이라도 쓴 줄 알았다.

그런데 그런 거라면 도망칠 이유가 있을까?

종혁은 창틀을 두드리며 생각에 잠겼다.

"아차, 죄송합니다. 알겠습니다. 협조 감사합니다, 충성."

-어이구 본청 수사팀 팀장님인데, 이 정도는 당연히 해 드려야죠. 그런데 대체 그놈은 왜…….

"수사 기밀이라서요. 죄송합니다. 사건이 마무리되면 그때 말씀 드리겠습니다."

-어휴, 그렇지 않으셔도 되는데……. 예, 알겠습니다! 그럼 수고하십시오.

"예. 수고하십시오."

통화를 종료한 종혁은 안방 문을 열고 나와 하하호호 떠드는 미정을 보며 눈빛을 가라앉혔다.

'넌 대체 뭐에 엮인 거냐?'

눈만 딱 감았으면 얼마든지 이런 집에서 살 수 있었음에도 그러지 못해 길거리를 전전하며 노숙을 하던 순박한 소녀가 경찰의 검문조차 무서워 도망친 뒤가 구린 놈과 얽힐 일이 뭐가 있을까.

"아닌데? 쉼터에 있는 형 누나들 다 착한데? 거기 벌점

제 있어서 센터 안에서 사고치는 사람들은 다 내쫓아.”

“하, 하지만 무서워서…….”

“그래서 지하보도에서 잤다고? 그게 더 무섭지 않아?”

“야, 그게 뭐가 무섭냐? 그냥 딱 이불 깔고 어?”

“그건 너처럼 못생긴 놈들만 그럴 수 있는 거라고요, 이 붕딱아. 그래서? 음식은 어떻게 구했는데? 막 드라마처럼 쓰레기통…….”

퍼억!

“억?! 자, 잠깐. 나 갈비뼈 맞았어…….”

“넌 그런 말을 하고 싶냐? 남자들은 왜 이렇게 배려할 줄 몰라?! 미안해, 미정아. 얘들이 이렇게 말해도 악의는 없어.”

“아냐, 아냐. 사실인 걸 뭐. 정말 배고플 땐 식당 쓰레기통을 뒤진 적도 있는데, 대부분 편의점에서 폐기되는 것들 먹었어.”

마음씨 좋은 편의점 사장님이 계셔서 폐기 음식을 나눠줬다.

가끔 상한 걸 잘못 먹어서 배탈이 난 적도 있지만 말이다. 그럴 땐 물로 배를 채웠다.

“같이 있던 아저씨들이 나눠 줄 때도 있었고…… 아, 일요일에는 근처 교회에서 나눠 주는 빵이나 국수를 먹었어!”

그럴 때마다 주기도문을 외워야 하지만, 마트에서 파는 빵이 아니라 빵집에서 파는 맛있는 빵이었기에 얼마든지 외워 줄 수 있었다. 아니, 일요일만 기다렸다.

그 말에 아이들이 잠시 말을 잊는다.

"……야, 이거 먹어."

"이것도 먹어. 아니, 그냥 네가 다 먹어."

"응? 응? 아, 아저씨!"

종혁은 얼굴에 미소를 그리며 미정의 옆에 앉았다.

"그럼 이 동네에서만 지냈다는 거네?"

"다 들으셨어요?"

"못 듣는 게 이상하지 않을까?"

그제야 목소리가 컸다는 걸 인식한 미정은 얼굴을 붉히며 고개를 끄덕였다.

"네……."

솔직히 가출을 한 건 작년 여름이다. 미정은 자신이 세정고에 진학했다는 사실조차 모르고 있었고, 거리를 떠돌다가 우연히 정착하게 된 곳이 이 동네였을 뿐이다.

정확히는 어느 놀이터에서 그 두 노숙자 아저씨들을 만나 함께 지내다가 놀이터에서 쫓겨나는 바람에 여기까지 온 것이다.

그 시기가 작년 9월. 가출을 하고 딱 5일 만이었다.

그러다 중학교 때 담임을 만나 세정고에 진학을 했다는 사실을 알게 되었다.

"흠. 그래?"

'그럼 이 동네에서 그놈과 엮였다는 건데……'

그런데 정작 미정은 자신을 감시하는 사내를 몰라봤다.

"왜 그러세요?"

"아니야. 어이구, 그럼 난 이만 일어나 볼까?"

"네?! 버, 벌써 가시게요?!"

"나도 더 엉덩이를 뭉개고 싶지만, 사건이 쌓여서 말이야. 그럼 내일 보자. 늦으면 아주 혼날 줄 알아."

톡톡.

머리를 두드린 종혁은 현관 쪽으로 향했고, 다급히 일어선 미정이 뒤따랐다.

띠리릭!

"……감사합니다, 아저씨. 정말로 감사합니다."

"반드시 자물쇠 다 잠그고 자고. 누가 문을 두드려도 열어 주지 말고. 아니, 그럴 땐 나한테 전화해."

"네……."

"그래, 쉬어라. 나오지 말고."

손을 저은 종혁은 계단을 내려갔고, 미정은 그런 그를 향해 허리를 깊게 숙였다. 더 이상 종혁의 걸음 소리가 들리지 않을 때까지 말이다.

그렇게 건물을 빠져나온 종혁은 핸드폰을 들었다.

"예, 오 경감님. 접니다. 지금 바쁘신 건 알지만, 뭐 좀 찾아 줘야겠습니다."

이 동네에 있는 조직부터 지난 해 9월부터 발생한 사건 사고 등 모든 걸.

"지금 보내는 사진도 데이터베이스 돌려 주시고요."

'점점 더 냄새가 고약해지네…….'

어두운 밤하늘을 보며 코를 긁적이는 종혁의 눈빛이 차갑게 가라앉았다.

* * *

짹짹짹.

해가 뜨는 특별수사팀의 사무실.

붉은 선과 동그라미가 그려진 지도가 붙어 있는 화이트보드 앞에 종혁이 서 있다.

붉은 선과 동그라미는 지난 일주일간 정미정이 움직인 동선. 혹여 미정에게 불안감을 심어 줄까 봐 그 동네 CCTV를 모두 수거해 밤새 판독한 결과다.

"드르렁!"

종혁은 책상에 엎드려 자고 있는 오택수를 일견하고 다시 화이트보드를 응시했다.

"……단순하네."

단순해도 이렇게 단순할 수 있을까.

덕분에 고작 반나절 만에 일주일 치 이동 동선을 알아내게 됐지만, 기분이 좋지 않을 수밖에 없다.

해가 뜨고 저물 때까지 주변 편의점과 자판기, 그리고 해가 저문 뒤부터는 의류수거함과 쓰레기통.

일요일엔 세정고 근처의 교회.

미정은 나흘 전에 동사무소 화장실을 이용해서 씻은 것 한 번을 제외하곤 지난 일주일 동안 오직 이 루트만을 반

복해서 움직였다.

그리고 그때마다 혹시 바닥에 돈이나 담배가 떨어져 있진 않나 땅만 보고 걸었다. 낮에도 밤에도.

"흠."

종혁은 화이트보드를 돌렸다.

뒷면엔 미정을 감시하던 놈의 사진과 붉은 줄이 그어진 지도가 붙어 있었다.

"이놈이 미정이의 주위를 얼쩡거리기 시작한 게 일단 일주일 전."

시간이 부족해 일주일 분량만 살폈을 뿐, 어쩌면 그 이전부터 미정을 감시했을지도 모른다.

뭐가 됐든 심상치 않은 상황.

종혁은 컴퓨터를 바라봤다.

"그 좁은 동네에 뭔 사건사고가 저렇게 많은 건지……."

작년 9월부터 발생한 사건들을 죄다 살펴볼 생각을 하니 눈앞이 아찔했다. 미정이 대체 어떤 일과 엮여 있는지 모르기에 다양한 가능성을 열어 둬야 했다.

"어그그! 몇 시야……."

"7시예요."

"어으, 일어날 때가 되긴 했네."

쩍 크게 하품을 하며 일어난 오택수는 머리를 긁으며 화이트보드 앞에 섰다.

"그래서 이 새낀 뭐하는 놈인데?"

"외부 동선이 파악되면 알게 되겠죠."

골목골목으로 튀었는지라 종혁을 보호하는 SVR 요원들도 놈을 놓쳤는데, 다행히 놈이 뭘 타고 어디서 내려 미정을 찾는지는 파악이 됐다.

어젯밤 경찰의 검문에 도망칠 때 운 좋게 CCTV 사각으로 사라졌지만, 오택수가 일주일 치를 모두 뒤진 결과 알아내게 되었다.

번호판 가려진 오토바이를 타고 움직인 놈. 추적에 애를 먹겠지만, 금방 찾을 수 있을 거다.

입술을 비틀던 종혁은 아차 했다.

"그보다 특수본은 좀 어때요?"

종혁 대신 특별수사본부에 합류한 오택수와 최재수.

그래서 얼마나 고마운지 몰랐다. 바쁜 와중에도 도와줘서 말이다.

"어떻긴…… 아주 그냥 미쳐 날뛰고 있지."

종혁이 가이드라인을 제시했다.

일단 일진 무리부터 찾아서 족쳐라.

특수본의 경찰들은 그동안 범죄를 저질렀어도 청소년이기에 함부로 다룰 수가 없어 쌓이기만 했던 스트레스를 모두 분출시키고 있었다.

"푸핫! 그래요?"

"웃을 일이 아니다, 최 팀장."

그렇게 일진들을 모두 잡아넣으니 그동안 일진들의 억압에 짓눌려 있던 피해 학생들이 입을 열기 시작했고, 범죄 사실들이 고구마 줄기처럼 파도 파도 끝없이 나오고 있었다.

현재 밝혀진 것만으로도 교육부를 해체하라는 소리가 나올 정도였다.

"하아. 뭔 놈의 애새끼들 범죄가 그렇게 지독하냐?"

강제적인 원조교제는 예사인데 그 수법이 코가 막히고 기가 막힌 수준이다. 화상채팅으로 몸매부터 보게 만들어 성매매자를 구하고 있었다.

심지어 메신저나 미니홈피로 마약까지 팔고 있었다.

"마, 마약이요?"

"그뿐인 줄 아냐? 강제적으로 인터넷방송인지 뭔지도 시키더라!"

중학생 소녀가 속옷만 입은 채 춤추는 걸 본 순간 오택수는 혈압이 터지는 줄 알았다. 거기에 섹스비디오까지.

고작해야 십 년 전에 파란 양말이라는 미성년자 포르노 비디오가 청계천 일대를 나돌며 경찰 내부를 들썩이게 했는데, 지금은 한 놈 걸러 한 놈이다.

포르노를 찍지 않은 놈이 없다.

여기에 왕따와 왕따로 인한 자살, 금품 갈취, 폭행, 절도, 강도, 협박 등 차마 말로 옮길 수 없을 정도로 처참했다.

이놈들은 사람이 아니라 괴물이었다.

십대 청소년들의 범죄가 이미 성인 범죄의 영역에 들어섰다는 거다.

"허어……."

'벌써 이 수준이라고?'

그리 멀지 않은 미래에 대두되기 시작하는 청소년 범죄의 잔인함.

'하긴 이런 밑바탕이 있기에 미래에 그렇게 되는 거겠지.'

범죄 수법의 진화는 결코 단계를 훌쩍 뛰어넘지 않는다. 계단을 밟듯 조금씩 진화해 가는 거다.

다만 그 속도가 너무 빨라서 단계를 훌쩍 뛰어 버리는 것처럼 느껴지는 것뿐이었다.

"지금 이것 때문에 상부랑 특수본이 뒤집어졌잖아. 시도 의원들이나 국회의원, 부자들의 전화가 아주 빗발치더라."

"……하?"

종혁의 얼굴이 와락 구겨졌다.

"누굽니까? 어떤 씨부럴 새끼들이 과장님과 청장님을 괴롭히는 겁니까?"

"흐흐. 왜? 살생부 쓰게?"

"오 경감님은 안 쓰시게요?"

"난 이미 목록 정리했지. 좀 더 지켜보다가 싹 다 정리해서 브리핑할게."

"오케이."

순간 눈빛이 흉흉해졌던 둘은 마치 짜기라도 한 듯 기지개를 켰다.

"어그그그! 그럼 수고해라. 지원 필요하면 말하고."

"오 경감님도 열심히 수고하세요."

오택수는 머리를 긁으며 수사본부로 향했고, 종혁도 자료들을 싹 다 챙겨 사무실을 빠져나갔다.

* * *

부르릉!

세정고 뒤편 조립식 건물 앞에 오토바이를 탄 종혁이 멈춰 서자 미정이 문을 벌컥 열고 나온다.

"아저씨!"

"뭐야, 뭐 이렇게 일찍 왔어?"

등굣길에 태워 주기 위해 8시에 연락을 했더니 이미 학교라 말한 미정. 어젯밤 얼마나 뽀득뽀득 씻은 건지 더 이상 노숙자라고 볼 수 없는 말끔한 모습이 인상적이다.

"유미 넌…… 어제 집에 안 들어갔냐?"

여자아이, 김유미의 옷차림이 어제와 같았다.

"아, 그게 어제 이야기를 나누다 보니……."

"학생이 교복도 안 입고 잘하는 짓이다."

"네?"

"왜?"

"아, 아뇨. 어…… 원래 어른들은 이럴 때 외박했다고 뭐라 하지 않아요?"

종혁은 코웃음을 쳤다.

"나쁜 짓을 한 것도 아닌데 무슨. 됐고, 옜다."

"네? 카, 카드는 왜?"

"지금부터 난 잘 테니까 알아서 점심 시켜 먹으라고. 참고로 토요일도 중식 제공이고, 간식은 냉장고랑 싱크대 찬장에 있다. 그럼 수고해라. 하아암."

하품을 크게 한 종혁은 조립식 건물 안에 놓인 침대에 몸을 던졌고, 10초도 되지 않아 곯아떨어졌다.

그런 종혁의 뒤를 좇아온 미정과 유미는 그 모습에 어이없어하다가 이내 미정의 손에 들린 카드를 빤히 응시했다.

하지만 그것도 잠시. 종혁이 카드를 쓰라고 했음에도 살짝 꺼려진 둘은 슬그머니 냉장고를 열었다가 눈을 동그랗게 떴다.

"우와!"

"와!"

냉장고 안에 마트가 있었다.

띠리링! 띠리링!

"아저씨, 전화……."

번쩍!

미정이 부르기도 전에 눈을 뜬 종혁은 재빨리 전화를 받았다.

"예, 최종혁입니다."

방금까지 잤던 사람이라고는 믿을 수 없을 만큼 또렷한 목소리.

—떴습니다.

씨익.

"그래요?"

종혁의 눈에서 잠이 달아났다.

* * *

—아이러니, 말도 안 돼.

"말도 안 돼. 아이러니, 말도 안 돼."

종혁이 얻어 준 미정의 숙소가 잘 보이는 도로의 승합차 안.

선팅이 짙어 안이 잘 보이지 않은, 일명 축제차량이라 불리는 차 안에 앉은 사내가 이어폰을 통해 흘러나오는 노래를 흥얼거리며 미정의 숙소를 응시한다.

어제 불시검문을 당한 이후 급히 구해 끌고 온 대포차.

하지만 지금 이게 문제가 아니다.

사내는 사시나무 떨리듯 떨리는 다리를 움켜쥐었다.

'사라졌다.'

지금쯤 한참 자판기를 뒤지고 있어야 할 미정인데, 동네를 아무리 뒤져도 찾을 수가 없다.

감쪽같이 증발했다.

"빌어먹을! 아침에 왔어야 했나."

하지만 대포차를 구하느라 어쩔 수가 없었다.

"씨발. 이제 곧 정기 보고인데!"

잠깐은 괜찮겠지라는 안일한 생각이 미정을 놓쳐 버린 것 같아 사내는 식은땀이 줄줄 흘렀다.

"제발 저 원룸에 있어라. 제발…… 어?"

무언가를 발견한 사내는 눈을 부릅떴다.

'그놈이다!'

어젯밤 본 종혁이다.

그리고 미정이다.

어딜 다녀온 건지 어슬렁거리며 걷는 종혁을 보며 까르르 웃는 미정을 보니 분노가 울컥 솟는다.

"저 씨발년이……. 하아, 다행이다. 다행이야."

죽다 살아난 기분.

미정을 놓쳤더라면 한 덩이 시멘트가 되어 인천 앞바다에 수장됐을지도 모른다.

시간을 확인한 사내는 얼른 핸드폰을 들었다.

"예, 사장님. 노숙자년 정말 가출팸에 들어간 것 같습니다. 지금까지 이상 없습니다."

—알았어. 끊어.

뚝 끊긴 전화를 보조석에 던진 사내는 한숨을 길게 내쉬며 식은땀을 닦았다.

그리고 건물 안으로 들어가는 미정을 죽일 듯 노려봤다.

"개 같은 년."

사내는 그제야 귓속에서 들리는 노래를 음미할 수 있었다.

―로꾸거 로꾸거!

달칵!

원룸 건물의 불이 모두 꺼진 걸 확인한 사내는 그제야 차에서 내려 기지개를 켰다.

우두두두두둑!

“아으으! 씨발, 뒈지는 줄 알았네.”

아무래도 내일은 다른 놈에게 감시를 맡겨야 할 것 같다.

몸을 이리저리 비틀며 장시간 앉아 있느라 부러질 것 같던 척추를 푼 사내는 돌연 꼬르륵 울리기 시작하는 배를 움켜쥐었다.

“그러고 보니 뭘 제대로 먹지도 못했네.”

이전에야 미정의 동선을 모두 다 알고 있기에 잠시라도 밥 먹을 시간을 냈지만, 동선이 모두 틀어진 지금은 그럴 수조차 없었다.

고작해야 삼각김밥과 컵라면.

그것도 원룸 건물이 잘 보이는 곳에 편의점이 있었기에 컵라면이라도 먹을 수 있었던 거다.

아니었다면 빵과 우유만 먹었어야 했을 거다.

“근데…… 가출팸 맞나?”

어제는 장을 보더니 오늘은 TV나 컴퓨터, 화장품들을 샀다. 아무리 봐도 종혁은 역시 포주 같다.

“새끼 사람 장사 좀 할 줄 아네.”

대가리가 어느 정도 있는 이십대야 언제 튈지 몰라 숙소를 잡아 줘도 별도로 감시를 해야 하지만, 십대는 필요한 걸 사 주고 같이 지내는 사람만 있으면 도망치지 않는다.

특히나 저렇게 가출했다면 백 퍼센트다.

그리고 저렇게 먹이고 살찌운 후에야 몸 장사를 하게 만든다.

한 번 몸을 굴리기 시작하면 투자한 돈을 뽑아내는 건 순식간.

"아무리 봐도 이쪽 바닥에서 좀 굴러 본 놈 같은데…… 쯧. 내가 뭔 상관이야."

자신은 그저 미정을 감시만 하면 된다.

"가자, 가."

차에 오른 사내는 자신을 지켜보는 시선이 있는지도 모른 채 시동을 켰다.

부르릉!

골목을 빠져나가는 차.

그와 동시에 근처에 있던 두 대의 차에도 시동이 걸리고, 그중 한 차는 사내의 뒤를 쫓는다.

"하, 씨파 새끼. 이 나이에 컵라면 같은 거 자꾸 먹으면 골병드는데."

"그러게 한 명씩 교대로 먹자고 했잖습니까."

"시끄러워. 전화할 거야. 예, 형사님. 이 새끼 출발했습니다. 2조가 따라붙었습니다. 예, 예. 이따가 뵙겠습니다."

통화를 종료한 사내는 운전석에 앉은 다른 청년을 보며 고개를 까딱였다.

“출발해.”

“옙!”

부르릉!

* * *

부아앙! 빵빵!

퇴근 시간이 훌쩍 지났음에도 번잡하기 그지없는 6차선 도로가에 멈춰 선 새빨간 오토바이 한 대.

헬멧을 벗은 종혁이 오토바이를 만지며 아쉬워한다.

혹시 모르기에 출근길에 타고 왔던 오토바이.

이렇게 미행이 쉬울 줄 알았으면, 그것도 고작 하루 만에 나타날 줄 알았다면 어젯밤 오택수를 부르지 않을 걸 그랬다.

“아, 씨부럴 새끼. 괜히 빚만 졌잖아.”

검문도 당했으니 당분간, 어쩌면 아예 나타나지 않을 거라 여겼던 놈.

“개새끼.”

종혁은 오토바이에 헬멧을 올려놓은 후 근처에 세워진 승용차에 다가섰다.

그와 동시에 열리는 승용차의 문.

“오셨습니까, 형사님!”

고개를 끄덕인 종혁이 도로 맞은편에 세워진 건물들을 응시하며 담배를 문다.

찰칵! 치이익!

서늘한 바람에 흩어지는 담배 연기.

종혁의 눈빛이 차갑게 가라앉는다.

"저기라고요."

죄다 7층 이상의 건물들이다.

평균 월세만 천만 원이 넘는 동네의 도로가에 위치한 건물. 건물 매매가는 못해도 60억 이상일 거다.

'진짜 누구와 얽힌 거냐, 미정아…….'

심장에서 스멀스멀 불길함이 올라온다.

하지만 그것도 잠시다.

'괜찮아. 미정이에게 피해가 가기 전에 모가지 돌리면 돼.'

종혁은 애써 가슴을 두드리며 손을 뻗었다.

"어떤 건물입니까? 저겁니까?"

"아뇨. 그 옆에. 그 옆에…… 예, 그겁니다! 그 건물 4층이요."

"네? 저기요?"

건물의 간판을 확인한 종혁은 고개를 모로 기울일 수밖에 없었다.

어째서 저곳에서 미정이를 감시한다는 말인가?

"예! 저기 주차장으로 들어가는 걸 똑똑히 봤습니다! 올라가는 것도요!"

종혁은 멍하니 흥신소 직원이 가리킨 건물의 4층을 봤다.

[LIGHT entertainment]

연예기획사였다.
'미정아, 너 진짜 뭐하는 놈들과 얽힌 거냐.'
종혁의 머릿속이 복잡해지기 시작했다.

* * *

라이트 엔터테인먼트의 사장실 안.
솜 따위가 가득 든 가죽을 두드리는 소리가 울린다.
퍼억! 퍽!
땀을 뻘뻘 흘리며 검은색 정장을 입은 사내들이 잡고 있는 샌드백을 두드리는 중년인.
나이가 나이임에도 웬만한 여성 허벅지만 한 팔뚝이 인상적이다.
거기다 험악하게 일그러진 얼굴.
쿵쿵!
문을 두드리는 소리에 잠시 주먹질을 멈춘 중년인은 한 사내가 넘기는 수건으로 땀을 닦으며 입을 열었다.
"들어와."
문이 열리며 쥐색 정장을 입은 삼십대 중반의 사내가

들어온다.
들어오자마자 허리를 90도로 숙이는 사내.
“무슨 일이야?”
“아무래도 계획을 변경해야 할 것 같습니다.”
퍼억!
샌드백을 후려친 중년인은 이를 갈았다.
“거지 같게 됐구만. 원래 계획이 뭐였지?”
“그 노숙자 년과 어울리는 노숙자 새끼들에게 장간살인으로 누명을 씌우는 거였습니다.”
사람이 돌아다니지 않을 시각, 아무도 없는 곳에서 해치울 계획이었다.
그 누구도, 경찰과 검찰도 노숙자의 말은 신경 쓰지 않을 테니 완벽했던 계획이다.
“어제 세운 계획은?”
“그 가출팸 새끼들을 폭행치사로 엮는 거였습니다.”
혈기 넘치는 놈들을 한 방에 모아 뒀는데 의견 다툼 하나 없을까.
거기다 가출한 놈들일 게 뻔하니 경찰과 검찰은 이놈들도 신경을 쓰지 않았을 거다.
모두 깔끔하고 완벽한 계획이었다.
“후우…….”
하지만 포주가 붙었다면 다시 계획이 틀어질 수밖에 없었다.
세상 그 어떤 포주가 상품을 죽일까.

이럴 줄 알았다면 그냥 납치를 하든 섬에 팔아 버리든 빨리 세상에서 지워 버릴 걸 그랬다.

너무 조심을 했던 것 같다.

"죄송합니다."

"그래서 그 포주 새끼는 어디 놈인데?"

"죄송합니다. 아직 확인되지 않았습니다. 그런데……."

"또 뭐?"

"이게, 애들 말로는 그놈이 본청 불도저를 닮았다고 합니다."

제대로 확인조차 되지 않은 정보라 말하기 싫었지만, 만약 말하지 않았다가 일이 잘못되기라도 한다면 오히려 일이 커질 수도 있었다.

"누구? ……아, 그 어린 새끼?"

"예. 최종혁 팀장 말입니다."

최종혁. 들어 본 이름이다.

미친개 김종두가 키운 불도저.

경찰 상부가 예뻐해 아무나 밀어 버리는 상또라이.

그놈 때문에 해체된 조직이 몇 개던가. 밀수 조직부터 마약 조직까지, 자연재해와 다름이 없는 놈이었다.

이번엔 종혁과 연관 된 정용진 과장 때문에 전국 조직이, 고등학생들을 스카우트하던 조직들이 쓸려 가고 있었다.

'상부가 좀 예뻐한다고 천지분간 못하고 날뛰는 망아지 새끼.'

이렇게 난리를 피우고 있으니 곧 칼을 맞아도 맞을 애새끼다.
“그래, 기억나네. 태릉 피트니스와 연관되어 있는 놈이었지?”
당시 어디의 어떤 조직이 헬스클럽 프렌차이즈화를 시도하며 양지로 나오려다가 박살이 났고, 경찰과 검찰이 전국 모든 조직을 예의 주시했다. 그 때문에 사장도 헬스클럽을 관두고 이 엔터테인먼트를 차려야 했다.
“확실한 거야?”
“사진이 너무 흐릿해서…… 죄송합니다. 내일 감시하는 직원에게 딸려 보내겠습니다.”
“그렇게 하고, 확실해질 때까지 그 노숙자 년에게 손 떼.”
정말 종혁이라면 골치가 아파진다.
그나마 다행이라면 아직 일을 치르기 전이라는 것.
“예, 알겠습니다. 사장님, 그런데 만약 정말로 이놈이 그 어린 새끼면 어떡합니까?”
“……손 털어야지.”
종혁이 무서워서가 아니라 상황이 상황이라서다.
전국의 조직들이 쓸려 가고 있는데, 경찰이 죽는다?
그땐 청소년들과의 전쟁이 아니라 조폭과의 전쟁이 벌어진다.
그런 귀찮은 상황은 피해야 했다.
“알았어. 나가 봐.”

"예."

다시 허리를 숙인 사내가 나가자 사장은 샌드백을 보며 주먹을 들어 올렸다가 내렸다. 핸드폰이 울렸기 때문이다.

"전화 왔습니다, 사장님."

"줘 봐. 아이고, 배우님."

-그 일은 어떻게 됐습니까.

움찔!

그 일, 방금까지 대화를 나눴던 일이다.

'쯧.'

"걱정 마세요. 잘 처리되고 있으니까. 그보다 날 잡아야죠? 곧 한 식구가 될 텐데 식사 정도는 괜찮잖아요."

-……명심하세요. 그 일이 처리되지 않는 이상 절대 계약서에 사인 못합니다. 끊습니다.

뚝!

끊긴 핸드폰을 본 중년인은 피식 웃었다.

"시대가 좋아지긴 많이 좋아졌구만. 이런 딴따라 새끼가 감히 먼저 전화를 끊고."

옛날 같았으면 어림도 없던 일.

하지만 어쩌겠는가.

고작 상품이라도 100억, 200억을 벌어다 줄 놈이라면 허리를 정도는 굽혀 줘야 했다. 그게 설사 목격자인 노숙자를 죽이는 거라고 말이다.

일단 계약서에 사인만 하게 하면 끝.

그때부턴 이쪽의 입맛대로 굴릴 수 있었다.

'한류. 참 멋진 말이지. 어떻게 굴려야 할까…….'

종혁에 대해 잊어버린 채 행복한 상상의 나래를 펼치기 시작한 중년인의 얼굴이 더 흉악하게 일그러진다.

거리에서 만나면 무조건 시선을 피할 것 같은 미소.

"꽉 잡아."

"예, 사장님."

쉬익! 퍼어억!

다시 샌드백에 꽂히는 주먹.

"으으으."

샌드백 안에서 신음 소리가 흘러나왔다.

* * *

—야, 거기 건물주 누군지 나왔거든? 근데 이거 좀 골치 아파졌다?

형사 일에 잔뼈가 굵은, 아무나 물어뜯어 도사견이라 불렸던 오택수가 난처해하고 있다.

종혁의 표정이 딱딱하게 굳었다.

"누군데요?"

—너 혹시 삼겹살이라고 아냐?

"……누구요? 삼겹살? 내가 아는 그 삼겹살이요? 만득이 새끼 똘마니? 빛가람파?"

불곰 김만득.

전국구 조폭이라는 말을 유행시킨 3대 조폭 중 만득이파 두목으로 현재 수감 중인 걸로 알고 있다.

빛가람파는 그런 만득이파의 산하 조직으로, 정확히는 만득이파를 구성하는 조직들 가운데 하나로 두목 이름이 김가람이라서 그렇게 지었다.

즉, 삼겹살의 본명이 김가람이란 소리였다.

—어? 아네?

“나도 형산데 이 새끼들을 모를 리 없잖습니까.”

‘씨발, 그래서 라이트였냐?’

종혁은 머리를 벅벅 긁었다.

갑자기 사이즈가 뻥튀기 되었다.

찰칵! 치이익!

“지랄 맞게 됐네.”

조직명부터 두목 이름까지 죄다 순수하지만, 하는 짓은 결코 순수하지 않은 빛가람파의 삼겹살.

무려 만득이파의 최고 간부 중 하나다. 두목 김만득이 교도소에 갔음에도 아직 한국의 밤을 꽉 쥐고 있는 만득이파의.

—어떡할까? 여기 관두고 합류해?

순간 혹했던 종혁은 고개를 저었다.

“됐습니다. 곧 외사국으로 넘어갈 텐데, 재수에게 최대한 경험을 쌓게 해야죠.”

이제 외사국으로의 인사이동에 대해 마음을 굳히다 못해 인사이동 신청까지 한 종혁.

해외로 튀는 놈들을 잡는 외사국.

기껏해야 칼이나 몽둥이를 휘두르는 게 전부인 한국이 아니라, 여차하면 총알이 날아올 수 있는 동네도 가야 하기에 최재수가 최대한 다양한 경험을 쌓게 만들 필요가 있었다.

그런 의미에서 이번에 설치된 특별수사본부는 최재수가 경험을 쌓기에 딱 알맞은 장소였다.

-그럼 어쩌려고? 이 새끼는 아무리 너라고 해도 감당 못한다. 아니, 일개 경찰 한 명이 덤벼 볼 사이즈가 아니야.

"그건 오 경감님과 재수가 합류해도 마찬가지죠."

-……맞는 말이니 할 말이 없네.

"알았어요. 아무튼 끊어요."

-왜? 뭐 어쩌려고?

'어쩌긴요…….'

전화를 끊은 종혁은 다시 어디론가 전화를 걸었다.

'사이즈가 감당될지 안 될지는 견적부터 내 봐야 아는 거죠.'

"예, 과장님. 잘 계셨죠?"

-……방금까진 잘 있었던 것 같아. 방금 밥 먹었거든? 소화제 먹어, 말아?

"속이 불편하면 드셔야죠. 그보다 만득이네 삼겹살에 대해서 좀 아세요?"

-……지랄 났네, 씨발. 어디야?

* * *

치이이익!

노릇하게 구워지는 삼겹살 위로 술잔이 부딪친다.

"자, 건배!"

채앵!

경쾌하게 부딪쳐 영롱한 소리를 내는 두 개의 술잔.

그러나 한 개의 술잔이 호응을 하지 않는다.

종혁은 이 술자리에 함께하고 있는 서울청 소속 광수대 대장을 응시했다.

본청 광역수사대의 수사 범위가 전국이라면, 서울 및 수도권으로 수사 영역이 한정된 서울청 광역수사대.

김종두가 데려온 사람이다.

종혁은 뚱한 그의 모습에 결국 술잔을 내려놓았고, 김종두는 얼른 입을 열었다.

"자자, 아직 서로에 대해 잘 모르지? 이쪽은……."

"꼬미는 얼마나 서셨습니까?"

꼬미. 잠복을 뜻하는 형사들의 은어다.

김종두가 갑자기 이 사람을 왜 데려왔겠는가. 서울청 광수대가 빛가람파를 조사하고 있단 소리다.

'그리고 소득도 별로 없단 소리겠지.'

소득이 있다면, 빛가람파의 두목 삼겹살을 검거할 확실한 증거를 확보하고 있다면 이렇게 따라왔을까.

움찔!

김종두의 말을 끊고 들어오는 종혁의 말에 광수대 대장이 종혁을 노려본다.

하지만 그것도 잠시. 마치 이쪽의 사정은 다 알고 있다는 듯 흔들리지 않는 종혁의 눈을 본 광수대 대장은 한숨을 내쉬었다.

"눈치가 귀신같다더니……."

들켰다. 지금 한참 조사하고 있는 빛가람파에 대해 소득이 별로 없다는 걸 말이다.

여기로 오는 길, 속일 생각은 안 하는 게 좋을 거라는 김종두의 말이 이제야 이해가 된다.

"씨벌. 진짜 몇 살입니까?"

종혁은 활짝 웃었다.

"하하. 만나 뵙게 되어 영광입니다. 최종혁 경정입니다, 선배님."

"그쪽 이름은 들어 봤수다. 최철호요."

고작 27살의 나이에 경정이고, 본청 수사팀 팀장이다.

거기다 해결한 사건이 몇갠가.

종혁은 나이의 범주를 벗어난 괴물이었다.

그래서 혹시 지난 1년간 고생한 사건이 뺏길까 화들짝 놀라면서도, 한편으로는 별다른 소득 없는 이 답답한 상황을 해결할 단서를 얻을 수 있을까 해서 온 최철호 대장.

그의 가슴에 기대감이 서리기 시작했다.

"삼겹살에 대해선 내일까지 서류로 정리해 보내 드릴 테니, 일단 그쪽 사연부터 들어 봅시다."

종혁은 눈을 가늘게 떴다.

"믿어도 되는 거죠?"

"정보 숨겼다가 이 형님한테 맞아 죽으라고? 됐수다. 그런 취미 없수다."

최철호의 눈을 빤히 응시하던 종혁은 고개를 끄덕였다.

그리고 사정을 설명하기 시작했다.

"응? 뭐야, 그러니까 뭐 없단 소리네?"

어떤 범죄에 대한 제보가 있는 것도 아니고, 삼겹살을 엮을 증거가 있는 것도 아니다.

그저 심증뿐.

부들부들 떨던 김종두는 결국 폭발하고 말았다.

"야, 이씨! 너 오늘 무슨 날인 줄 알아?!"

유부남에게 있어 가장 중요한 날 중 하나다.

와이프 생일.

욕먹을 각오를 하고 왔는데, 들은 이야기가 고작 삼겹살이 웬 노숙자 소녀를 노리고 있다는 거다.

열불이 터지지 않을 수 없었다.

"오늘 너 죽고 나 살……."

"여기 있습니다!"

종혁은 재빨리 테이블에 종이백을 올려놓았다.

"이게 피부 미용에 아주 그냥…… 예?"

"……썩을 놈. 아직 안 잊었네."

"떠난 지 얼마나 됐다고요. 그보다 우리 과장님 현장 안 뛰시더니 감 많이 죽으셨네요?"

"뭐, 인마?"

"아니면……."

순간 종혁의 입가에 미소가 피어난다.

"감이 죽은 척을 하시는 걸까요? 최 대장님도 그렇게 생각하십니까?"

분명 웃고 있음에도 눈은 차갑기 그지없는 살벌한 미소.

흠칫 몸을 굳힌 김종두는 이내 얼굴을 구겼다.

"……썩을 놈의 시키. 다른 부서 갔다고 맞먹지, 그냥?"

"그러게 밥그릇 싸움을 왜 합니까? 사람 서운하게."

"뭐, 인마?"

"사랑합니다."

"……어휴. 내가 호랑이를 키웠지. 호랑이를."

그래도 미워할 수 없는 종혁이라 콧방귀를 뀐 김종두는 술을 쭉 들이켰다. 그러자 그의 표정이 돌변한다.

"재밌네."

탁 술잔을 내려놓는 것과 동시에 차갑게 비틀리는 입술. 과장이라는 관리자급이 되면서 제법 빠졌던 미친개의 독니가 드러난다.

최철호도 비릿하게 웃으며 담배를 문다.

"삼겹살네 식구들이 노숙자 소녀를 감시한다라……."

왜일까. 대한민국 폭력 조직을 주욱 늘어놨을 때 무조

건 열 손가락 안에 드는 빚가람파가 왜 노숙자 소녀를 감시할까.

답은 하나다.

미정이라는 노숙자 소녀가 빚가람파에게 치명적인 칼이 될 뭔가를 가지고 있단 소리다.

깔아 놓은 인맥도 많고 교묘하게 법망을 빠져나가기에 눈앞에서 얼쩡거리는데도 치워 버리지 못했던 빚가람파.

사회의 암덩어리를 치워 버릴 기회가 온 것 같았다.

"어떻습니까?"

종혁은 최철호를 쳐다봤다.

쭈욱!

술잔을 들이켠 최철호는 투덜거렸다.

"씨벌. 다 털리겠네."

찌릿!

'됐군.'

이제야 좀 알게 될 것 같다. 미정과 빚가람파의 관계에 대해 말이다.

"우리 이건 하나 짚고 넘어갑시다."

"걱정 마십시오. 저 식구의 밥그릇 노릴 만큼 배고픈 놈 아닙니다. 그냥 제 이름만 넣어 주십시오."

최철호의 얼굴이 활짝 폈다.

"이런 아저씨의 술은 안 받으시려나?"

"하하. 안 받긴요!"

다 타 버린 삼겹살 위로 세 개의 술잔이 부딪쳤다.

"크으! 그럼 전 그렇게 알고 먼저 일어납니다."

"뭐? 벌써?"

아내에게 줄 선물도 생겼으니 아직 한 시간 정도는 더 여유가 있었다. 새벽에 핸드폰이 울려도 그 상대가 종혁이라면 짜증을 내기는커녕 오히려 얼른 가라며 등을 떠미는 아내.

이런 좋은 기회를 놓칠 수 없었다.

김종두는 최대한 불쌍하게 눈을 초롱초롱 떴지만, 종혁은 단호하게 고개를 저었다.

"죄송하지만 해야 할 일이 있거든요."

이번 일을 진행하기 전에 선결되어야 하는 일이 있다.

"그러냐…… 쩝. 알았어. 가 봐."

"옙! 그럼 먼저 가 보겠습니다! 아, 그런데 사모님 생신은 내일 아니었어요?"

"……오늘 아니었냐?"

"내일이요."

"씨부럴. 어쩐지 아까 통화할 때 아무렇지 않아 하더라니……."

그래서 이젠 정말 포기해 버렸나 얼마나 가슴을 졸였던가.

"큭큭. 수고하십쇼!"

종혁은 키득키득 웃으며 고깃집을 나섰다.

그 순간 그의 얼굴에서 미소가 사라졌다.

"자, 그럼 움직여 보실까?"

미정이 숨기고 있는 일을 알기 전에 선결되어야 하는 일.

휘잉!

아직도 서늘한 밤바람이 그의 몸을 스치고 지나갔다.

(회귀 경찰의 리셋 라이프 18권에서 계속)